Ulrike Schelhove

Der Kindermacher

Der Kindermacher

von

Ulrike Schelhove

Die Autorin

Ulrike Schelhove, 39 Jahre alt, schreibt für Erwachsene und Kinder.

Sie lebt mit ihrem Mann und drei Kindern in Kall in der Nordeifel. Ihr Debüt-Kriminalroman *Der Kindermacher - Ein Eifel-Krimi* ist 2013 erschienen und wird über die Grenzen der Eifel hinaus erfolgreich verkauft. Er ist der erste Band ihrer Serie um die sympathischem Kommissare Alex Stettenkamp und Ilka Landwehr.

Ihr zweiter Eifel-Krimi *Trügerische Fährten* ist seit Juni 2014 als Taschenbuch und Ebook erhältlich. Im Dezember 2014 erscheint der 3. Band ihrer Serie unter dem Titel *Bande des Schweigens - Ein Eifel-Krimi.*

Für Leser im Grundschulalter schreibt die Autorin die bislang dreibändige Kinderkrimi-Reihe *Die Schwertfegerbande.*

KVE-Verlag
Autorin: Ulrike Schelhove
ulrikeschelhove@yahoo.de
ulrikeschelhove.wordpress.com
Umschlaggestaltung: Alexander Kopainsky

Prolog

Der Mörder saß im schützenden Dickicht, die Hand schon am Abzug der silbrig-glänzenden Pistole. Ein letzter Blick auf die Uhr. Es war eine knappe Stunde vor Mitternacht und bereits stockdunkel.
Er wusste, dass Dr. Wolfhardt Reichenbach in den nächsten Minuten mit seinem Köter über die Hundewiese laufen würde. So wie jeden Abend um diese Zeit. Aber nur er wusste, dass dieser Gang der letzte des Fortpflanzungsmediziners sein würde.
Alles lief wie geplant.
Er schlich sich aus dem Hinterhalt an sein Opfer heran, das gerade durch den schmalen Pfad zwischen den beiden unbewohnten Häusern ging.
Deine protzige Villa wirst du nicht mehr wiedersehen, dachte er.
Ein dumpfer Knall und Wolfhardt Reichenbach lag am Boden. Der gezielte Schuss ins Herz hatte zuverlässig für einen sicheren Tod gesorgt. Er blickte zufrieden auf den leblosen Körper. Der Hund bellte nun wie verrückt.
Der Mediziner lag halb verdreht auf dem Rücken.
Doch sein Tod war ihm nicht genug. Er wollte seinen Plan mit einem ganz besonderen Abschluss krönen.
Eine zweite Patrone wartete darauf, verschossen zu werden.
Hastig riss er Reichenbachs helle Sommerhose und die weißen Shorts bis zu den Knöcheln herunter.
Das Ganze hatte keine zwei Minuten gedauert.

Dann stellte er sich breitbeinig vor ihn und feuerte direkt auf den Penis.
Er sah, wie das Blut aus Reichenbachs Unterleib quoll.
Und er stellte sich vor, dass da, wo vorher noch ein Glied gewesen war, jetzt wohl nur noch ein kurzer Stumpf saß.

Sonntag - Erster Tag

„Frau Landwehr, sind Sie schon wach? In Euskirchen ist ein Mann erschossen worden, die Leitstelle hat mich gerade angerufen. Die Kollegen sind schon auf dem Weg. Stellen Sie sich vor, der Täter hat dem Opfer scheinbar auch noch den Penis weggeschossen. Krass, was?"

In der Stimme von Alex Stettenkamp, dem neuen Leiter des Euskirchener Kriminalkommissariats, hörte Ilka eine gewisse Fassungslosigkeit mitschwingen. Es war gegen sieben Uhr, als sie den Anruf auf dem Diensthandy entgegennahm. Die Kommissarin kam an diesem Sonntagmorgen im Mai gerade mit Becks, ihrem hellbraunen Labrador, aus dem Kaller Forst über die noch taufeuchte Wiese nach Hause gejoggt.

„Wir müssen in die Augenbroicher Straße, zwischen zwei weiß geklinkerten Häusern liegt der Tote in einem unbefestigten Pfad", erklärte ihr Chef.

Ihr erster Fall in der Eifel! Ilka schoss das Adrenalin ins Blut.

„Klar, ich komme gleich! Muss nur noch schnell duschen."

„Super. Gestern Nachmittag wurde übrigens in Euskirchen ein vierjähriges Mädchen von ihren Eltern als vermisst gemeldet. Sie wohnt in der Billiger Straße, das ist die gleiche Gegend wie der Tatort. Die Suche nach ihr läuft auf Hochtouren. Ist zwar Sache der Vermisstenstelle, aber Sie wissen ja

selbst, wie so was oft ausgeht. Immerhin sind bisher bereits mehr als fünfzehn Stunden vergangen..."
Ilka ließ sich leicht verschwitzt in ihrem roten Laufshirt und der schwarzen Sporthose auf die Holzbank vor dem kleinen Fachwerkhaus sinken, in dem sie seit gut vier Wochen lebte.
Becks trank neben ihr gierig aus einem Wassernapf.
Ihr neues Zuhause war ein Glückstreffer. Ein Ehepaar aus Köln hatte das schmucke Fachwerkhäuschen mit den dunkelgrünen Fensterläden und den rot gestrichenen Rahmen als Wochenendbleibe gebaut, sich aber kurz darauf scheiden lassen. Vermietet hatten sie es Ilka dann zum Spottpreis, denn ein Haus mit knapp achtzig Quadratmetern wurde kaum nachgefragt. Ilka lebte allein. Mit Becks. Wenn sie ihn gerade nicht mitnehmen konnte, durfte er nebenan in Conrads Hundeschule bleiben, der auch eine Tierpension angeschlossen war.
Einen Mann gab es zur Zeit nicht in ihrem Leben. Seitdem sich Frank, mit dem sie sich in Bonn ein einziges Mal getroffen hatte, als Stalker entpuppt hatte, war sie erst einmal bedient. Zuletzt hatte er sie sogar in ihrer alten Wohnung in der Bonner City überrascht, als sie vom Dienst nach Hause gekommen war.
Sie hoffte inständig, dass er ihr nicht bis in die Eifel folgen würde. Immerhin, seit einem Monat war ja Ruhe. Ihre Kollegen sollten nichts von dieser Geschichte wissen.
Ilka stieg aus der kleinen Dusche, rubbelte sich schnell das blonde, schulterlange Haar halbtrocken und zog sich hastig Jeans und eine dunkelblaue Tunika-Bluse an. Dann brachte sie Becks nebenan in

Conrads Hundepension, schnappte sich ihre Autoschlüssel und düste mit ihrem roten Fiat 500 nach Euskirchen an den Tatort.
Nie hätte Ilka gedacht, dass es sie als Kommissarin aus Bonn zurück in ihre alte Heimat verschlagen würde, doch genauso war es gekommen. Erst seit Kurzem gab es bei der Kreispolizeibehörde in Euskirchen ein eigenes Kriminalkommissariat für Tötungsdelikte und ungeklärte Todesfälle, weil diese in der Eifel in den letzten Jahren erheblich zugenommen hatten. Bis dahin war sie mit ihren Bonner Kollegen für solche Fälle zuständig gewesen. Dort hatte Ilka Landwehr in den letzten drei Jahren oftmals in einer Mordkommission mitgearbeitet, bevor sie sich kurz vor ihrem fünfunddreißigsten Geburtstag in das kleinste Kriminalkommissariat Nordrhein-Westfalens hatte versetzen lassen. Viele ihrer alten Kollegen hatten sie dafür belächelt und ihre Witze über die Provinz gerissen. Seit der Serie „Mord mit Aussicht", halb Krimi, halb Komödie, hatten sie so ihre eigenen Vorstellungen über Land und Leute im tiefsten Rheinland. Aber das war ihr gleichgültig.
Zusammen mit ihren beiden neuen Kollegen hatte sie ein Büro im Euskirchener Kreishaus bezogen. Alex Stettenkamp aus Münster war Leiter des Kriminalkommissariats, kurz KK11, geworden. Und dann gab es noch ihren Assistenten, Peter Bongardt, der schwerpunktmäßig im Innendienst arbeiten sollte.
Kriminaldirektor Armin Groß aus dem Bonner Präsidium hatte ihnen bisher jede Woche einen Besuch abgestattet. Ihr Chef Stettenkamp sollte darüber hinaus jeden Freitag Bericht an Groß

erstatten, was den Stand der laufenden Ermittlungen betraf. Ilka kannte den Kriminaldirektor gut genug, um zu wissen, dass er rasche und durchschlagende Erfolge erwartete, die das KK11 Euskirchen in seinen Augen rechtfertigen würden. Armin Groß war kein Befürworter dieser Umstrukturierung gewesen. Stettenkamp und sie arbeiteten sich gerade in die Akten offener Todesfälle ein. Vor ein paar Monaten war ein zweiundachtzigjähriger Jäger in Schmidtheim von einem Hochsitz gestürzt und sofort tot gewesen. Hatte der schwerhörige Alte die fehlende Sprosse beim Hinabsteigen übersehen? Oder konnte jemand gewusst haben, dass der Jäger in der Vollmondnacht auf der Kanzel sein würde und hatte vorher nachgeholfen? Sie hatten keinen eindeutigen Beweis gefunden. In den letzten Wochen waren im Kreisgebiet allerdings immer wieder Kanzeln mit Parolen wie „Mörder!“ besprüht worden, auch von einem angesägten Hochsitz hatten ihr die Kollegen gestern berichtet.

Ilka und Alex Stettenkamp parkten fast gleichzeitig vor einem der weiß geklinkerten Häuser mit einer Dreifachgarage in der Augenbroicher Straße. Dort stand bereits ein Streifenwagen.
„Das vermisste Mädchen ist übrigens wieder bei seinen Eltern“, sagte Stettenkamp, als er aus seinem Audi-Cabrio mit den beiden Kindersitzen auf der Rückbank ausstieg. „Schon seit gestern Abend. Die Kleine ist unbemerkt mit einem Nachbarsjungen zum Mitbach gelaufen. Dort haben sie an einer ganz versteckten Stelle im Bach gespielt und wohl die Zeit vergessen. Das hab ich gerade von der Vermisstenstelle erfahren.“

„Na, Gott sei Dank", entfuhr es Ilka.
Sie eilten durch die Häuserzeile an den hohen, hellbraunen Sichtschutzwänden rechts und links vorbei zum Opfer.
Der Tote lag auf einem schmalen, unbefestigten Weg zwischen zwei imposant verglasten Architektenhäusern auf dem Rücken in einer Blutlache, die blauen Augen weit aufgerissen, sein linkes Bein war seltsam angewinkelt. Die Leichenstarre hatte seinen Körper bereits erfasst, die Muskeln schienen sich schon vom Kopf abwärts bis in die Oberschenkel versteift zu haben.
Die Kollegen vom Erkennungsdienst hatten den Tatort mit rot-weißem Absperrband großräumig abgeriegelt, alle möglichen Fluchtwege mussten untersucht werden.
Der Tote war ein schlanker Mann um die fünfzig. Er hatte graugelocktes, volles Haar und stahlblaue Augen. Das winzige Muttermal links am Hals fiel kaum auf. Er trug eine beige Sommerhose aus Leinen, ein weißes, hochgekrempeltes Hemd und schwarze Lederschuhe. Im linken Brustbereich klaffte ein ziemlich großes Loch. Aber das war es nicht.
Die beiden Kommissare starrten auf den Unterleib des Mannes. Man hatte ihm die helle Hose und die weißen Shorts heruntergerissen. Zwischen den Beinen war ein riesiger Blutfleck zu sehen. Um die tiefe Einschusswunde waren schwarze, kleine Punkte entstanden.
„Man hat ihm in den Penis geschossen", bestätigte Notarzt Dr. Wolfgang Wolter.
Er hatte die Leiche bereits begutachtet und war gerade dabei, auf dem Totenschein ein Kreuzchen an

der Stelle „ungeklärte Todesursache“ zu setzen.
„Wie krass ist das denn?“ Ilka war schockiert. Sie hatte schon einiges an Brutalität gesehen, aber das war nun echt speziell! Ein kleiner Hund winselte leise, er lag dem Toten direkt zu Füßen. Sie hatte ihn noch gar nicht wahrgenommen. Ein rotbrauner Kurzhaardackel. Er wich dem Opfer offensichtlich nicht von der Seite und hatte den Kopf auf den rechten Schuh des Mannes gelegt.
„Ein Jogger hat den Toten vor einer guten Stunde gefunden“, erklärte Polizeiobermeister Schneider. „Gegen halb sieben Uhr ist er an der Hundewiese vorbeigelaufen und hat den Dackel hier auf dem kleinen Weg zwischen den Häusern jaulen und bellen gehört. Ihm kam das komisch vor und er hat nachgesehen. Der Jogger hat uns dann über die eins-eins-null angerufen. Er war bis gerade hier, wir haben natürlich seine Personalien aufgenommen.“
Ilka ließ sich dessen Adresse geben.
„Wissen wir schon, um wen es sich bei dem Toten handelt?“, fragte Ilka in die Runde.
Neben Stettenkamp, Polizeiobermeister Schneider und dem Notarzt waren noch drei Kollegen vom Erkennungsdienst gekommen. Zwei Spurensicherer in ihren weißen Ganzkörperanzügen und ein Fotograf. Auch der Bonner Staatsanwalt Dr. Andreas Rettich war da.
„Wir haben in seiner Gesäßtasche ein schwarzes Herrenportemonnaie gefunden“, erklärte Bernd Schmitz. Er war der Chef des Erkennungsdienstes. „Der Tote trug sämtliche Ausweispapiere bei sich, Perso, Führerschein und so weiter. Demnach heißt der Mann Dr. Wolfhardt Reichenbach, ist zweiundfünfzig Jahre alt und wohnt hier in der

Augenbroicher Straße."
Er wies mit der Hand auf die Häuser oberhalb des Tatorts.
„Hier gibt´s keinen Arzt, der so heißt!", brummte Schneider, ein alter Euskirchener, der sein bisheriges Leben in der Kreisstadt verbracht hatte.
Ilka schmunzelte. Es war immer noch so eine Eigenart in der Provinz, jeden Doktor für einen Arzt zu halten.
„Herr Schmitz, haben Sie sonst noch etwas gefunden?", wollte Stettenkamp wissen.
„Ja, eine Patronenhülse und Teile der Patronen selbst lagen unten im Gras."
Er öffnete seinen Koffer und wies auf einen kleinen, durchsichtigen Beutel.
„Sie stammen aus einer 9mm Para, soviel kann ich schon sagen. Alles Weitere untersuchen wir im Labor."
„Okay, sonst noch was?"
„Jede Menge unterschiedliche Fußspuren natürlich, sieht man ja." Schmitz deutete auf die feuchte Erde auf dem Boden, der Pfad war nicht betoniert.
„Und zwei Zigarettenkippen."
Außerdem habe man etliche Äste rechts und links des Wegs gekappt, um sie im Labor auf mögliche Faserspuren hin zu untersuchen. Die Spurensicherer packten auch die Hose und die Shorts des Toten vorsichtig in eine durchsichtige Tüte.
Möglicherweise fanden sich auf den Textilien Spuren des Täters.
Ilka hielt einen Moment inne. Sie war froh, mit so einem uneitlen Team zusammenzuarbeiten. Wie oft hatte sie es in ihrer Bonner Zeit erlebt, dass Spurensicherer gegenüber den Kommissaren

überheblich auftraten, obwohl sie doch Kollegen waren. Manchmal musste man ihnen jede Information aus der Nase ziehen.
Hier war es offenbar anders.
Die Tatort-Runde löste sich auf. Staatsanwalt Dr. Rettich hatte veranlasst, dass Reichenbachs Leichnam in das Institut für Rechtsmedizin nach Bonn überführt werden sollte. Eine Obduktion würde näheren Aufschluss über die Todesumstände des Mediziners geben. Ilka und Stettenkamp fiel noch die undankbare Aufgabe zu, mögliche Angehörige des Opfers über seinen Tod zu informieren. In seiner Geldbörse hatten sie ein Foto einer blonden Frau gefunden, die mindestens zehn Jahre jünger als er zu sein schien.
„Er wohnte in der Augenbroicher Straße 15, das muss gleich dort drüben sein", meinte Stettenkamp und wies auf die restaurierte Gründerzeitvilla am Ende der Straße.
Ilka warf einen letzten Blick vom Tatort in Richtung Hundewiese. Vielleicht war Reichenbach dort mit seinem Hund spazieren gegangen und dann auf dem Heimweg erschossen worden. Sie folgte ihrem neuen Chef zum Haus, in dem das Opfer gewohnt hatte. Den rotbraunen Dackel nahm sie an der Leine mit, auf seinem Halsband stand sein Name, Findus.
Auf der Straße war es ruhig, lediglich ein paar ältere Frauen kamen mit ihren Rollatoren aus der Richtung des Seniorenheims *Carpe Diem*. In den Einfahrten der Einfamilienhäusern standen überwiegend schwarze Audis und Mercedes, einige mit Düsseldorfer oder Kölner Kennzeichen, Firmenwagen vielleicht.
„Wir werden ab jetzt quasi durcharbeiten müssen", sagte Stettenkamp zu Ilka. „Aber bei unserem Grillen

mit dem neuen KK11 bleibt´s doch heute Abend, oder? Wir verbinden es mit einer Arbeitsbesprechung."
Ilka lachte. „Ja, ich bin doch gespannt, Sie und Peter Bongardt mal näher kennenzulernen."
So sehr ein Mordfall sie immer noch berührte, Ilka ließ die Arbeit nicht mehr wie früher vollkommen in ihr Privatleben überschwappen. Waren die Ermittlungen erst einmal im Gange, gab es ohnehin so gut wie keinen Feierabend mehr. Bisher kannte sie Stettenkamp und den Kriminalassistenten Bongardt nur aus ihrer kurzen gemeinsamen Zeit im Büro. Umso mehr freute sie sich, dass der neue Leiter seine beiden engsten Kollegen für heute Abend zu sich nach Hause eingeladen hatte. Auch auf Stettenkamps Frau war sie neugierig.
Die beiden Kommissare fanden Reichenbachs Haus nach wenigen Minuten. Sie standen vor einer weißgetünchten Gründerzeitvilla, der breite Eingang war mit vier Säulen geschmückt, genau wie der Balkon direkt darüber im ersten Geschoss des Hauses. Feiner Stuck verzierte die Fassade. In der offenen Garage parkte ein schlammbespritzter Jeep mit dem Kennzeichen „EU-WR...".
Ilka hatte sich bei der Leitstelle vergewissert, ob jemand Reichenbach inzwischen als vermisst gemeldet hatte. Das war aber nicht der Fall gewesen. Ungewöhnlich, fand sie, und blickte auf ihre silberne Armbanduhr. Halb zehn schon.
Erst nach dem vierten Klingeln wurde ihnen geöffnet. Eine blonde Frau um die vierzig mit einer schicken Pagenfrisur stand im Eingang. Sie hatte ein feines, ebenmäßiges Gesicht, in dem sich die ersten Falten nicht mehr verbergen ließen. Das schwarze

Kleid ließ sie blass wirken. Findus sprang sofort schwanzwedelnd an ihr hoch, schaute sie an und jaulte herzerweichend.
„Ja, bitte...?" Sie schaute überrascht. Ihre Stimme klang müde.
Alex Stettenkamp zeigte ihr seinen Dienstausweis und stellte sich und Ilka kurz vor.
„Sind Sie die Frau von Wolfhardt Reichenbach?"
Sie nickte und reichte Stettenkamp eine kalte Hand.
„Ja, mein Name ist Sybille Reichenbach. Ist etwas mit meinem Mann passiert?"
„Dürfen wir kurz hereinkommen?", fragte Stettenkamp höflich.
Immer noch fand Ilka den Moment, in dem sie ahnungslosen Angehörigen die Todesnachricht überbringen mussten, sehr schwer. Sie würde sich wohl nie ganz an diese Situation gewöhnen.
Sie betraten eine kleine Eingangshalle und nahmen dann im Wohnzimmer auf einer schwarzen Ledercouch Platz. Die schweren, weißen Teppiche passten gut zum dunklen Parkettboden mit den hohen Sockelleisten. Sie blickten auf einen offenen Kamin neben einer modernen Bar mit Rauchglasscheiben. In den Wandnischen waren weiße Skulpturen aufgestellt. Durch zwei große Flügeltüren gelangte man in den penibel gepflegten japanischen Garten.
„Frau Reichenbach, wir haben Ihren Mann drüben auf dem kleinen Weg in Richtung Hundewiese gefunden. Er ist tot."
Die blasse Frau blickte Ilka und Stettenkamp mit großen Augen an.
„Wie ist das passiert?", wollte sie sofort wissen. Ihre Stimme klang ruhig und gefasst.

„Er ist vermutlich umgebracht worden. Man hat ihm von hinten direkt ins Herz geschossen."
Sybille Reichenbach rieb sich die zittrigen Hände und schwieg. Findus hatte sich zu ihren Füßen gelegt.
Sie wirkt irgendwie nicht überrascht, dachte Ilka. Andererseits, jeder reagierte anders auf eine solche Nachricht. Vielleicht musste sie erst einmal realisieren, was passiert war.
„Sollen wir Ihnen ein Glas Wasser bringen oder jemanden verständigen, der zu Ihnen kommt?", fragte Ilka.
Frau Reichenbach schüttelte langsam den Kopf.
„Da gibt es niemanden."
Stettenkamp erzählte ihr vorsichtig alle weiteren Details, auch, dass man ihrem Mann nach dem Todesschuss noch in den Penis geschossen hatte.
Wieder schwieg Sybille Reichenbach.
Dann sagte sie: „Entschuldigen Sie, ich kann das gar nicht alles aufnehmen. Ich bin noch ganz müde von den beiden Schlaftabletten, die ich in der Nacht genommen habe."
Du gibst mir das Stichwort, dachte Ilka.
„Frau Reichenbach, haben Sie gar nicht bemerkt, dass Ihr Mann gestern Abend mit dem Hund das Haus verlassen hat und bis heute Morgen halb zehn nicht wiedergekommen ist?"
Sie schüttelte den Kopf.
„Nein. Mein Mann und ich schlafen schon lange in getrennten Zimmern, er schnarcht wie ein Bär. Ich oben und er im Gästezimmer hier im Erdgeschoss. Und durch das Schlafmittel bin ich erst aufgewacht, kurz bevor Sie geklingelt haben."
Dafür warst du aber ganz schön zurechtgemacht,

dachte Ilka.
„Ging Ihr Mann abends regelmäßig mit dem Hund?“, wollte Stettenkamp wissen.
„Ja, immer die gleiche Runde. Von hier aus bis zum Schillerpark, dann zurück an der Hundewiese vorbei und durch den kleinen Pfad zwischen den weißgeklinkerten Häusern wieder nach Hause.“
„Stets um die gleiche Uhrzeit?“
„Ja, fast immer gegen halb elf abends. Danach geht er dann gleich schlafen, er muss ja immer früh raus.“
Plötzlich fing Sybille Reichenbach an, zu weinen, ihr Schluchzen ließ sie am ganzen Körper beben.
„Frau Reichenbach, nur noch eine Frage, dann lassen wir Sie erstmals allein. Was machte Ihr Mann beruflich?“
Sie beruhigte sich langsam.
„Mein Mann ist Reproduktionsmediziner. Er leitet mit zwei Kollegen zusammen eine Praxis in Köln.“
Wie viele Angehörige sprach auch Sybille Reichenbach kurz nach dem Tod ihres Mannes noch in der Gegenwartsform von ihm.
Was machte ein Reproduktionsmediziner? Ilka wollte gerade nachfragen, da erhob Stettenkamp sich bereits. Er bedankte und verabschiedete sich von der Witwe. Sie würden am Montag noch einmal bei ihr vorbeikommen. Die beiden Kommissare gingen an der hohen Sichtschutzwand aus Bambusstäben vorbei, der den Blick in den japanischen Garten nahezu versperrte.
„Als was hat Reichenbach gearbeitet?“, wollte sie von Stettenkamp wissen.
„Er hat künstliche Befruchtungen durchgeführt, um kinderlosen Paaren zu einem Kind zu verhelfen.“
Ilka war bereits abgelenkt. Sie versuchte, einen Blick

zwischen die Bambusstäbe in den Garten zu erhaschen, denn sie glaubte, ein Stück hinter ihnen eine vertraute Stimme zu hören. Und tatsächlich, Sybille Reichenbach stand neben einer zierlichen, weißen Bank, eine Zigarette in der rechten Hand. Sie telefonierte. Dabei gestikulierte sie mit den Armen und wurde jetzt lauter, fast schrill.
„Direkt ins Herz...ja nichts bemerkt habe...wann kommst du endlich?"
Dann ging sie hinein.

Die beiden Häuser, zwischen denen der kleine Pfad verlief, auf dem Dr. Reichenbach erschossen worden war, wirkten verlassen. Die Rolläden waren halb heruntergelassen, auch auf das Klingeln der Kommissare bei den Brauns rechts des Tatorts öffnete niemand. Sie wollten gerade gehen.
„Die sinn im Urlaub!", rief ihnen plötzlich eine ältere Frau zu.
Ilka und Stettenkamp schauten nach oben, das Dachfenster war geöffnet worden.
„Watt wollen Sie denn hier?", fragte sie misstrauisch.

Stettenkamp stellte sich und Ilka kurz vor, das schien der Frau zu genügen. Sie öffnete ihnen die schwere Haustür. Trotz des Sonntags trug sie einen bunten Arbeitskittel und hielt einen blauen Putzeimer in der Hand. Die Frau schien so gar nicht hier in das teure Wohnviertel zu passen. Sie hieß Erna Krämer und wurde nun redselig.
„Die Leute, die in den beiden Häusern wohnen, wo Sie geklingelt haben, sinn vor drei Wochen zusammen in Urlaub jeflogen, Malediven! Datt kann sich unsereins ja jar net leisten."

Die Putzfrau hatte sie also die ganze Zeit beobachtet. Sie fuhr fort: „Die Wolters wohnen da links im Haus und hier die Brauns. Alles janz einjebildete Pinsel, wenn Sie mich fragen. Aber bezahlen tun sie jut. “
„Machen Sie bei beiden Familien sauber?“, fragte Stettenkamp.
„Ne, ich leg mich bei denen in die Badewanne! Ja, sicher! Bei den Wolters putze ich nur und bei den Brauns hier bin ich jeden Tag und mach den Haushalt. Seitdem mein Günther den Schlaganfall hatte, muss ich ja sehen, wo wir bleiben...“
„Frau Krämer, sind Sie ganz sicher, dass beide Familien seit drei Wochen weg sind?“
„Na, wenn ich et Ihnen doch saache! Die kommen aber morjen wieder, bis dahin muss alles blitzeblank sein.“
Erna Krämer schwenkte geschäftig ihren blauen Putzeimer.
„Einen Moment noch“, bat Ilka. „Wenn Sie jeden Tag hier zu tun haben, dann kennen Sie doch sicher auch die Reichenbachs, die in der weißen Villa da drüben wohnen!“
Die Haushälterin machte ein verächtliches Gesicht. „Stinkreiche Leute. Der Doktor arbeitet in Köln und kommt immer erst spät abends wieder. Und sie sieht man fast gar nicht. Gucken Sie sich die Villa und den Garten an, da wissen Sie doch Bescheid, Jeld wie Heu, aber wer weiß schon, woher...? Watt is denn mit den Reichenbachs?“, wollte sie wissen.
Stettenkamp bedankte sich bei Erna Krämer und ließ ihre Frage unbeantwortet. Er und Ilka verabschiedeten sich von der geschwätzigen Zugehfrau.
„Ob es Zufall war, dass der Mord begangen wurde,

als die beiden Familien im Urlaub waren?", überlegte Ilka.
Stettenkamp kratzte sich am Kopf.
„Tja... Der kleine Pfad ist kein schlechter Tatort. Er ist durch die hohen Sichtschutzwände ja nicht einsehbar. Der Täter konnte sich in Richtung Hundewiese vor der Tat im Gebüsch verstecken und auch relativ unbemerkt entkommen. Zum Beispiel als Jogger getarnt, da würde kein Mensch misstrauisch. Mal abgesehen davon, dass so spät am Abend hier kaum noch jemand gewesen sein dürfte."

Die Kommissare klingelten noch an den umliegenden sechs Häusern, um herauszufinden, ob deren Bewohner etwas Verdächtiges gehört oder gesehen hatten. Drei von ihnen waren offensichtlich nicht da, und die anderen schienen nichts mitbekommen zu haben. Bei ihnen handelte es sich um zwei ältere Ehepaare um die achtzig und einen genervten Rechtsanwalt, der auch am Sonntag gerade in seine Kanzlei wollte. Dass in seiner unmittelbaren Nachbarschaft ein Mord passiert war, schien ihn kaum zu interessieren.
„Du, lass uns nochmal runter zum Tatort!", schlug Ilka vor.
Stettenkamp grinste: „Ich heiße Alex..."
„Oh, jetzt hab ich Sie aus Versehen...Ich bin Ilka."
Sie lächelte. Er schien keine großen Chefallüren an den Tag legen zu wollen. Aber wäre auch komisch gewesen, einander weiterhin zu siezen, fand Ilka. Schließlich sah er sie durch ihre langen Dienstzeiten weitaus öfter als seine eigene Frau.
„Alex, der Erkennungsdienst wird zwar hier jeden Ast auf links gedreht und nach Faserspuren und so

gesucht haben, aber wer weiß, vielleicht haben sie doch was übersehen."
Beide suchten weit über eine Stunde, aber sie fanden nichts, was sie auch nur im Entferntesten mit dem Mord in Zusammenhang hätten bringen können. Dann aber entdeckte Ilka im tiefsten Dickicht, das die Hundewiese umgab, etwas Metallisches blinken. Sie streifte sich Einweghandschuhe über und zog es heraus. Es war ein kleines Stahlrohr. Sie hielt es Stettenkamp vor die Nase.
„Du hast echt Luchsaugen. Das ist doch der Schalldämpfer einer Pistole!"
Ilka betrachtete ihren Fund.
„Genau! Und wenn wir Glück haben, gehört er zu einer 9mm Para, so wie die Patronenhülsen, die Schmitz heute Morgen gefunden hat."
Stettenkamp nickte.
„Wenn das der Schalldämpfer der Mordwaffe ist, wär es tatsächlich nicht verwunderlich, dass die Nachbarn nichts gehört haben. Wir bringen Schmitz das gute Stück gleich ins Labor."

Eine Viertelstunde später kamen sie im Büro an, Stettenkamp mit seinem dunkelblauen Audi-Cabrio und Ilka in ihrem kleinen, roten Stadtflitzer.
Ihr Assistent Peter Bongardt saß bereits vor seinem Computer. Sie hatten ihn von unterwegs bereits informiert, um wen es sich bei dem Toten handelte. Peter Bongardt war Ende zwanzig, kam ebenfalls aus der Eifel, war aber im Gegensatz zu Ilka überhaupt nicht erfreut darüber, nun hier zu arbeiten. Er wollte die ganz große Karriere machen und hatte sich zuletzt auf eine freie Stelle bei der Kripo in Frankfurt beworben. Stattdessen hatte Kriminaldirektor Groß

ihn nach Euskirchen versetzt. Sein häufig missmutiges Gesicht verriet, was er von dieser Entscheidung hielt. Noch immer standen Umzugskartons um seinen Schreibtisch herum, er hatte nur das Nötigste ausgepackt, um arbeiten zu können.
Stettenkamp stellte gerade vier Metaplanwände auf, als Giovanni, ein gutgelaunter, drahtiger Italiener, ihnen Pizza Quattro Stagioni für Ilka und Spaghetti Gamberi e Salmone für den „Chefe“ brachte.
Bongardt hatte sich ein Salamibrötchen von Zuhause mitgebracht. Ein wildes Duftgemisch aus Fisch, Meeresfrüchten und Knoblauch breitete sich in dem nüchternen Büro mit dem anthrazitfarbenen Teppichboden, den schneeweißen Wänden und den schwarzen Schreibtischen aus.
„Ich liebe Essen vom Fontana di Trevi!“, sagte Ilka und nahm genüsslich ein Stück Pizza mit Schinken und Oliven gleich in die Hand.
„Bestellst du dir wahrscheinlich jeden Abend in dein Knusperhäuschen“, neckte Stettenkamp.
„Ne, bis Kall liefern die nicht“, gab Ilka zurück, „und außerdem kann ich super kochen, kannst du dir gar nicht vorstellen, was?“
Stettenkamp grinste. „Stimmt. Aber mit meinen Grillkünsten wirst du nicht mithalten können. Ich freu mich auf heut Abend!“.
Ilka nickte nur, sie hatte den Mund voll.
Peter Bongardt schaute stur auf seinen Bildschirm.
„Herr Bongardt, Sie sind doch dabei, oder?“.
Der Assistent brummte etwas, das wie Zustimmung klang. Sie machten sich an die Arbeit.
„Ich schlage vor, wir tragen erst mal zusammen, was wir bis jetzt wissen und ordnen es“, meinte

Stettenkamp.
Er begann, das braune Papier der Metaplanwände zu beschriften:
„Dr. Wolfhardt Reichenbach", stand auf der ersten Wand, auf der zweiten „Sybille Reichenbach", auf der dritten „Tatort" und auf der vierten „mögliche Zeugen". Sie begannen mit dem Tatort, hängten einen Ausdruck aus *Google Earth* mit dem schmalen Pfad darauf auf und notierten die Patronenteile und Hülsen der 9mm Para sowie den Schalldämpfer, den Ilka gefunden hatte. „Faserspuren?", ergänzte Ilka noch.
Die Wand mit den möglichen Tatzeugen blieb relativ leer, ihre Befragung in der unmittelbaren Nachbarschaft war ja nicht gerade ergiebig gewesen. Auch von Sybille Reichenbach wussten sie bislang ausgesprochen wenig, fand Ilka. Ihre Reaktion auf den Tod ihres Mannes, die Tatsache, dass sie ihn bis zu ihrem Auftauchen gar nicht vermisst zu haben schien sowie die Gesprächsfetzen, die sie später am Gartenzaun aufgeschnappt hatte, waren schwer zu deuten. Morgen wollten sie und Stettenkamp die Witwe ausführlich befragen.
Das Telefon klingelte, eine interne Durchwahl.
Es war Bernd Schmitz, der Spurensicherer.
„Frau Landwehr, da haben Sie einen interessanten Fund gemacht. Der Schalldämpfer passt eindeutig auf eine Faustfeuerwaffe, um genau zu sein, auf eine 9mm Para. Aus einer solchen Pistole stammen ja auch die Patronenhülsen und die..."
Ilka unterbrach ihn ungeduldig.
„Fingerabdrücke?"
„Leider nein!"
„Schade." Sie bedankte sich bei ihm und legte auf.

Wenn besagte Pistole die Mordwaffe war, überlegte Ilka, warum hatte der Mörder das Stahlrohr dann weggeworfen?

Stettenkamp stand auf und rückte die Metaplanwand nach vorne, auf die er den Namen des Opfers notiert hatte.
„Was wissen wir von Dr. Wolfhardt Reichenbach?", fragte er in die Runde.
Bongardt hatte erste Recherche-Ergebnisse zu verkünden.
„Reichenbach war seit zehn Jahren Chef einer großen Kinderwunschklinik in Köln am Wilhelmring. Also einer Top-Lage in der Stadt. Zwei weitere Ärzte sind wohl ebenfalls Teilhaber."
Bongardt wies mit der Hand auf seinen Bildschirm. Sie sahen die überaus professionell gestaltete Homepage der *Kinderwunschklinik Reichenbach, Henschel & Kerner*. Auf der Startseite lachten ihnen die drei Ärzte in ihren weißen Kitteln entgegen, Reichenbach hatte ein Baby auf dem Arm, das nur eine Windel trug.
„Wir verhelfen Ihnen zum Kinderglück", versprach ihr Slogan. Sie klickten sich durch die Unterseiten, dort gab es für den Leser erste Infos zum Vorgehen bei der Eizellentnahme, Samengewinnung, künstlichen Befruchtung und dem Embryotransfer.
„Völlig fremde Welten...", murmelte Ilka.
Bongardt nickte. Ausführlich wurden auch die Erfolge der Klinik dargestellt. Die ergaben sich aus der Anzahl der nach einer künstlichen Befruchtung geborenen Babys. Statistiken und Diagramme sollten zeigen, dass diese in Reichenbachs Klinik sehr hoch und in den letzten zwei Jahren sogar noch einmal

angestiegen war. Auf zahlreichen Fotos konnte man sich die einzelnen Räume ansehen, von der Anmeldung über die Behandlungsräume bis hin zum Labor war alles fotografiert worden. Die Ausstattung schien nichts mit einer gewöhnlichen Arztpraxis gemeinsam zu haben, alles auf den Bildern wirkte hell, freundlich - und teuer. Das Wartezimmer glich einem Wohnzimmer.
„Der Internetauftritt ist eher ein Werbeauftritt“, meinte Stettenkamp. Das virtuelle Gästebuch war ein einziges Loblied auf die drei Ärzte. Zahlreiche Patientinnen, die endlich schwanger geworden waren, verliehen ihrer Dankbarkeit hier Ausdruck. Vor allem der Name Dr. Andreas Henschel, einer von Reichenbachs Teilhabern, tauchte in den Einträgen immer wieder auf.
Er schien auf den ersten Blick besonders beliebt unter den Frauen zu sein.
„Kein Wunder, wenn man sich sein Foto anschaut“, grinste Ilka.
Sie hatte gerade eine Unterseite geöffnet, auf der sich die drei Ärzte mit ihrer Vita und ihren Schwerpunkten vorstellten.
Dr. Henschel war einundvierzig Jahre alt und strahlte aus braunen Augen in die Kamera. Er hatte ein jungenhaftes Gesicht und dunkelblondes Haar. Aus seinem Lebenslauf ergab sich, dass er mehrere Jahre in den USA gearbeitet hatte. Seit drei Jahren war er Arzt in der Kölner Klinik. Zu seinen Schwerpunkten zählte auch die Anti-Aging-Medizin.

„Wenn die Frauen neben einem Kind noch eine straffe Brust oder weniger Falten haben wollen, können sie das bei Henschel gleich mitmachen

lassen“, witzelte Bongardt.
Ilka und Stettenkamp grinsten.
Dr. Reichenbach war mit zweiundfünfzig Jahren der älteste der drei Ärzte. Er war der Gründer des Kölner Instituts und seitdem auch ihr ärztliche Leiter. Bis vor Kurzem war er sogar Präsident der Gesellschaft für Reproduktionsmedizin gewesen. Mit seinem Team hatte er in den letzten Jahren zudem vier besondere Zertifizierungen erworben. Sein Konterfei zeigte den ihnen bekannten, graugelockten Mann mit den blauen Augen und dem kleinen Muttermal am Hals. Sein Blick hatte etwas Vertrauenserweckendes, fand Ilka.
Der dritte im Bund war der Arzt Dr. Sebastian Kerner. Er war fünfundvierzig Jahre alt und seit acht Jahren Teilhaber der Klinik. Auf dem Foto neben seinem Werdegang sah man einen Mann mit ernsten, graublauen Augen, einem sympathisch wirkenden Gesicht und einer ordentlichen Scheitelfrisur.
Seine Schwerpunkte waren neben der künstlichen Befruchtung auch die Stammzellenforschung.

„Das drucken wir jetzt aus, hängen es mit an die Metaplanwand, und morgen fahren wir da nach der Befragung von Sybille Reichenbach hin“, bestimmte Stettenkamp. „Was wissen wir noch über Reichenbach?“
Ilka zog die Stirn kraus.
„Er könnte Jäger gewesen sein, in der Garage stand doch ein dunkelgrüner Jeep, der sah aus, als wäre er damit bei Regen im Wald gewesen.“
„Gute Beobachtung! Herr Bongardt, ergibt sich eigentlich was, wenn Sie seinen Namen in Verbindung mit Euskirchen googeln?“

Der Kriminalassistent landete sofort mehrere Treffer. Dr. Wolfhardt Reichenbach war Vorsitzender der Kreisjägerschaft und auch Leiter des Hegerings Euskirchen gewesen. Außerdem hatte er mehrere Artikel zu jagdlichen Themen in den Fachzeitschriften *Pirsch* und *Rheinisch-westfälischer Jäger* veröffentlicht, zuletzt erst vor drei Wochen.
„Spuckt die Suchmaschine sonst noch was über ihn aus?", wollte Stettenkamp wissen.
Das war nicht der Fall.
„Dann machen wir jetzt Feierabend und sehen uns gleich bei mir. Freut euch schon mal auf eine echte Grilldelikatesse a` la Stettenkamp, mehr wird noch nicht verraten!"

Auf dem Weg zu seinem neuen Zuhause in Eicks hörte Alex Stettenkamp Radio Euskirchen.
In den Siebzehn-Uhr-Nachrichten wurde von dem Mord berichtet. Er hatte dem Pressesprecher die nötigen Infos gegeben. Bevor diese nach draußen gingen, hatte sein Chef Groß sie nach ein paar Änderungen abgesegnet. Groß hatte eigentlich noch heute nach Euskirchen kommen wollen, um sich selbst ein Bild der Lage zu machen. Davon hatte er ihn gerade noch abhalten können. Nun würde er gleich morgen zur Frühbesprechung kommen. Auch nicht viel besser.
Stettenkamp ließ seinen Blick während der Fahrt immer mal wieder aus seinem Cabrio in die Gegend schweifen, er mochte die hügelige Landschaft der Eifel, die vielen Rapsfelder standen gerade in leuchtend gelber Blüte. Er war froh, wieder auf dem Land zu leben, vor allem wegen Moritz und Ben, seiner dreieinhalbjährigen Zwillinge. Ihre

Stadtwohnung in Münster war für vier Personen einfach zu klein geworden, sie hatten lediglich einen großen Balkon, aber keinen Garten gehabt. Das war nun in Eicks ganz anders. Nein, er vermisste Münster nicht wirklich. In seiner alten Dienststelle hätte es noch ewig gedauert, bis er einmal Leiter der Mordkommission geworden wäre, wenn überhaupt. Am meisten hatten ihn die Bürokratie und die verknöcherte Hierarchie in seiner alten Abteilung gestört. Als dann am anderen Ende Nordrhein-Westfalens, in Euskirchen, ein Leiter für das neue KK11 gesucht worden war, hatte er sich sofort darauf beworben. Die Eifel kannte er nur vom Nürburgring, dort war er bis vor ein paar Jahren regelmäßig mit seinem Bruder zur DTM, den Deutschen Tourenwagen-Meisterschaften, gefahren. Sogar ihr Vater, ein pensionierter Richter, war früher ab und zu mitgekommen. Inzwischen war er an den Rollstuhl gefesselt. Alex Stettenkamp war aber noch aus einem anderen Grund froh, aus Münster weg zu sein. Dieser Grund hieß Isabelle und hätte ihn seine Ehe kosten können. Lisa, seine Frau, hatte ihm die kurze Affäre mit ihr nach langem Hin und Her verziehen, aber darauf bestanden, aus Isabelles Dunstkreis, wie sie es nannte, wegzuziehen. Er war zu allem bereit gewesen und hatte sich geschworen, einen solchen Fehler nie wieder zu begehen.
Das Klingeln seines Handys riss ihn aus seinen Gedanken. Es war Staatsanwalt Dr. Rettich.
Er hatte Neuigkeiten. In der Bonner Rechtsmedizin hatte man bereits festgestellt, dass Reichenbach durch einen gezielten Schuss direkt ins Herz getötet worden war. Die weitere Untersuchung der Leiche durch die Rechtsmediziner hielt natürlich noch an.

Morgen wollte Dr. Klaus Grundwald ihnen alle weiteren Ergebnisse mitteilen. Er galt auf dem Gebiet der Forensik als angesehener Fachmann.
Stettenkamp war insgeheim froh, diesmal nicht bei der Obduktion der Leiche dabei sein zu müssen. Bernd Schmitz vom Erkennungsdienst war heute Mittag mit einem Polizeifotografen in die Rechtsmedizin nach Bonn gefahren.
Der Staatsanwalt berichtete weiter: „Ich habe bei Kriminaldirektor Groß die Gründung einer Mordkommission in Auftrag gegeben. Stettenkamp, Sie übernehmen die Leitung! Groß ruft Sie gleich noch an." Er fuhr fort: „Ilka Landwehr soll ebenfalls dabei sein. Und Peter Bongardt kann Sie beide sicherlich unterstützen."
Sehr gut!
Stettenkamp fuhr am Kommerner Freilichtmuseum vorbei und freute sich auf Lisa und die Zwillinge. Seine Frau hatte vor einem halben Jahr, als Moritz und Ben in den Kindergarten gekommen waren, wieder bei den *Westfälischen Nachrichten* in Münster angefangen. Lisa war bis zu ihrem Umzug für den Online-Auftritt der Tageszeitung mitverantwortlich gewesen. Ein anspruchsvoller Job, der sich perfekt mit ihrer halben Stelle hatte vereinbaren lassen. Seitdem war Lisa wieder sehr viel zufriedener geworden. Die drei Jahre mit den Zwillingen, in denen Lisa zuhause geblieben war, hatten sie zwar einerseits als ihre bisher schönsten empfunden. Für ihre Ehe waren sie aber zweifellos die schwierigsten gewesen.
Als sie vor fünf Wochen in die Eifel umgezogen waren, hatte Lisa sofort als freie Mitarbeiterin beim Kölner Stadt-Anzeiger in der Lokalredaktion in

Euskirchen anfangen können. Ein Glücksfall. Nur geregelte Arbeitszeiten waren in diesem Job natürlich ein Fremdwort. Lisa war trotzdem sehr froh, und das freute ihn natürlich.
Er hoffte, dass seine Frau schon alles fürs Grillen vorbereitet hatte und er nur noch den Grill anzünden musste. In einer knappen Stunde würden Peter Bongardt und Ilka Landwehr schon kommen.
Stettenkamp fuhr den Maternusberg in Eicks hinauf, dort, wo sie ein großzügiges Einfamilienhaus mit großem Garten und bestem Blick auf das Wasserschloss gemietet hatten. Bezahlbar war es auch noch. Für den Preis, den sie in Münster im Monat für ihre Wohnung gezahlt hatten, konnten sie hier ein ganzes Haus haben. Als er mit seiner Familie das erste Mal in Eicks gewesen war, hatte sich Lisa sofort in den Ort verliebt. Die Burg war damals ganz verschneit gewesen. Aber auch die kleinen Straßen mit den liebevoll gepflegten Häusern und den Bänken für einen Plausch, die Waldkapelle und der Bruchbach sorgten für eine Postkartenidylle.
Mehr Eifel geht nicht, dachte er.
„Hurra, hurra, Papa!", schrien Moritz und Ben durcheinander, als er zu ihnen in den Garten kam. Sie hatten gerade im Sandkasten gespielt. Lisa hatte er noch nicht gesehen, wo mochte sie stecken?
Stettenkamp ging mit den Kindern in die Küche. Lisa hatte scheinbar noch gar nichts fürs Grillen vorbereitet, obwohl sie ihm das heute Morgen versprochen hatte, als er zu dem Mordfall gerufen worden war.
Er fand kein Brot, keinen Salat, seltsam. Das Fleisch hatte er selbst gestern beim Metzger eingekauft. Auf dem Holztisch lag ein Zettel: „Musste für den Stadt-

Anzeiger zu einer Kunstausstellung nach Mechernich, Frau Müller sieht nach den Kindern. Kuss, Lisa."
Frau Müller war eine freundliche, ältere Nachbarin. Bei dem Gedanken, dass Lisa einer über Siebzigjährigen zwei kleine Rabauken überließ, war ihm nicht ganz wohl. Das Grillen mit seinen Kollegen schien sie komplett vergessen zu haben.
Stettenkamp sah auf die Uhr, eine gute halbe Stunde noch. Er schüttete Kohlen in den Grill, stellte die Rattanmöbel zurecht und deckte mit den Zwillingen den Tisch.
„Vielleicht kriegen wir bei *Fettweihs Lux* sogar noch ein paar Beilagen", überlegte er laut und ging mit den Kindern zur Dorfgaststätte hinunter. Er hatte Glück, die nette Wirtin half ihm mit selbst gemachtem Kartoffelsalat und frisch gebackenem Brot aus. Er zog einen Schein aus dem Portemonnaie, bedankte sich herzlich und traf gleichzeitig mit Ilka Landwehr wieder Zuhause ein.
Das langärmlige, rote Kleid und ihr offenes Haar standen Ilka gut, fand er. Zehn Minuten später kam auch Bongardt auf seinem schwarzen Motorrad angefahren. Sie machten es sich draußen gemütlich, sogar die Sonne schien noch warm. Stettenkamp stand in dunkelblauen Jeans und einem weißen Hemd am Grill, auch seine feinen, schwarzen Lederschuhe trug er noch, so sehr hatte er sich beeilt. Das Fleisch brutzelte vor sich hin und zog einen feinen, rauchigen Duft über die Terrasse. Ilka hatte Becks mitgebracht, der mit seinen treuen Hundeaugen hoffnungsvoll auf den Grill schaute. Stettenkamp mochte seine neue Kollegin, sie schien clever und sehr engagiert zu sein. Peter Bongardt

konnte er noch nicht recht einschätzen. Er wusste aber, dass dieser deutlich lieber in eine Großstadt wie Frankfurt gewechselt wäre.
„So, jetzt stoßen wir erst mal auf das neue KK11 und unsere zukünftigen Erfolge an", sagte Stettenkamp, und prostete Ilka und Bongardt, die eine Fassbrause in der Hand hielten, mit einem kleinen Bitburger zu.
„Ich bin zwar der Leiter unseres kleinen Teams", meinte er, „aber ich würde mich freuen, wenn auch wir beide uns duzen würden", sagte er freundlich zu Bongardt.
„Hm...ich überleg´s mir, Chef!"
Es entstand eine kurze, etwas verlegene Stille. Dann sprachen sie über den Mordfall Reichenbach. Gleich morgen früh wollten sie als neugegründete Mordkommission in die Arbeit einsteigen. Vor allem Stettenkamp und Ilka waren voller Tatendrang und planten gerade, wie sie weiter vorgehen wollten. Peter Bongardt hörte ihnen aufmerksam zu, hielt sich aber bedeckt.
In diese Stimmung platzte Lisa Stettenkamp hinein, sie wirkte noch ganz abgehetzt. Das modisch kurz geschnittene, dunkelbraune Haar sah etwas wirr aus.

„Oh Mann, ich hab euch total vergessen", meinte sie mit Blick auf den Besuch.
„Ja, ja, immer diese Pressefritzen", neckte Stettenkamp sie.
Lisa lachte kurz. „Ich will gleich noch nach Euskirchen in die Redaktion! Bringst du die Kinder ins Bett?"
Stettenkamp wurde leicht rot.
„Lisa, heute ist ein Mordfall passiert! Wir haben gerade die Ermittlungen aufgenommen. Als

Mordkommission müssen wir uns bei unserem ersten Fall hier beweisen..."
„Ach, heute könnt ihr doch eh nichts mehr unternehmen, oder?" Sie schaute in die Runde.
Stettenkamp konnte seinen Ärger kaum mehr verbergen.
„Lisa, ich hatte mir das wirklich anders..."
Aber sie war bereits im Haus verschwunden, ihre Schuhe hörte man leise auf dem Parkettboden im Wohnzimmer klackern.
„Jetzt lasst uns erst mal essen", sagte Stettenkamp mit fester Stimme und blickte auf den weißen Teller, auf den er gerade eben sechs fein marinierte Wildschweinfilets im Speckmantel gelegt hatte. Er traute seinen Augen nicht. Da war nichts mehr! Stattdessen fuhr Becks sich gerade genüsslich mit der Zunge über seine Hundeschnauze. Ihm hatte es geschmeckt, das war unverkennbar. Stettenkamp und Ilka starrten den Hund an und prusteten dann beide los. Es war einfach unfassbar komisch.
„Jetzt müsst ihr mit Würstchen vom Aldi vorlieb nehmen, die sind auch lecker", sagte er und ging in die Küche.
Es wurde trotz allen ungeplanten, kleinen Änderungen ein schöner Abend. Sie saßen bis nach zweiundzwanzig Uhr draußen, und das im Mai. Stettenkamp hatte auf der Terrasse einen Heizstrahler angemacht und im Feuerkorb loderten gemütlich die Flammen. Er erzählte den neuen Kollegen, wie er zu seiner Entscheidung, von Münster nach Euskirchen zu gehen, gekommen war. Nur das Kapitel Isabelle ließ er aus.
Sogar Peter Bongardt wurde gesprächig. Sie unterhielten sich weiter über den toten Dr.

Reichenbach und die Vandalen, die zurzeit im gesamten Kreis Euskirchen ihr Unwesen trieben. War der alte Jäger ihnen vor knapp zwei Monaten bei seinem tödlichen Sturz zum Opfer gefallen oder hatte die abgesägte Sprosse an der Leiter seines Hochsitzes schon beim Aufstieg gefehlt und er hatte sie hinterher übersehen? Sie hatten es nicht herausgefunden.

Bevor Ilka und Peter Bongardt aufbrechen wollten, schaute dieser Stettenkamp verlegen an:

„Ähm, Chef, der Eifeler ist manchmal nicht so schnell mit dem Du. Aber ich würde es wirklich gerne annehmen. Peter!"

Stettenkamp prostete ihm zu. „Alex!"

Ilka Landwehr und Bongardt verabschiedeten sich. Da erst fiel Stettenkamp erst auf, dass er ganz vergessen hatte, die Kinder ins Bett zu bringen. Sie hatten sich mit ein paar Decken auf die Couch gelegt und schlie-fen tief und fest. Er legte die beiden vorsichtig in ihre Betten und küsste sie auf die Stirn. Unten hörte er Lisa hereinkommen, sie summte diesen spanischen Ohrwurm, den sie jetzt immer im Radio spielten.

Stettenkamp schenkte sich in der Küche einen eisgekühlten Jägermeister ein, zum Abschluss dieses turbulenten Tages. Er wollte sich gerade ins Wohnzimmer setzen, die Tür zur Terrasse stand noch halb offen. Da hörte er ein seltsames Geräusch. Er lauschte in die Stille hinein. Da war es wieder! Wumm, wumm...

Das Geräusch kam vom Wald.

Er war sich sicher, es war eine Motorsäge, die er da hörte. An einem Sonntagabend um fast dreiundzwanzig Uhr.

Stettenkamp überlegte kurz und verließ eilig das Haus. Es war Vollmond, bestimmt saßen gerade Jäger auf ihren Kanzeln. Er lief an der alten Waldkapelle vorbei und über einen kleinen Pfad direkt in den Wald. Das Geräusch der Motorsäge war nun ganz deutlich zu hören. Zerstörten diese Jagdgegner etwa gerade einen Hochsitz?

Montag - Zweiter Tag

Bereits um halb acht hatte sich das KK11 an diesem trüben Montagmorgen zur Frühbesprechung zusammengefunden. Für solche Zusammenkünfte standen Alex Stettenkamp und seinem Team ein zusätzlicher Büroraum mit einem langen Tisch und sechs Stühlen mit Blick auf den Parkplatz des Kreishauses zur Verfügung.
Stettenkamp war müde. Er hatte seinen Mitarbeitern bereits im Büro von seiner nächtlichen Aktion im Eickser Wald erzählt. Mit ihren Motorsägen hatten die Vandalen einen Hochsitz in Kleinholz verwandelt. Einige hundert Meter noch, und er hätte die Typen erwischt, da war er sich sicher. Es mussten mehrere gewesen sein, denn er hatte zwei Motorsägen gehört. Aber offenbar hatten sie ihn rechtzeitig gewittert. Obwohl er sich vorsichtig herangepirscht hatte, war das Knacken der herumliegenden Äste auf dem Boden nicht zu vermeiden gewesen.
Die Vandalen schienen sich gut auszukennen, denn sie waren mit einem Mal wie vom Erdboden verschluckt gewesen. Stettenkamp hatte einen frisch abgesägten Hochstand entdeckt und mit seinem I-Phone in der Leitstelle angerufen. Nach einer ganzen Weile des Wartens waren weder die Täter noch möglicherweise ansitzende Jäger im Wald aufgetaucht. Irgendwann gegen Mitternacht war er dann nach Hause zurückgegangen.

Kriminaldirektor Armin Groß hatte seine Ankündigung wahrgemacht und war an diesem Morgen nach Euskirchen gekommen.
Er wandte sich gleich an Ilka, die er noch aus ihrer Bonner Zeit kannte:
„Na, Frau Landwehr, bereuen Sie Ihren Umzug in die Eifel mittlerweile? Ich kann bis heute nicht verstehen, warum eine so hübsche Frau wie Sie freiwillig in der Provinz versauern will..." Der massige, kleine Endfünfziger mit dem schlecht gekämmten, grauen Haar grinste.
Ilka konnte ihren Ärger kaum verbergen. Sie fand ihn als Führungskraft unmöglich, wie die meisten ihrer alten Kollegen in Bonn. Aber er hatte einen guten Draht zum Polizeipräsidenten und verstand es, sich in der Öffentlichkeit mit den Federn seiner Mitarbeiter zu schmücken.
Stettenkamp übernahm das Wort: „Herr Groß, ich gebe Ihnen gerne einen Überblick über den aktuellen Stand unserer Erkenntnisse."
Er erwähnte ihm gegenüber auch seine Vermutung, dass es Jagdgegner waren, die in der vergangenen Nacht zum zweiten Mal kurz hintereinander einen Hochstand abgesägt hatten.
„Wie Sie wissen, ist vor ein paar Monaten ein älterer Jäger durch eine abgesägte Leitersprosse tödlich gestürzt."
„Ja, ja, das weiß ich. Was macht so ein alter Opa auch nachts noch im Wald? Und vor allem, was hat das alles mit dem Mord an Doktor Reichenbach zu tun?"
„Wir haben herausgefunden, dass unser Opfer Vorsitzender der Kreisjägerschaft war und auch Leiter des Hegerings Euskirchen. Möglicherweise war er für radikale Jagdgegner eine Art Hassfigur".

Ilka sah Armin Groß an, seine wässrigen Augen mit den schweren Tränensäcken wurden fast zu Schlitzen.
„Was ist denn das für ein Quatsch, Stettenkamp!“, polterte er los. „Sie sind zwar hier in der Eifel gelandet, aber nicht im wilden Westen! Gestern zu viel Korn getrunken, was?“
Kriminaldirektor Groß steckte ein paar Unterlagen in seinen schwarzen Lederkoffer und knallte diesen dann auf die weiße Kunststoffplatte des Besprechungstischs.
„Hören Sie, alle drei! Ich erwarte von Ihnen, dass der Mord an Herrn Dr. Reichenbach innerhalb der nächsten zwei Wochen aufgeklärt wird. Hier ist schließlich nicht irgendein Penner erschossen worden, sondern ein namhafter Arzt!“
Er ist so widerlich, dachte Ilka. Neben ihr saß Peter Bongardt, er schien irgendetwas zu zeichnen.
„Bongardt, hören Sie mir zu? Hier im tiefsten Hinterland können Sie sich die Sporen verdienen. Vielleicht reicht´s dann irgendwann mal für Frankfurt.“
Groß wandte sich wieder an Stettenkamp.
„Ihnen gebe ich den guten Rat, legen Sie Ihre Münsterland-Theorien beiseite und geben Sie Gas. Vollgas! Sonst war´s das ganz schnell mit der Mordkommission in Euskirchen.“
Ilka blickte ihren Chef an. Sie wäre explodiert, das wusste sie. Stettenkamp aber stand ganz ruhig auf.
„Herr Groß, danke für Ihre wertvollen Hinweise. Wenn Sie uns jetzt entschuldigen würden, wir sind quasi schon auf dem Weg zur Befragung von Sybille Reichenbach.“
Groß´ Augen weiteten sich und er knallte die Tür des

Besprechungszimmers ohne Abschiedsgruß zu.
„Hat der schlechten Shit geraucht?“ Stettenkamp schien fassungslos zu sein.
„So ist er immer“, meinte Bongardt nur und hielt dann seine Zeichnung in die Höhe. Auf den ersten Blick hätte es ein Michelin-Männchen sein können. Tatsächlich war es eine äußerst treffende Karikatur von Armin Groß. Darüber hatte Bongardt geschrieben „Der Komplex des kleinen Mannes...“
„Mann, Peter, wenn er das gesehen hätte!“, entfuhr es Ilka.
Stettenkamp brach als erstes in ein befreiendes Gelächter aus und steckte Bongardt und Ilka mit an. Draußen auf dem Flur hörte man die drei noch ein paar Minuten herumalbern, sie konnten sich kaum von Bongardts Zeichnung abwenden.
„Die muss ich natürlich einkassieren“, meinte Stettenkamp streng und nahm die Karikatur an sich. Er lachte und sagte: „Holt euch einen Kaffee und wir besprechen, wie wir weiter vorgehen!“

Ilka und Stettenkamp wollten sich auf den Weg zu Sybille Reichenbach machen, während Bongardt im Büro blieb. Er sollte etwas zu diesen vermeintlichen Jagdgegnern herausfinden. Wer steckte hinter ihnen? Wie weit gingen sie, wenn jemand ihrer Weltanschauung nicht entsprach? Wenn sie es tatsächlich gewesen sein sollten, die den alten Jäger auf dem Gewissen hatten, könnten sie auch Dr. Wolfhardt Reichenbach im Visier gehabt haben? Fragen über Fragen, auf die sie bald eine Antwort brauchten.
Nach der Befragung der Witwe würden Ilka und Stettenkamp nach Köln zu Reichenbachs

Kinderwunschklinik fahren, um sich mit seinen Teilhabern, den Ärzten Henschel und Kerner, zu unterhalten. So war der Plan. Für siebzehn Uhr hatte Stettenkamp eine weitere Besprechung angesetzt, um ihre Ergebnisse mit Bongardt auszutauschen.

Bevor sie losfuhren, gingen Ilka und Stettenkamp noch im Kriminallabor vorbei.
Bernd Schmitz freute sich über ihren Besuch.
„Kurzer Dienstweg ist immer gut!“, meinte er. „Ich hab auch was für euch. Wir haben versucht, die Fußspuren zu analysieren, die wir auf dem kleinen Pfad unmittelbar in der Nähe des Toten gefunden haben. Es waren verschiedene Joggingschuhe dabei und Wanderschuhe mit tief ausgeprägtem Profil. Und ein paar Damenpumps in Größe neununddreißig mit einem ziemlich breiten Absatz.“
Also relativ bequem zu tragen, auch auf einem unbefestigten Weg, dachte Ilka.
Bernd Schmitz fuhr fort: „Die Zigarettenkippen, die wir gefunden haben, scheinen uns nicht weiterzubringen. Wir haben die getrockneten Speichelreste daran analysieren können, ein Abgleich mit der Computerdatenbank hat erst mal nichts ergeben. Wir sind uns aber sicher, dass die Kippen deutlich älter als drei Tage sind.“
Ilka schmunzelte: „Wär ja auch ein Witz gewesen, wenn der Täter nach dem Mord noch eine geraucht und uns so mal eben seine DNA hinterlassen hätte.“
„Frau Landwehr, das ist alles schon vorgekommen, aber selten, geb ich zu.“ Schmitz grinste.
„Haben Sie noch mal nach dem Schalldämpfer geschaut, den ich gefunden habe?“, wollte Ilka

wissen.
„Hut ab vor Ihren scharfen Augen! Es sind definitiv keine Fingerabdrücke drauf, der Täter muss also Handschuhe getragen haben. Auch auf der heruntergerissenen Hose und den Shorts sind keine Fingerabdrücke. Leider auch keine Hautpartikel. Nur ein paar Haare, die eindeutig von dem Hund stammen." Schmitz machte eine kurze Pause, bevor er weitersprach. „ Auf dem Schalldämpfer haben wir Schmauchspuren gefunden und eine winzige Textilfaser, die an einem Ölpartikel haftete."
Ilka und Stettenkamp blickten den Spurensicherer gespannt an.
„Die Faserspur müssen wir noch auswerten, ich rufe Sie sofort an, wenn ich was weiß."

„Auf ins Viertel der Reichen und Schönen von Euskirchen", meinte Ilka und gab Gas. „Ich bin gespannt, was die Lady uns zu erzählen hat!"
Stettenkamp nickte. „Wenn du willst, Ilka, führ du das Gespräch. Vielleicht hast du als Frau einen guten Draht zu ihr und entlockst ihr etwas über ihre Ehe mit Reichenbach. Ist schon komisch, dass sie ihn so lange nicht vermisst hat".
Sie fuhren in die breite Einfahrt der Villa. Die Garage, in der Reichenbach seinen Geländewagen geparkt hatte, war heute geschlossen. Sybille Reichenbach öffnete ihnen, gleich nachdem sie geklingelt hatten. Sie trug ein graues Leinenkostüm und schaute die Kommissare aus übernächtigten Augen an.
„Kommen Sie herein!"
Auf dem filigranen Glastisch im Wohnzimmer stand ein Tablett mit Kaffee und Wasser sowie feines

Gebäck.
Es war penibel aufgeräumt und sauber, durch die Flügeltüren sah man einen Gärtner, der ein paar japanische Zierpflanzen stutzte. Sie setzten sich auf eines der schwarzen Ledersofas. Ilkas Blick fiel auf ein gerahmtes Hochzeitsfoto, das auf einer kleinen Anrichte stand. Sybille Reichenbachs Gesicht wirkte darauf fröhlich und unbeschwert. So ganz anders als heute, dachte sie. Lag das am Tod ihres Mannes oder hatte sie sich schon vorher verändert?
„Frau Reichenbach, sehen Sie sich in der Lage, ein paar Fragen zu den Todesumständen Ihres Mannes zu beantworten?"
„Aber ich weiß dazu nichts!" Ihre rechte Hand zitterte leicht.
Ilka lächelte sie vertrauensvoll an.
„Erzählen Sie uns doch einfach mal von Ihrem Mann."
Sie antwortete spontan.
„Wolfhardt war ein wunderbarer Mann. Trotz seiner vielen Arbeit war er immer aufmerksam und brachte mir oft Geschenke mit. Mir zuliebe ist er auch vor zwölf Jahren von Köln nach Euskirchen umgezogen. Wir haben dann das Haus hier gemietet."
„Haben Sie Kinder?"
„Nein. Wir hätten gerne welche gehabt, aber es sollte nicht sein. Wir hatten aber auch ohne Kinder ein ausgefülltes Leben", fügte sie hinzu.
„Was machen Sie beruflich, Frau Reichenbach?"
„Ich habe bis vor acht Jahren im Kulturdezernat bei der Stadt Köln gearbeitet."
„Und heute?"
„Ach, wissen Sie, das große Haus, der Garten..."
Sie blickten unwillkürlich hinaus, der Gärtner hatte

seine Arbeit dort gerade beendet.
„Wissen Sie, ich muss nicht arbeiten, mein Mann verdiente ja gut in der Klinik."
„Wie sah denn der Alltag Ihres Mannes aus?"
„Er fuhr immer schon gegen sechs Uhr morgens in die Klinik, oft auch an den Wochenenden. In der Regel hatte er einen Zwölf-Stunden-Tag, manchmal wurde es noch länger. Er war ja sehr erfolgreich in seinem Beruf und die Klinik hatte enormen Zulauf."
Sybille Reichenbach wirkte ruhig und konzentriert.
„Er führte künstliche Befruchtungen durch, nicht wahr?"
„Genau."
„Was verdiente Ihr Mann so ungefähr im Monat?"
„Hm...wozu wollen Sie das wissen?"
„Um den Mörder Ihres Mannes zu finden, müssen wir sein gesamtes Lebensumfeld überprüfen, verstehen Sie? Dazu gehören auch seine finanziellen Verhältnisse."
„Ich kann es gar nicht sagen. Klingt komisch, ich weiß, aber ich konnte mir immer alles kaufen, was ich wollte, egal, worum es ging. Ich will nicht überheblich klingen, aber Geld spielte keine wirkliche Rolle."
„War das immer so? Ihr Mann hat die Klinik vor zehn Jahren gegründet, nicht wahr? Das kostete doch Geld."
Sie schien sich ihre Antwort zu überlegen.
„Mein Mann hatte damals ein ordentliches Startkapital, auch als angestellter Arzt hat er vorher gut verdient. Ein Reproduktionsmediziner ist ja schließlich kein kleiner Landarzt."
Ilka ließ das Thema fürs Erste auf sich beruhen. Sie würden die Finanzen der Reichenbachs ohnehin

noch genau überprüfen.
„Kennen Sie die beiden Teilhaber der Klinik?"
Sie antwortete schnell.
„Nein. Mein Mann hat Privates und Berufliches immer strikt voneinander getrennt."
„Aber mit Dr. Kerner hat er doch schon seit acht Jahren zusammengearbeitet. Sieht man sich da nicht mal bei irgendwelchen Anlässen, zum Beispiel bei einem Fest?"
„Wie gesagt..."
Stettenkamp zog hörbar die Luft ein und beugte sich vor.
„Frau Reichenbach, hatte Ihr Mann Feinde?"
„Nein."
„Hatte er mit jemandem Probleme oder hatte er in der letzten Zeit einen heftigen Streit mit jemandem? Überlegen Sie bitte, das ist sehr wichtig."
„Nein. Er war überall beliebt, da war nichts."
„Wie würden Sie denn Ihre Ehe beschreiben?"
Ihre Körperhaltung wurde steif, sie presste beide Daumen gegeneinander.
„Wir haben uns sehr geliebt, mein Mann und ich. Das reicht doch, wohl, oder?"
„Seit wann schlafen Sie denn in getrennten Zimmern?"
„Ich sagte Ihnen doch gestern schon, mein Mann schnarchte ganz fürchterlich."
Stettenkamp blickte sie mit ernstem Gesicht an.
„Ja, das sagten Sie bereits. Ihr Mann ist laut Ihrer Aussage am Samstagabend gegen zweiundzwanzig Uhr wie immer mit dem Hund spazieren gegangen. Und gestern Morgen um halb zehn, als wir zu Ihnen kamen, hatten Sie ihn noch nicht vermisst. Das ist, sagen wir mal, ungewöhnlich!"

Sybille Reichenbach errötete leicht, sie verkrampfte beide Hände ineinander und schwieg.
„Gab es Probleme in Ihrer Beziehung?"
„Nein! Die gab es nicht."
Ilka schaute Stettenkamp an, der nickte unmerklich. Sie übernahm die Befragung wieder.
„Frau Reichenbach, wir wollten Ihnen nicht zu nahe treten." Ihre Stimme war ganz sanft, als sie nun ein anderes Thema anschnitt. „Ihr Mann war doch Jäger, oder?"
Die Witwe entspannte sich etwas.
„Ja. Die Jagd war seine Leidenschaft. Er war auch Vorsitzender der Kreisjägerschaft und leitete den Hegering Euskirchen."
„Hatte er ein eigenes Revier?"
„Ja, er jagte im Hardtwald bei Kreuzweingarten, nur ein paar Kilometer von hier entfernt."
„Würden Sie uns seinen Waffenschrank einmal zeigen?"
Sybille Reichenbach schien zu zögern. Dann stand sie auf und führte Ilka und Stettenkamp in einen kleinen Erker, der neben dem Wohnzimmer lag. Die im Halbkreis angeordneten Fenster zeigten ebenfalls in den Garten.
„Hier ist das Jagdzimmer", sagte sie.
Vier schwere, dunkelbraune Ledersessel gruppierten sich mit Blick zum offenen Kamin hin um einen ovalen Holztisch. Auf dem dunklen Parkettboden lag ein schwerer, roter Perserteppich. An den weiß gestrichenen Wänden hingen an die hundert dunkle, runde Holzbrettchen mit gebogenen Wildschweinzähnen darauf.
Frau Reichenbach öffnete den schweren Stahlschrank, indem sie einen Zahlencode eingab

und ihn anschließend mit einem Schlüssel öffnete. In dem Waffenschrank hingen eine Zwillingsbüchse, ein Drilling, ein Repetierer sowie drei Flinten nebeneinander.
Hier hängt ja ein kleines Vermögen, dachte Ilka.
„Besitzt Ihr Mann auch eine Pistole?", wollte sie wissen.
„Nein, wie Sie an den Trophäen erkennen können, ging Wolfhardt hauptsächlich auf Wildschweinjagd. Was sollte er da mit einer Pistole?"
„Hm... Ich würde noch gerne seine Waffenbesitzkarte sehen."
Eine steile Falte bildete sich auf Sybille Reichenbachs Stirn.
„Was soll das? Glauben Sie etwa, mein Mann hätte..."
Ilka unterbrach sie vorsichtig.
„Verstehen Sie, wir müssen das überprüfen..."
„Ich weiß nicht, wo er sie aufbewahrt hat."
„Sie werden sie sicherlich bis zu unserem nächsten Besuch finden. Sagen Sie, Frau Reichenbach, wie stehen Sie eigentlich selbst zur Jagd?"
Ilka sah, dass Stettenkamp sie verwundert anschaute.

„Ich bin der Ansicht, sie ist nützlich und wichtig."
Sie nahm den zwölf Kilo schweren Drilling aus dem Stahlschrank und übergab ihn der verdutzten Witwe. Diese nahm die Waffe in ihre Hände wie jemand, der an den Umgang mit ihr gewohnt war.
„Haben Sie selbst auch einen Waffenschein?"
„Ja. Ich habe meinen Mann früher häufig zur Jagd begleitet."
Frau Reichenbach stellte das teure Jagdgewehr zurück in den Waffenschrank und schloss ihn wieder

ab.
„Haben Sie nun all Ihre Fragen gestellt? Ich habe noch einen wichtigen Termin." Ihre Stimme klang reserviert.
Ilka lächelte sie an und schüttelte den Kopf.
„Ach, nur eins noch. Sie sagten uns gestern, dass Sie am Samstagabend gegen dreiundzwanzig Uhr geschlafen hätten. Wir müssen Sie das fragen. War jemand im Haus, der das bezeugen kann?
Frau Reichenbachs dünne Lippen wurden noch schmaler.
„Natürlich nicht! Wer soll denn hier gewesen sein? Glauben Sie etwa, ich hätte meinen eigenen Mann umgebracht?"
Sie wurde immer lauter. „Was soll das alles? Finden Sie lieber seinen Mörder!"

Auf der Weiterfahrt nach Köln zu Reichenbachs Kinderwunschklinik sprachen sie über seine Witwe.
„Ich habe das Gefühl, wir sind kaum zu ihr durchgedrungen", meinte Ilka. „Was machte sie zum Beispiel den ganzen Tag, wenn Reichenbach weg war? Wir haben zwar mit ihr gesprochen, aber sie irgendwie kein Stück näher kennengelernt."
Stettenkamp fuhr sich durch das dunkle Haar.
„Ich kann mir auch noch kein Bild von ihr machen. Was wir aber wissen, ist, dass sie für die Tatzeit kein Alibi hat. Und als Jägerin kann sie natürlich schießen. Ich glaube, das hätte sie uns erst mal verschwiegen, wenn du ihr das schwere Gewehr nicht in die Hände gedrückt hättest."
„Schmitz erzählte uns doch, dass er auf dem kleinen Pfad auch Abdrücke von Damenpumps in Größe neununddreißig sichergestellt hat. Ich hab ihr mal

auf die Füße geschaut, das könnte hinkommen. Ich hab nämlich die gleiche Größe."
„Nicht, dass du es am Ende warst!", neckte Stettenkamp.
Ilka grinste.
„Fandest du ihr Verhalten verdächtig?"
„So weit würde ich nicht unbedingt gehen. Auf mich wirkt Sybille Reichenbach verbittert, auch wenn sie noch so sehr betont, was für einen tollen Mann sie hatte."
Stettenkamp fuhr nun auf die linke Spur der A1 und gab Gas.
„Wir müssen unbedingt mehr über sie und ihre Ehe mit Reichenbach herausfinden. Und das werden wir!"
Unterwegs hielten sie an der Raststätte Ville, um etwas zu essen. Ilka stellte sich einen gemischten Salat mit Putenbruststreifen zusammen und nahm sich eine Cola Zero dazu. Stettenkamp lud sich ein Schnitzel mit einer kleinen Portion Pommes auf sein Tablett. Es war wenig los und sie fanden einen Tisch in einer ruhigen Ecke.
„Wenn es stimmt, was Frau Reichenbach sagt, dann hat ihr Mann als Reproduktionsmediziner ja richtig gut verdient."
Ilka war gedanklich schon in der Kinderwunschklinik.
„Mit Sicherheit. Künstliche Befruchtungen sind teuer. Mit drei- bis viertausend Euro pro Versuch kannst du rechnen, je nach Praxis sogar noch mehr", wusste Stettenkamp.
Ilka war überrascht.
„Zahlen das die Krankenkassen?"
„Mittlerweile zahlen sie nur noch drei Versuche zur

Hälfte. Bei den Privatversicherten sieht es besser aus, da übernehmen die meisten Versicherer vier Versuche komplett, soweit ich weiß."
Ilka schob ihre Salatschüssel von sich.
„Und wieviele Versuche braucht ein Paar so, bis die Frau schwanger wird?"
Auch dazu konnte Stettenkamp etwas sagen.
„Das ist ganz unterschiedlich, manche werden gleich beim ersten Versuch schwanger, andere aber auch nie, egal, wie oft sie es versuchen. Das hängt wohl auch vom Alter der Frau ab, je jünger, desto besser sind die Erfolgsaussichten. Die Chance pro Versuch liegt wohl so bei fünfundzwanzig Prozent."
„Sag mal, woher weißt du das alles?"
„Ach, Freunde von uns haben das in Münster vor ein paar Jahren auch machen lassen, da haben wir so einiges mitgekriegt."
Ilka überlegte.
„Der Klinik muss doch daran gelegen sein, die Frauen solange wie möglich bei der Stange zu halten, oder? Ich meine, je mehr Versuche, umso besser fürs Geschäft."
Stettenkamp nickte.
„Ja, es ist ganz klar ein Geldgeschäft. Aber nicht jeder Arzt rät den Paaren dazu, ewig weiterzumachen, wenn kaum Erfolgsaussichten bestehen. Andererseits sind es auch manchmal die Frauen selbst, die sich so in ihren Kinderwunsch hineingesteigert haben, dass sie immer weitermachen, um endlich ein Kind zu bekommen."
„Nehmen wir an, eine gutgehende Klinik wie die von Reichenbach hat pro Jahr ungefähr tausend Patientinnen und die brauchen im Schnitt drei Versuche, bis sie schwanger werden. Und wir

rechnen mit dreitausend Euro pro Versuch. Dann wäre das ja ein Jahresumsatz von neun Millionen Euro...!"

Kein Wunder, dass Sybille Reichenbach in ihrer Villa frei von jeglichen finanziellen Sorgen zu sein schien.

Ilka und Stettenkamp standen auf und gingen zum Parkplatz.

„Sag mal, eure Freunde in Münster... hatten die denn Erfolg mit ihrer Behandlung?"

Stettenkamp lächelte. „Ja, sie haben jetzt dreijährige Zwillinge."

Sie fuhren mit dem Aufzug in den vierten Stock eines Hochhauses am Kaiser-Wilhelmring, in dem hauptsächlich Büros und Arztpraxen untergebracht waren. Ein diskretes, kleines Schild wies auf die Klinik hin.

„Praxis für Reproduktionsmedizin Dr. med. W. Reichenbach, Dr. med. A. Henschel & Dr. med. S. Kerner."

Als sie eintraten, hatte Stettenkamp das Gefühl, sich schon ein wenig auszukennen. Die vielen Fotos der Praxisräume auf der Internetseite der Klinik hatte er gut im Gedächtnis. Sie standen vor der langgezogenen Anmeldung, hinter der fünf Damen in weißen Kitteln telefonierten oder am Computer beschäftigt waren. Von dort aus sah man direkt in den offenen Wartebereich. Hier saßen drei Paare und zwei Frauen, die offenbar allein gekommen waren, in bequemen Korbstühlen. Sie schauten alle ernst, manche sogar richtig angespannt. In der Mitte des Raums gab es einen niedrigen, quadratischen Glastisch mit Zeitschriften. Auf dem hellen Laminatboden standen eine hohe Vase und

Grünpflanzen. Durch unsichtbare Lautsprecherboxen hörte man leise, klassische Musik. Eine große Wand bestand fast komplett aus Kork. An ihr hingen hunderte Geburtsanzeigen mit Babyfotos darauf. Einige enthielten sogar persönliche Dankworte an die Mitarbeiter der Klinik.
Ilka und Stettenkamp wurden freundlich von Frau Schwamborn an der Anmeldung begrüßt. Sie hatten sich angekündigt.
„Leider sind Dr. Henschel und Dr. Kerner seit gestern auf einem Kongress in Österreich und erst morgen wieder im Haus", sagte sie bedauernd. „Normalerweise wäre Dr. Reichenbach heute hier. Es konnte ja niemand ahnen, was passiert ist..."
Stettenkamp war enttäuscht.
Von dem Gespräch mit den beiden Teilhabern hatte er sich einiges versprochen.
„Aber es muss doch ein Arzt in der Praxis sein...?"
„Ja, Frau Dr. Heimerzheim hilft uns heute freundlicherweise aus, sie arbeitet normalerweise in der Kinderwunschklinik der Uni Bonn."
„Und das reicht?"
„Wir haben fast alle Beratungstermine für heute abgesagt. Sie führt heute Nachmittag nur ein paar wenige Gespräche mit den Patienten, die Sie drüben im Wartezimmer sehen. Ansonsten hatte sie heute Morgen nur eine Punktion und zwei Transfers."
Sie blickte in Ilkas fragendes Gesicht.
Frau Schwamborn erklärte: „Das sind die medizinischen Fachausdrücke für die Entnahme von herangereiften Eizellen bei der Patientin und dem Einsetzen der befruchteten Eizellen in die Gebärmutter."
Stettenkamp überlegte kurz. Mit der Ärztin zu

sprechen, machte in seinen Augen wenig Sinn. Sie war ja heute nur vertretungsweise hier.
„Wir würden uns gerne einmal die Räumlichkeiten hier ansehen und dann mit den Mitarbeitern sprechen, geht das?"
Frau Schwamborn lächelte und rief dann Herrn Dr. Kerner auf dem Handy an.
„Das geht in Ordnung", sagte sie ein paar Minuten später. Ich führe sie erst einmal herum und meine Kollegin organisiert inzwischen das Gespräch."
Wie zuvorkommend, dachte Stettenkamp.
Es gab drei Räume, die ausgestattet waren wie die Behandlungszimmer von Gynäkologen, das Labor, in das sie wegen der strengen Hygienevorschriften nicht hinein durften, mehrere Besprechungsräume und zwei Ruheräume.
„Wozu braucht man die?", wollte Ilka wissen.
„Hier können sich die Patientinnen ausruhen, wenn sie nach der Eizellpunktion von der Narkose noch etwas müde sind", sagte Frau Schwamborn.
Um fünfzehn Uhr saßen Ilka und Stettenkamp mit vier Mitarbeitern in einem der Besprechungsräume. Frau Schwamborn hatte ihnen sogar kleine Wasserflaschen und Gebäck hingestellt.
Es handelte sich um einen Biologen, eine Labormitarbeiterin, einen Anästhesisten und eine Verwaltungsangestellte. Sie wussten offenbar, dass Dr. Reichenbach erschossen worden war. Die Vertretungsärztin Dr. Heimerzheim hatte sie auf die Bitte von Herrn Dr. Henschel hin heute Morgen darüber informiert. Von wem Henschel auf seinem Kongress in Österreich davon erfahren hatte, mussten sie noch klären. Stettenkamp hätte lieber mit jedem einzeln gesprochen, doch das ließ sich heute

nicht organisieren. So wandte er sich zunächst an alle vier.
„Was war Herr Dr. Reichenbach für ein Mensch?"
Der Biologe Gunnar Strauch ergriff das Wort.
„Ich denke, ich kann für uns alle sprechen, wenn ich sage, Herr Dr. Reichenbach war ein toller Chef. Ich habe fast gleichzeitig mit ihm vor zehn Jahren in der Klinik angefangen, er hat mich damals aus Essen quasi mitgenommen. In Essen haben wir beide vorher schon zusammengearbeitet", fügte er noch hinzu.
„Und was denken Sie?" Stettenkamp blickte die drei anderen Mitarbeiter an.
„Dr. Reichenbach hat unsere Arbeit immer sehr wertgeschätzt", sagte die Labormitarbeiterin, Frau Trutwin. „Er wusste, dass sein Erfolg maßgeblich von unserer Arbeit mit abhing. Er war ein Chef, der auch loben konnte."
Der Anästhesist Dr. Schulz fügte hinzu: „Ich habe ihn in all den Jahren hier immer ruhig und besonnen erlebt, auf seinem Gebiet war er ein Ass und die Praxis hatte so viel Zulauf, dass er im Laufe der Zeit noch zwei weitere Teilhaber dazu nahm."
„Er machte seine Arbeit mit ganz viel Herzblut, er wollte den Frauen unbedingt helfen und machte ihnen auch nach erfolglosen Versuchen immer wieder Mut, weiterzumachen", ergänzte Frau Trutwin aus dem Labor. Stettenkamp dachte an Ilkas Rechnung von vorhin. Ermutigte er die Frauen, erneut einen Versuch zu wagen, damit sie endlich ein Kind bekamen oder damit er weiter gut verdiente?
„Gab es in der letzten Zeit Probleme in der Klinik?", fragte er.
Alle vier verneinten.

„Hat sich Dr. Reichenbach in der letzten Zeit verändert, war er anders als sonst? Vielleicht in sich gekehrt, nachdenklich?“
Sie schüttelten die Köpfe.
„Nein, er war wie immer“, betonte der Biologe Gunnar Strauch.
„Hatten Sie auch privaten Kontakt zu Herrn Dr. Reichenbach?“
Wieder antwortete sein alter Weggefährte Strauch. „Nein, das war irgendwie nicht so üblich. Wir arbeiten ja meistens zehn, zwölf Stunden am Tag und dann hatte Wolfhardt, ich meine, Herr Dr. Reichenbach, ja auch noch seine Jagd.“
Stettenkamp hakte nach: „Wissen Sie Näheres darüber?“
Er glaubte, ein Zögern bei dem Biologen zu erkennen.
„Ich weiß nur, dass er in einem großen Revier bei Euskirchen jagte, im Hardtwald. Bis vor ungefähr einem halben Jahr hat er sich das Revier mit Herrn Dr. Henschel geteilt, der ist auch Jäger. Die Ehefrauen sind ebenfalls befreundet, glaube ich.“
Stettenkamp und Ilka bedankten sich. Morgen würden sie wiederkommen und hoffentlich mit den Herren Henschel und Kerner sprechen können.
Auf dem Weg zum Aufzug sagte Ilka: „Sieh mal einer an! Sybille Reichenbach hat uns doch heute Morgen erzählt, sie würde die beiden anderen Teilhaber gar nicht kennen. Nun ist sie angeblich sogar mit Dr. Henschels Ehefrau befreundet!“

Ilka und Stettenkamp wollten Köln gerade in Richtung Autobahn verlassen und nach Euskirchen ins Büro zurückfahren, da klingelte das Handy des

Kommissars. Stettenkamp hatte die Freisprecheinrichtung im Auto eingeschaltet, so dass Ilka mithören konnte.
Es war Dr. Klaus Grunwald, der Rechtsmediziner.
„Herr Dr. Grunwald, haben Sie schon nähere Ergebnisse für uns?"
Es knackte kurz in der Leitung.
„Aber sicher! Auch wir waren fleißig und haben die Leiche quasi schon in alle Einzelteile zerlegt. Dass der Täter ihm direkt ins Herz geschossen hat, wissen Sie ja schon. Es scheint übrigens keinen Kampf zwischen Reichenbach und dem Täter gegeben zu haben", sagte Grunwald. „Ich habe jedenfalls keine Kampfspuren an den Händen entdecken können. Der Arzt scheint vollkommen überrascht worden zu sein."
Stettenkamp fragte den Rechtsmediziner nach dem möglichen Todeszeitpunkt des Mannes.
„Ganz genau kann ich das nicht sagen. Aber ich denke, er ist zwischen dreiundzwanzig Uhr und Mitternacht erschossen worden. Der Notarzt hat am Tatort gegen sieben Uhr gestern Morgen seine Körpertemperatur gemessen, einunddreißig Grad. Nach Eintritt des Todes bleibt die normale Körpertemperatur von siebenunddreißig Grad noch rund zwei Stunden erhalten. Danach sinkt sie pro Stunde um etwa ein Grad ab, jedenfalls bei normalen Umgebungstemperaturen", erklärte er. Das war einleuchtend.
Der Rechtsmediziner fuhr fort: „Reichenbach muss aus unmittelbarer Nähe von hinten direkt ins Herz getroffen worden sein. Die Pistole, zu der die Patronenteile gefunden worden sind, kann übrigens sehr gut die Mordwaffe gewesen sein, sie passt

genau zu der Größe des Einschusslochs auf dem Rücken."
„Gut. Haben Sie sonst noch was entdeckt?", wollte Stettenkamp wissen.
„Ja, habe ich. Der Täter muss Reichenbach den Penis weggeschossen haben, als er schon tot war. Da unten ist nichts mehr! Um so was anzurichten, muss man schon direkt vor einem stehen, mehr als zwanzig Zentimeter Entfernung waren das nicht. Dafür spricht auch der Pulverschmauch auf dem Stumpf."
Ilka sah Stettenkamps verzerrtem Gesicht an, dass dieser sich die Situation gerade bildlich vorstellte.
„Herr Stettenkamp, ich muss Schluss machen, Staatsanwalt Rettich will mich dringend sprechen, er hat mal wieder keine Zeit. Wollen Sie mit Frau Landwehr gleich mal kurz bei mir vorbeikommen? Dann könnten wir uns abschließend besprechen. Sie finden mich im Sektionsraum!"
Ilka verzog das Gesicht. Diese Rechtsmediziner waren ihr irgendwie unheimlich. Wie konnte man sich den ganzen Tag mit dem Sezieren von Leichen beschäftigen? Ihr reichte schon der Geruch, den die Toten oft verströmten, wenn sie eintrafen. Am schlimmsten war es im Hochsommer bei warmen Temperaturen und wenn die Leiche am Ende schon mehrere Tage alt war. Sie würde nie vergessen, wie sie in Bonn einmal zu einem Wohnungsbrand gerufen worden waren. Die Feuerwehr hatte in der Küche einen toten Mann entdeckt. Sein Gesicht war völlig verkohlt gewesen. Doch der Anblick war es nicht gewesen, der sie lange verfolgt hatte. Es war der Geruch der verbrannten Leiche gewesen, der Geruch nach verschmortem Menschenfleisch.
Sie sah, dass Stettenkamp den silbernen Mercedes

bereits auf die Bonner Autobahn gelenkt hatte und seufzte innerlich.
Sie fanden Klaus Grunwald tatsächlich in seinem weißen Kittel im Sektionssaal an einem der neun Tische, auf denen die Toten seziert wurden. Dr. Grunwald war ein mittelgroßer Mann mit graumeliertem Haar und weichen Gesichtszügen.
Hier riecht es wie im Schlachthaus, dachte Ilka.
„Na, wen haben Sie und Ihr Kollege denn da gerade auf dem Tisch?“, eröffnete Stettenkamp das Gespräch.
„Eine alte Frau, die angeblich an Herzversagen gestorben ist. Ich vermute aber, dass sie mit einem Kissen erstickt wurde.“
Dr. Grunwald rief einen seiner Assistenten herbei und ging mit Ilka und Stettenkamp in sein Büro, das direkt an den Sektionsraum grenzte und ein riesiges Fenster hatte. Ilka konnte den Blick trotz ihrer inneren Abwehr nicht abwenden. An einem der Tische hatten Grunwalds Kollegen die Brusthöhle eines Toten geöffnet und gerade damit begonnen, mit einer Rippenschere den Brustkorb zu öffnen. Seelenruhig nahm einer der beiden das Brustbein und ein paar Knochen heraus.
„Herr Dr. Grunwald, haben Sie denn bei unserem Doktor Reichenbach noch etwas Auffälliges gefunden?“, fragte sie.
Bloß nicht mehr lange bleiben...
„Wir haben zunächst seine gesamte Körperoberfläche auf Spuren hin untersucht. Das können winzige Einstichstellen oder Faserspuren sein“, dozierte er. „Dabei haben wir außer den bekannten Schusswunden nichts Auffälliges gefunden.“

Dr. Grunwald schenkte ihnen ein Wasser ein.
„Wir haben ihm dann den Kopf aufgesägt und die Brust- und Bauchhöhle aufgeschnitten. Reichenbach hat am Abend, bevor er starb, Pasta und Hummer gegessen. Etwas, was man nicht unbedingt zuhause isst, sondern eher im Restaurant, oder?"
Ilka und Stettenkamp nickten.
„Zum Schluss haben wir ein Tox Screen gemacht. Er hatte noch einen Rest-Alkoholgehalt von 0,2 Promille im Blut. Wir haben zudem eine leichte Konzentration der chemischen Verbindung Benzimidazol gefunden, ist in vielen blutdrucksenkenden Medikamenten zu finden. Ansonsten gibt es nichts Auffälliges."
Dr. Grunwalds Sekretärin hatte den Obduktionsbericht bereits abgetippt, den ihr Chef während der Sektion auf Band gesprochen hatte.
„Frau Handwerk hat ihn eben schon an Dr. Rettich gemailt. Vermutlich hat der Ihnen den Bericht schon weitergeleitet", sagte Dr. Grunwald.
Sie verabschiedeten sich aus den heiligen Hallen der Rechtsmedizin. Ilka und Stettenkamp gingen an dem Sektionstisch vorbei, auf dem die alte Frau lag. Ihr waren gerade die inneren Organe entnommen worden. Einer von Grunwalds Kollegen legte sie nach und nach auf eine Waage.

Peter Bongardt wartete bereits gespannt auf sie, als Ilka und Stettenkamp kurz nach siebzehn Uhr wieder in Euskirchen im Kreishaus eintrafen.
Sie setzten sich in den langgezogenen Besprechungsraum. Stettenkamp hatte die vier Metaplanwände, die sie gestern in ihrem Büro aufgestellt hatten, an den Zimmerwänden entlang verteilt. Sie berichteten dem Kriminalassistenten von

ihren Gesprächen mit Sybille Reichenbach und den Mitarbeitern der Kinderwunschklinik sowie von den Erkenntnissen, die Schmitz im Labor und Grunwald bei der Obduktion des Toten gewonnen hatten.
Dabei wanderte Stettenkamp zwischen den Metaplanwände hin und her und schrieb die wichtigsten Informationen auf.
Auf der fünften, noch leeren Wand stand eingekreist in der Mitte
- *Jagdgegner?* -
„Schieß los, Peter, hast du was herausgefunden?“, wollte Stettenkamp wissen.
„Und ob! Ich habe im Internet recherchiert und nach organisierten Jagdgegnern hier im Kreis Euskirchen gesucht. Zerstörte Hochsitze und beschmierte Kanzeln haben die Kollegen bisher nämlich nur zwischen Blankenheim und Weilerswist gefunden. In den angrenzenden Wäldern, die schon zum Kreis Ahrweiler beziehungsweise zum Erftkreis gehören, gab es definitiv keinen Vandalismus, da hab ich nachgefragt.“
„Gut, Peter, und weiter?“
„Ich bin auf eine Internetseite gestoßen, sie heißt www.eifeler-jagdgegner.de. Auf der Startseite präsentieren die Jagdgegner sich als, hört her, „Forum für Jagdgegner-Kontakte und Anti-Jagd-Aktionen im Kreis Euskirchen“. Dort sind jede Menge Presseartikel eingestellt und Bilder von erlegten Rehen, Wildschweinen und eine ganze Strecke mit toten Füchsen. Sieht echt grauenhaft aus, finde ich.“
„Peter, was meinst du, wie es erst im Schlachthaus aussieht, aus dem das Schwein oder das Rind kommt, das du heute Mittag in der Kantine auf dem

Teller hattest?", meinte Ilka.
„Stimmt natürlich. Auf der Internetseite der Eifeler Jagdgegner gibt´s auch noch ein Forum, in dem man sich zu verschiedenen Themen austauschen kann und einen Blog. Um sich das angucken zu können, muss man sich erst als Mitglied auf der Seite registrieren. Hab ich natürlich gemacht, ich bin jetzt *„ausserkontrolle7."*
„Was gab´s denn da nun Interessantes?" Ilka wurde ungeduldig.
„Der letzte Blog-Eintrag stammt von Freitag und es geht darin um Dr. Reichenbach! Für viele dieser Jagdgegner scheint er tatsächlich eine Art Hassfigur gewesen zu sein. Als Vorsitzender der Kreisjägerschaft und Leiter des Euskirchener Hegerings hatte er ihren Augen wohl viel Einfluss auf die Jagd hier in der Gegend. Keine Ahnung, ob das tatsächlich so ist. Sie haben sich zum Beispiel wahnsinnig darüber aufgeregt, dass Reichenbach im Februar für den ganzen Kreis eine Fuchsjagd organisiert hat. Hundertsiebzig Tiere sind dabei an einem Wochenende erlegt worden."
„Warum das?", fragte Stettenkamp.
„Weil sich die Füchse in den letzten Jahren unheimlich stark vermehrt haben. Ihr wisst, sie können Tollwut und den Fuchsbandwurm auf den Menschen übertragen", sagte Ilka. „Mein Vater ist auch Jäger, daher kenn ich mich ein bisschen aus."
Bongardt berichtete weiter.
„Reichenbach hat vor Kurzem die Hegeringe angeschrieben und ab Mai im Namen der Kreisjägerschaft zur intensiven Bockjagd aufgerufen. Er trommelte die Jäger auch regelmäßig zusammen, um im Wald hunderte Setzlinge zu pflanzen und so.

Lange Rede, kurzer Sinn, er schien unheimlich engagiert zu sein. Daher war er den *Eifeler Jagdgegnern* wohl auch ein besonderer Dorn im Auge."

„Kennen wir den Autor dieses Blog-Eintrags, der da gegen Reichenbach gewettert hat?", wollte Stettenkamp wissen.

Bongardt schüttelte den Kopf. „Nein, nur seinen Nutzernamen, *„Lothar82"*.

„ausserkontrolle7 trifft *Lothar82...*" Ilka grinste ihn an. „Wir müssen unbedingt überprüfen, ob diese Jagdgegner in Reichenbachs Revier auch etwas zerstört haben!", sagte sie.

„Schon erledigt! Er hat im Hardtwald bei Euskirchen gejagt und dort haben die Kollegen eine ganze Litanei von Sachbeschädigungen festgestellt."

„Welche denn?"

Bongardt zählte auf: „Eine Bank wurde an der Rückenlehne mit „Reichenbach, der Lustmörder!" beschmiert, drei wertvolle Hochsitze wurden umgekippt, nachdem die Täter die Stützen abgesägt hatten und fünf Leitern wurden so stark beschädigt, dass sie nun unbrauchbar sind."

„Tolle Arbeit, Peter!", sagte Stettenkamp. „Sonst noch was?"

„Ja. Für morgen Abend ist in Euskirchen eine Demo der *Eifeler Jagdgegner* geplant. Um achtzehn Uhr will man sich in der Fußgängerzone vor dem *Kaufhof* treffen. Ich habe schon nachgefragt, die Demo wurde genehmigt."

„Nun sollten wir nicht alle Jagdgegner in einen Topf werfen", meinte Ilka, „Nicht jeder, der an einer Demo teilnimmt oder in einem Anti-Jagd-Forum aktiv ist, zerstört auch Kanzeln. Geschweige denn,

dass er einen Menschen tötet, nur weil er Jäger ist."
Bongardt nickte. „Sehe ich auch so. Auf der Internetseite wimmelt es, wie gesagt, von Nutzernamen a´ la "*Lothar 82*". Aber ich hab eben mal im Impressum der Seite nachgeschaut, dort wird ein Bastian Hölster aus Schleiden genannt. Da häng ich mich jetzt mal rein."
Stettenkamp ging zum Telefon und berichtete Staatsanwalt Dr. Rettich von ihren bisherigen Ermittlungen. Dann gingen sie in ihr Büro zurück und hielten ihre jeweiligen Erkenntnisse im Computer fest. Die PCs der Dienststelle waren miteinander vernetzt, so dass jeder Ermittler den aktuellen Stand im Mordfall Reichenbach stets abrufen konnte.

Es war gegen neunzehn Uhr, als Ilka in den Falkenweg einbog.
Endlich Zuhause!, dachte sie erschöpft. Sie hatten heute viele wichtige Informationen zusammengetragen und sich ein erstes Bild von Reichenbachs Witwe und seiner Klinik gemacht. Morgen würden sie hoffentlich endlich mit seinen beiden Teilhabern sprechen können. Die Zusammenarbeit mit Alex Stettenkamp klappte wirklich gut. Und auch Peter Bongardt schien langsam aufzutauen.
Becks erwartete sie schon sehnsüchtig am Tor mit dem großen Schild *Conrads Hundeschule*. In ihrem urigen Fachwerkhäuschen angekommen rollte er sich gleich in seinem Korb zusammen. Ilka freute sich, dass er in der Hundeschule den ganzen Tag herumtollen konnte und dabei auch noch gut erzogen wurde. Eine bessere Lösung hätte es nicht

geben können.
Sie schlüpfte in ihre Hausschuhe und drückte automatisch auf den Knopf ihres Anrufbeantworters. Die rote Anzeige blinkte hektisch.
„Sie haben achtundzwanzig neue Nachrichten...“, ertönte es.
Wer sollte das alles sein, sie hatte schließlich heute nicht Geburtstag. Hoffentlich ist nichts mit Papa, war ihr nächster Gedanke.
„Hallo, hier ist Frank, erinnerst du dich an mich? Was ziehst du in die Eifel, ohne mir davon zu erzählen? Schließlich will ich dich doch besuchen...“.
Oh Gott, das darf doch nicht wahr sein...
Frank, der Stalker aus Bonn. Woher wusste er, dass sie jetzt in Kall wohnte? Sie hatte es nur ihren engsten Freunden erzählt und nur ihnen ihre neue Telefonnummer gegeben. Selbstverständlich hatte sie sich auch nicht ins Telefonbuch eintragen lassen. Die nächste Nachricht, sie war ebenfalls von Frank. „Ilka, wo bist du denn? Ich will mit dir sprechen.“
Die dritte: „Ilka, warum gehst du nicht ans Telefon? Du weißt, ich bin beharrlich, ich rufe dich wieder an...“
Das hatte er dann auch getan und zwar weitere fünfundzwanzig Male, seit heute Nachmittag siebzehn Uhr. Unfassbar!
Becks blickte auf. Er kannte Franks Stimme nicht, denn Ilka hatte den Labrador erst gekauft, als sie vor sechs Wochen hierhergezogen war. Er stand auf und schmiegte sich an Ilka, als würde er verstehen, dass diese Anrufe sie aufwühlten. Und das taten sie. Ihr Herz klopfte, und sie konnte gerade keinen klaren Gedanken fassen. Unruhig ging sie im Wohnzimmer auf und ab und schaute ratlos aus den kleinen

Fenstern. Sie ging hinaus und schloss die grünen Fensterläden. Das hatte sie noch nie gemacht, denn ihre Vermieter hatten das Fachwerkhäuschen mit Rolläden ausgestattet.
„Komm, Becks, wir machen noch einen kleinen Ausflug!“, sagte sie und ging mit ihm zu ihrem roten Fiat 500.
Auf der Fahrt nach Oberschömbach legte sie eine CD mit Partyhits der Neunziger Jahre ein, um sich abzulenken. Aber es gelang ihr nicht. Sie sah die ganze Zeit Frank vor sich, wie er plötzlich in ihrer Bonner Wohnung gesessen hatte, den Schraubendreher noch in der Hand. Sie hatte noch am selben Abend ein besonders sicheres Türschloss einwechseln lassen, nachdem Frank zum Glück freiwillig die Wohnung verlassen hatte. Ilka hatte ihn nicht angezeigt, weil sie einfach nicht wollte, dass die Kollegen ihre privaten Geschichten mitbekamen.
„Konzentrier dich auf die Straße“, sagte sie sich.
In Reifferscheid fing es kräftig an zu regnen. Dann ging es über eine kurvige Strecke an Wald und Wiesen vorbei über die Dörfer Manscheid und Winten. Sie kannte das Ländchen wie ihre Westentasche, schließlich hatte sie bis zum Studium hier bei ihren Eltern gelebt. Kurz vorm Ziel musste sie einen Moment warten, weil ein Schäfer mit seiner Herde gerade die Straße überquerte. Ilka grinste. Wenn das jetzt die alten Kollegen sähen...
„Mein Mädchen, was freu ich mich“, begrüßte sie ihr Vater.
Er stand vor ihrem Elternhaus in Oberschömbach. Die langgezogene Einfahrt, die am Haus vorbei verlief, mündete in einer riesigen Wiese. Früher hatten sie hier sogar Hühner und zwei Gänse

gehalten, jetzt pflegte ihr Vater nur noch den großen Bauerngarten. Sie machten es sich in dem kleinen Wohnzimmer mit der dunklen Holzdecke gemütlich. Ihr Vater hatte den Ofen angemacht. Auf dem Tisch stand das Abendbrot, es gab Wildsalami und Bergkäse. Er holte ihr gerade ein Holzbrettchen aus der Küche. Sie wusste, ihr Vater war glücklich, dass sie in die Eifel zurückgekehrt war. Ihre Besuche waren für ihn der Höhepunkt der Woche.

„Ach, Ilka, seitdem Mama tot ist und ich die Schreinerei verkauft hab, ist mir manchmal schon langweilig", sagte er.

„Ja, das versteh ich. Kommst du denn zurecht?", wollte sie wissen. Schließlich hatte alle Hausarbeit ihre Mutter gemacht.

„Bestens. Du kennst ja die Nachbarfrauen hier. Emma wäscht mir die Wäsche, und bestimmt dreimal die Woche bringen mir Irmgard und Lisbeth ein paar Töpfe mit Essen vorbei. Wo gibt es so was noch?"

Ja, da hatte ihr Vater recht.

„Weißt du was, Papa? Am nächsten Sonntag gehen wir beide essen, ich lad dich auf die Wildenburg ein."

Dort betrieb die Familie Degenhardt oben auf der Burg ein gutbürgerliches, uriges Restaurant mit Blick über das Ländchener Tal.

„Das nehm ich gern an! Ich hab auch noch was für dein neues Zuhause..."

Ilka und ihr Vater gingen in seine Werkstatt im Keller. Dort standen eine alte Hobelmaschine, daneben eine Drechselbank, eine Kreissäge und ein großer Werkzeugschrank.

„Du weißt ja, ich kann nicht den ganzen Tag lesen

oder spazieren gehen“, sagte er und wies bescheiden auf ein neues Möbelstück. Es war eine schlichte, moderne Truhe aus edlem Nussbaumholz, Maserung und Jahresringe waren deutlich zu erkennen.
„Die ist für dich, mein Mädchen.“ Ilka kamen die Tränen.
Auf dem Heimweg war ihr leicht ums Herz. Sie hatte Frank und seine Nachrichten auf dem Anrufbeantworter erst einmal ausblenden können.
Es war ein langer Tag gewesen. Ilka hatte sich gerade ins Bett gelegt und versuchte, einzuschlafen. Becks lag ihr in seinem weich gepolsterten Hundekorb eingerollt zu Füßen. Nachdem sie sich eine Weile hin und her gewälzt hatte, stand sie noch einmal auf, um sich ein Glas Wasser zu holen. Ihr Handy piepste, eine Nachricht über Whatsapp von Stettenkamp.
„Kann ich dich noch kurz anrufen?“
Ilka war neugierig und rief ihn selbst gleich an.
„Stell dir vor, Ilka, Schmitz von der Spurensicherung hat gerade angerufen. Bei der Textilfaser auf dem Schalldämpfer handelt es sich um ein winziges Stück eines dunkelgrünen, gewachsten Fadens. Mit bloßem Auge hätte man es nie gesehen. Schmitz hat herausgefunden, dass es sich um ein Gemisch aus Polyester und Baumwolle handelt und zwar im Verhältnis fünfundsechzig zu fünfunddreißig Prozent.“
„Wahnsinn“, entfuhr es Ilka.
Stettenkamp wusste noch mehr. „Die Faser stammt mit hoher Wahrscheinlichkeit von einer hochwertigen Funktionsjacke. In Dunkelgrün wird so eine oft von Jägern getragen! Vielleicht hat der Täter den Schalldämpfer nach dem Mord von der Pistole abgeschraubt und sich beides in die

Jackentasche gesteckt. Bei der Flucht könnte er den Schalldämpfer im Dickicht vor der Hundewiese verloren haben."

Ilka hielt einen Moment inne.

Dann sagte sie: „Alex, ich glaube, das ist noch nicht alles, sonst hättest du mich nicht so spät noch anrufen wollen."

Sie hörte ein leises Lachen am anderen Ende.

„Stimmt genau. Schmitz meinte, diese Textilfaser sei wahrscheinlich die gleiche Faserspur, die sie neulich an der abgesägten Leitersprosse gefunden haben. Du weißt schon, wo der alte Jäger im Schmidtheimer Wald tödlich vom Hochsitz gestürzt ist.

Möglicherweise handelt es sich um denselben Täter!

Schmitz wird für uns im Labor einen Abgleich machen.

Morgen Vormittag wissen wir mehr!"

Dienstag - Dritter Tag

„Lasst uns mal versuchen, ein erstes Täterprofil zu erstellen", schlug Stettenkamp vor.
Ilka, Bongardt und er saßen bereits um kurz nach sieben im Besprechungszimmer zusammen. Es war ein trüber Dienstagmorgen, und obwohl der Kalender bereits Mitte Mai anzeigte, wollte es bis auf einige wenige, warme Tage nicht richtig Frühling werden. Stettenkamp und Ilka hatten um halb zehn ihren ersten Termin mit Reichenbachs Teilhabern, Dr. Kerner und Dr. Henschel, in der Kölner Kinderwunschklinik. Sie warteten gespannt auf Schmitz vom Kriminallabor, der ihnen gleich Bescheid geben wollte, was der Vergleich der beiden Faserspuren ergeben hatte.
„Ich finde es zumindest ungewöhnlich, dass der Täter Reichenbach nach dem Schuss ins Herz auch noch den Penis weggeschossen hat. Ich meine, wer macht so was?", überlegte Peter Bongardt.
Er saß an seinem Schreibtisch und hatte wohl gestern Abend noch all seine Umzugskartons aus Bonn ausgepackt. Jedenfalls sah es picobello bei ihm aus, auf seinem Schreibtisch stand sogar ein Foto. Es zeigte den Kriminalassistenten bei einer Motorradtour. Er stand zusammen mit vier weiteren Fahrern auf einem Rastplatz vor schweren, schwarzgrauen Maschinen, die Männer in ihren Lederanzügen grinsten in die Kamera.
„Ja, wer schießt einem Typen den Penis weg? Und

warum?“
Ilka sah aus dem Fenster. „Da muss man doch jemanden abgrundtief hassen. Sonst würde es einem doch genügen, dass das Opfer tot ist.“
Stettenkamp meinte: „Warum hat er ausgerechnet nochmal in den Penis geschossen? Ich meine, er hätte ihm ja auch noch mal in den Kopf ballern können. Das ist doch kein Zufall...“
„Ging es vielleicht um Sex? Oder um den Penis als... Fortpflanzungsorgan?“, überlegte Bongardt.
Ilka nahm den letzten Schluck ihres fast kalt gewordenen Kaffees.
„Hatte Reichenbach vielleicht eine Affäre und seine Frau hat das herausgefunden? Und hat ihn aus Eifersucht und verletzter Ehre getötet? Und ihm vor Wut dann noch sein bestes Stück weggeschossen?“
Stettenkamp musste unwillkürlich an Isabelle denken. Er hatte seiner Frau das kurze Verhältnis zu der jungen Frau aus Münster gebeichtet. Er hätte ihr sonst nicht länger in die Augen sehen können. Ja, Lisa war ausgerastet. Und es hatte Monate gedauert, bis sie wieder zueinandergefunden hatten. Aber einen Mann umbringen und ihm in den Penis schießen, weil er eine Affäre gehabt hatte? Hm..., krass, aber nicht ausgeschlossen.
„Ilka, ich schlage vor, du fährst heute Nachmittag noch mal allein zu Sybille Reichenbach. Ich muss leider noch zu Armin Groß nach Bonn, keine Ahnung, was der wieder will.“
„Nimm ihm doch meine Zeichnung mit, vielleicht freut er sich“, meinte Bongardt trocken.
„Was wissen wir noch? Der Täter musste schießen können und Zugang zu einer Pistole und einem Schalldämpfer haben.“ Stettenkamp fuhr sich durchs

Haar.
In dem Moment stand Bernd Schmitz in der Tür und machte ein betrübtes Gesicht. Sechs Augenpaare blickten gespannt auf den Spurensicherer.
„Kollegen, ich hab Nachrichten für euch. Die Faserspuren der beiden Tatorte sind nicht identisch. Sie sind sich ziemlich ähnlich, nicht nur, weil sie beide dunkelgrün sind. Aber die Textilfaser, die wir an der abgesägten Leitersprosse gefunden haben, besteht ausschließlich aus billigem Polyester und könnte zum Beispiel von günstiger Laufbekleidung stammen."
„Und die andere war ja so ein Materialmix, oder?" fragte Ilka.
„Genau, Frau Landwehr. Bei ihr handelt es sich um ein winziges Stück eines gewachsten Fadens, der aus Polyester und Baumwolle besteht. Um präzise zu sein, fünfundsechzig Prozent Polyester und fünfunddreißig Prozent Baumwolle und beides in hochwertiger Qualität. Der Ast, an dem wir die Faserspur gefunden haben, hing so hoch, dass ich ganz stark darauf tippe, dass sie von einer teuren Outdoorjacke stammt."
Stettenkamp lächelte ihm anerkennend zu.
„Besten Dank, Herr Schmitz. Unsere Theorie, dass radikale Jagdgegner sowohl den alten Jäger als auch Dr. Reichenbach getötet haben, ist zwar dadurch nicht wahrscheinlicher geworden. Aber auch nicht ausgeschlossen, denn es muss ja nicht dieselbe Person gewesen sein, die beide Männer auf dem Gewissen hat. Trotzdem können beide zu den Jagdgegnern gehören."
„Denk an den Penis, Alex...", gab Ilka zu bedenken.
„Bitte?" Er war irritiert.

„Wir haben doch eben überlegt, dass hinter dem Schuss in den Penis eine besondere Wut stecken muss. Das passt irgendwie nicht zu diesen Jagdhassern."

Stettenkamp stand auf, ordnete ein paar Blätter auf dem Schreibtisch und sagte: „Lasst uns nicht weiter Theorien entwickeln, wir brauchen Fakten."

Er wandte sich an Ilka.

„Deshalb fahren wir jetzt auch in die Kinderwunschklinik und fühlen den Teilhabern mal auf den Zahn."

Er zog sich das Jackett seines beigefarbenen Sommeranzugs an und schnappte sich ein paar Unterlagen.

„Peter, informiere du dich heute über diesen Bastian Hölster aus Schleiden, der die Anti-Jagd-Homepage da betreibt. Was ist das für ein Typ, wer gehört noch zu ihm und so weiter. Komm, Ilka, auf nach Kölle. Sagt ihr doch hier so, oder?"

Sie grinste.

„Peter, wir nehmen unseren Westfalen nächstes Jahr mal mit zum Karneval, was meinst du?"

Bongardt verzog das Gesicht.

Stettenkamp aber meinte: „Na, unterschätz uns Westfalen da nicht. Wir können feiern, dass die Heide wackelt. Und das Kölsch schmeckt mir inzwischen auch schon."

Sie fuhren über die A1 in Richtung Domstadt, Ilka saß am Steuer, und Stettenkamp notierte sich ein paar Fragen, die sie Dr. Kerner und Dr. Henschel auf jeden Fall stellen wollten.

Die Assistentin Frau Schwamborn empfing sie in der Klinik so freundlich wie am Vortag.

„Sie können gerne zunächst mit Herrn Dr. Kerner

sprechen und dann mit Herrn Dr. Henschel. Die beiden teilen sich entsprechend im OP auf."
Frau Schwamborn geleitete sie in ein kleines Büro. Sie hatte Kaffee und Wasser auf dem Schreibtisch abgestellt, einen weiteren Tisch gab es nicht. Sie bat Stettenkamp und Ilka, ein paar Minuten zu warten.
„Fehlt nur noch, dass sie sagt, bitte machen Sie sich schon mal frei", witzelte Ilka. Beide lachten.
Ilka ist total engagiert und trotzdem locker, dachte er. Eine Mischung, die ihm gefiel.
Es handelte sich offenbar um das Besprechungszimmer von Dr. Sebastian Kerner. Sie saßen auf den beiden Stühlen vor seinem schlichten Schreibtisch, dahinter stand ein einfacher, drehbarer Hocker. Während sie warteten, fiel Stettenkamps Blick auf zahlreiche Urkunden und Zertifikate, die in schmalen Holzrahmen an der Wand hingen. Es schienen fast alles Auszeichnungen für Kerners wissenschaftliches Arbeiten in der Reproduktionsmedizin zu sein. Dann gab es noch ein hohes Bücherregal, in dem allesamt medizinische Werke standen. Drei dieser Fachbücher hatte der Arzt selbst verfasst, auf dem Buchrücken stand sein Name. Es ging um Stammzellenforschung. Sie standen unauffällig zwischen ein paar anderen dicken Wälzern. Wandbilder oder Fotos gab es hier nicht, alles wirkte nüchtern und sachlich.
Nach einer Viertelstunde kam Dr. Kerner herein. Er war groß, schlank und trug einen weißen Kittel. Sein helles Haar hatte er zu einem ordentlichen Seitenscheitel frisiert.
„Was kann ich für Sie tun?"
Der Arzt schaute die Kommissare ernst aus seinen graublauen Augen an. Er trug eine rahmenlose Brille.

„Es geht um den Mord an Herrn Dr. Reichenbach. Wir möchten Ihnen gern ein paar Fragen zu Ihrem Chef stellen“, sagte Stettenkamp. „War Reichenbach überhaupt Ihr Chef oder ein Teilhaber, wie Sie und Dr. Henschel?“
Dr. Kerner lächelte: „Dr. Reichenbach hat die Klinik vor zehn Jahren gegründet und ihm gehören einundfünfzig Prozent der Anteile. Die restlichen neunundvierzig sind gleichermaßen zwischen Dr. Henschel und mir als Teilhaber aufgeteilt.“
„Dann hatte Reichenbach bei Entscheidungen quasi das letzte Wort?“, vergewisserte sich Stettenkamp.
„Genau. Unsere Meinung war zwar gefragt, aber der Entscheider war letztlich Reichenbach.“
„Worum ging es denn bei diesen Entscheidungen?“, wollte Ilka wissen.
„Na, Personaleinstellungen, Neuanschaffungen, unsere Arbeit, wie können wir uns noch weiter verbessern und so weiter und so fort.“
„Wir haben uns auf der Homepage mal die Schwangerschaftsraten Ihrer Klinik angeschaut. Im Vergleich mit anderen Kliniken schneiden Sie sehr gut ab, oder?“ Stettenkamp schaute dem Mediziner in die Augen.
„Ja, darauf sind wir natürlich stolz. Sie müssen wissen, die deutschen Gesetze zur Reproduktionsmedizin sind sehr streng. In Österreich oder der Tschechischen Republik haben sie andere Möglichkeiten. Aber im Vergleich mit allen anderen deutschen Kinderwunschkliniken stehen wir ganz vorne, was die Zahl der erreichten Schwangerschaften angeht.“
Ilka schaltete sich ein. „Dr. Kerner, Sie sind

Wissenschaftler. Können Sie einem Laien wie mir Ihre Arbeit erklären?"
„Aber sicher! Das mache ich ja täglich in den Gesprächen mit unseren Patientinnen. Die Paare, die zu uns kommen, können auf natürlichem Wege kein Kind bekommen. Das kann an der Frau liegen, zum Beispiel kann sie bestimmte Krankheitsbilder der Gebärmutter aufweisen oder hormonelle Probleme haben. Liegt es am Mann, ist er in der Regel nicht oder kaum zeugungsfähig. Kommt heute immer häufiger vor."
Stettenkamp räusperte sich.
Dr. Kerner fuhr fort: „Wir nehmen uns hier in der Klinik nur den wirklich schwierigen Fällen an, also den Paaren, denen lediglich eine künstliche Befruchtung hilft."
„Und wie läuft so eine künstliche Befruchtung ab?", wollte Ilka wissen.
„Ich drücke es mal ganz vereinfacht aus." Dr. Kerner lächelte. „Die Frau bekommt starke Hormonspritzen, durch die in der ersten Zyklushälfte nicht nur ein Ei heranreift, wie von der Natur vorgesehen, sondern sechs bis zwölf Eier, manchmal sogar noch mehr."
„Wozu das?"
„Weil im Idealfall auch mehrere Eier befruchtet werden sollen, um hinterher die besten auswählen zu können. Aber der Reihe nach. Wir überprüfen durch regelmäßige Ultraschalls alle zwei Tage, ob die Eizellen im Körper der Frau wie geplant reifen und ob sich gleichzeitig durch die Hormone die Gebärmutterschleimhaut aufbaut. Damit sich darin überhaupt ein Ei einnisten kann, verstehen Sie? Wenn dann alles gut läuft, erfolgt nach ungefähr zwölf Tagen die Punktion."

„Und wenn´s nicht gut läuft?"
Dr. Kerner lächelte wieder.
„Dann ändern wir meist die Dosierung der Hormonspritzen, manchmal auch die Zusammensetzung der Wirkstoffe."
„Ah ja. Unter der Punktion versteht man wahrscheinlich die Entnahme der reifen Eizellen, oder?", vergewisserte Ilka sich.
„Richtig! Wir saugen die Eizellen unter Narkose vorsichtig aus den Eierstöcken durch die Scheide ab. Anschließend ruht die Frau sich aus und kann nach ein paar Stunden wieder nach Hause gehen", erläuterte Dr. Kerner geduldig. Es schien ihm Spaß zu machen, seine Arbeit zu erklären.
„Für unsere Labormitarbeiter und die Biologen beginnt dann die Arbeit. Nun heißt es, die gewonnenen Eizellen mit den Samenzellen des Mannes in der Petrischale zusammenzubringen, damit die Eizellen befruchtet werden können. Wenn die Samenzellen zu langsam sind, dann übernehmen wir das."
Kerner nahm seine Brille ab und fuhr sich über die Stirn.
„Dann spritzen wir sie nämlich direkt in die Eizellen hinein und hoffen, dass die Befruchtung außerhalb des Körpers funktioniert. Das kann man ungefähr nach den ersten zwölf Stunden abschätzen."
Ilka unterbrach ihn:
„Äh, wie kommen Sie eigentlich an die Samenzellen des Mannes? Auch durch Absaugen, wie bei der Frau?"
Stettenkamp schmunzelte in sich hinein. Schließlich wusste er, dass es ein bisschen anders ablief.
Kerner lachte herzlich.

„Nein, Frau Landwehr, da muss der Mann schon selbst ran. Wir haben hier einen kleinen Nebenraum mit ein paar netten Heftchen, Sie verstehen? Das Ergebnis bringt uns der Mann dann nach ein paar Minuten in einem Becher."
Alex schaute Ilka an. Er konnte sich schon denken, was gerade in ihrem hübschen Kopf vor sich ging. „Männer!", dachte sie bestimmt gerade.
„So, nach drei Tagen geht´s für die Frau dann weiter", erzählte Dr. Kerner „Wir schauen, welche Eizellen sich am besten entwickelt haben, das erkennt man am Teilungsstadium und an der Form der Eizellen. Achtzellstadium ist super. Und dann setzen wir der Frau eine, oft auch zwei Eizellen in die Gebärmutter ein."
„Damit ist sie aber noch nicht wirklich schwanger, oder?"
Kerner blickte sie aus seinen graublauen Augen an. „Genau! Die Frauen *fühlen* sich nach dem Transfer oft ein bisschen schwanger, aber tatsächlich kann man erst nach vierzehn Tagen durch einen Bluttest feststellen, ob sich eine oder sogar zwei Eizellen tatsächlich in der Gebärmutter eingenistet haben. Dabei können wir der Natur auch kaum nachhelfen. Ein bisschen Progesteron geben, klar, aber den Rest muss der Körper selbst machen. Oder er macht es eben nicht."
„Wie hoch sind die Erfolgsaussichten pro Versuch?"
„Das hängt davon ab, wie alt die Frau ist, ob sie gesund ist und so weiter, aber durchschnittlich liegen sie bei etwas über fünfundzwanzig Prozent."
Sie schwiegen. Stettenkamp dachte an die Zeit vor über vier Jahren zurück, als Lisa und er über dreitausend Euro für einen einzigen Versuch ausgegeben

hatten, bis sie nach dem dritten Mal endlich, endlich schwanger geworden war. Ihre Sehnsucht nach einem Kind war groß gewesen.
Dr. Kerner schien seine Gedanken lesen zu können. Er sagte: „Das Ganze ist zum einen mit hohen Kosten für das Paar verbunden, gerade, wenn sie mehrere Versuche unternehmen müssen. Früher hat die Krankenkasse vier Versuche komplett bezahlt, jetzt sind es nur noch drei, und die Kassen zahlen nur noch die Hälfte dazu."
„Man muss sich eine künstliche Befruchtung also auch leisten können, oder?", vergewisserte Ilka sich.
„Auf jeden Fall! Dazu kommt die körperliche Belastung für die Frau. Sie können sich vorstellen, dass diese Hormonspritzen enorm stark sein müssen, damit sich etliche Eier im Körper und nicht nur eins bilden können. Mit den Hormonen kommen die meisten aber gut klar."
Stettenkamp hatte sich bisher aus dem Gespräch herausgehalten.
„Ansprechen sollte man auf jeden Fall noch, wie belastend das Ganze psychisch sein kann, besonders für die Frauen", sagte er nun.
Dr. Kerner nickte. „Absolut. Die Frau hofft jedes Mal und hat immer nur eine Chance von fünfundzwanzig Prozent. Würde alles auf natürlichem Weg klappen, hätte sie diese Chance jeden Monat. So aber nur, so oft sie sich eine künstliche Befruchtung leisten kann und das ganze Procedere psychisch aushält. Wir begleiten die Patientinnen aber natürlich durch unseren Psychologen, wenn die Frauen das wünschen."
Der Mediziner schaute die beiden Kommissare an. „Aber nun sagen Sie mir mal, warum Sie das alles

wissen wollen? Ich meine, es geht doch um den Mord an Herrn Dr. Reichenbach, oder?"
Stettenkamp übernahm: „Das ist richtig, Herr Dr. Kerner. Wir wollen den Täter finden und untersuchen daher sein gesamtes Umfeld. Daher wollen wir auch wissen, was er gearbeitet hat, mit wem er beruflich zu tun hatte, ob er Feinde hatte..."
„Na, hier ganz sicher nicht!", unterbrach Kerner ihn. „Wolfhardt Reichenbach war ein sehr beliebter Chef und besaß das uneingeschränkte Vertrauen seiner Patientinnen."
„Sie kennen ihn bereits seit acht Jahren, oder?"
„Das ist richtig. Zwei Jahre, nachdem er die Klinik hier gegründet hat, bin ich mit eingestiegen und sein Teilhaber geworden. Damals mit neunundvierzig Prozent Anteilen. Vor drei Jahren ist dann Dr. Henschel hinzugekommen, ihn werden Sie ja gleich noch sprechen."
Stettenkamp nickte.
„Und als Dr. Henschel hinzukam, wurden Ihre Anteile durch zwei geteilt. War Ihnen das eigentlich vollkommen gleichgültig?"
Dr. Kerner lächelte und setzte seine Brille wieder auf. Er blickte dezent auf seine schlichte Armbanduhr.
„Ja, es war mir tatsächlich vollkommen gleichgültig. Wissen Sie, ich bin Mediziner und ich bin Wissenschaftler. Aber ich bin ganz sicher niemand, der gerne das Sagen in diesem Laden hätte. Oder mit mehr Anteilen das ganz große Geld machen wollte."
Seine Worte klangen überzeugend.
„Eines möchte ich gerne noch wissen, Herr Dr. Kerner", sagte Ilka. „Wie haben Sie drei denn den Gewinn unter sich verteilt? Nach Anteilen oder wurde alles durch drei geteilt?"

Auch diese Frage beantwortete Dr. Kerner ohne Umschweife.
„Es gab einen Verteilungsschlüssel, den Wolfhardt Reichenbach vor drei Jahren, als Dr. Henschel hinzukam, mit uns abgesprochen hat und den wir auch
im Teilhabervertrag so festgehalten haben."
Ilka und Stettenkamp blickten ihn gespannt an.
„Dr. Reichenbach bekam per se zwanzig Prozent des Gewinns zusätzlich, weil er die Klinik gegründet und damit quasi das Unternehmerrisiko gehabt hat. Auch einen Großteil der Ausstattung hier hat er in den ersten Jahren angeschafft bzw. geleast. Der Rest des Gewinns wird durch drei geteilt."
Dr. Kerner räusperte sich.
„Allerdings berücksichtigen wir noch, wie viele Patientinnen jeder von uns hat. Henschel hat zum Beispiel einige mehr als ich, dafür kann ich mich auch mehr der wissenschaftlichen Arbeit außerhalb der Klinik widmen."
Das klang alles plausibel, fand Stettenkamp.
„Hat es jemals Streit oder Differenzen zwischen Ihnen dreien gegeben?", wollte Ilka wissen.
Stettenkamp schmunzelte innerlich. Auch die Beharrlichkeit seiner Mitarbeiterin gefiel ihm.
„Nein, weshalb? Ich bin hier mehr als zufrieden und soweit ich weiß, ist Dr. Henschel es auch. Fragen Sie ihn am besten gleich einfach."
Kerner blickte erneut auf seine Armbanduhr.
Aber Ilka bohrte noch einmal nach. „Jetzt, da Dr. Reichenbach tot ist, was wird dann aus seinen Anteilen?"
Dr. Kerner überlegte kurz. „Soweit ich weiß, fallen sie seiner Witwe als Alleinerbin zu. Kinder hatte Dr.

Reichenbach ja keine. Wir brauchen auf jeden Fall einen zusätzlichen Fortpflanzungsmediziner als Verstärkung, aber ob der dann auch Teilhaber werden wird, keine Ahnung."
„Eine letzte Frage noch, Herr Dr. Kerner", bat Stettenkamp. „Wir müssen Sie das fragen. Wo waren Sie am Samstagabend gegen dreiundzwanzig Uhr?"
Kerner antwortete sofort. „Zuhause, in Pulheim. Meine Frau und ich hatten Besuch von zwei befreundeten Ehepaaren."
Es klopfte vorsichtig an der Tür, es war die Assistentin, Frau Schwamborn. Sie bat den Arzt freundlich, in den OP zu kommen.
Stettenkamp gab ihm seine Visitenkarte.
„Falls Ihnen noch etwas einfällt. Wir werden uns sicherlich noch einmal sprechen."
Dr. Kerner nickte und verabschiedete sich dann höflich. Frau Schwamborn bat Ilka und Stettenkamp, ihr ins Besprechungszimmer von Herrn Dr. Henschel zu folgen. Der Arzt würde in zehn Minuten Zeit für sie haben. Das Büro des zweiten Teilhabers war um einiges größer. Es gab darin einen Besprechungstisch mit vier Stühlen, ein paar Grünpflanzen und an den Wänden hingen in schicken Acrylglasrahmen etliche Urkunden und Auszeichnungen des Mediziners. Dr. Henschels gesamte Laufbahn seit seinem Medizinstudium in Bonn, einschließlich eines Stipendiums in den USA, war hier dokumentiert.
Ilka fuhr sachte über das Harley-Davidson-Modell auf seinem Schreibtisch. Daneben stand ein gerahmtes Foto, auf dem zwei kleine Mädchen fröhlich in die Kamera lachten.
Sie mussten nicht lange auf den Mediziner warten. Er kam dynamisch zur Tür herein und strahlte sie an.

Henschel hatte ein jungenhaftes Gesicht, um seine braunen Augen lagen ein paar Fältchen. Das dunkle, wellige Haar hatte er mit Gel in Form gebracht. Könnte ein Bruder von Sascha Hehn sein, schmunzelte Ilka innerlich.
Der Arzt blickte nun ernst: „Es geht um den Mord an unserem Chef, nicht wahr?"
„Genau. Unsere Aufgabe ist es, seinen Mörder zu finden. Uns interessiert daher natürlich das Umfeld, in dem der Tote gelebt hat", sagte Stettenkamp.
„Seinen Mörder werden Sie hier aber sicher nicht finden. Im Gegenteil, die Trauer unter den Mitarbeitern ist sehr groß. Er war nicht nur ein vorbildlicher Chef, sondern auch ein Mensch mit großem Charakter."
Klingt ein bisschen wie in einer Todesanzeige, dachte der Kommissar.
„Wie war Ihr persönliches Verhältnis zu ihm?", wollte er wissen.
„Wir kannten uns seit drei Jahren, seitdem ich hier in die Klinik mit eingestiegen bin. Wolfhardt bot mir nach einem halben Jahr an, Teilhaber der Klinik z u werden. Unser großes Ziel war es, die Schwangerschaftsraten in der Klinik noch weiter zu erhöhen. Das ist uns auch gelungen."
Der Stolz in Henschels Stimme war unüberhörbar.
„Wie kann man die eigentlich erhöhen?", fragte Ilka.
„Dr. Kerner sagte uns eben, ob sich die befruchtete Eizelle tatsächlich im Körper einnistet, könne man gar nicht beeinflussen."
„Das stimmt. Ab diesem Punkt kann man nichts mehr machen. Aber die Arbeit der Biologen bei der Befruchtung und die Auswahl der besten Eizellen vor dem Transfer machen eine Menge aus. Es gibt

schon Stellschrauben, an denen..."
„Das geht jetzt vielleicht doch etwas zu sehr ins medizinische Detail", griff Stettenkamp ein. „Herr Dr. Henschel, wir waren ja bei der Frage nach Ihrem persönlichen Verhältnis zu Herrn Dr. Reichenbach. Kannten Sie ihn eigentlich auch privat?"
Die Kommissare beobachteten das Gesicht des Mediziners. Würde er ihnen von der gemeinsamen Jagd erzählen?
Das tat er, ohne zu zögern.
„Ja, gleich nachdem wir uns in der Klinik kennengelernt hatten, bot Wolfhardt mir an, Mitpächter in seinem Jagdrevier im Hardtwald bei Euskirchen zu werden. Wir sind früher ab und zu an den Wochenenden zusammen zur Jagd gegangen."
„Früher?", hakte Stettenkamp nach.
„Ja, ich bin vor eineinhalb Jahren wieder ausgestiegen. Wolfhardt hat mich zum Glück aus dem Pachtvertrag gelassen. Durch die Arbeit hatte ich viel zu wenig Zeit für so ein Hobby und außerdem ist es mir nach meiner Scheidung auch etwas zu kostspielig geworden."
Er blickte auf das Kinderfoto auf dem Schreibtisch.
„Das sind Joyce-Lynn und Melissa. Ich war während des Studiums drei Jahre in den USA und hab dort auch meine Frau kennengelernt, eine Amerikanerin", fügte er hinzu.
Der Mediziner berichtete weiter, dass seine inzwischen von ihm geschiedene Frau mit den Mädchen vor vier Monaten zurück in die USA gegangen sei.
„Kennen Sie auch Reichenbachs Frau?", wollte Stettenkamp wissen.
„Sybille? Ja, klar. Sie hat mich ja sogar am Sonntag

angerufen, um mir von Wolfhardts Tod zu erzählen. Unsere Frauen waren zu der Zeit, als ich mit ihm zur Jagd ging, auch miteinander befreundet."
Interessant... Stettenkamp blickte an die Wand mit den vielen Urkunden und Auszeichnungen. „Hat es Sie nicht gereizt, in den USA zu bleiben und dort Karriere zu machen?"
„Nein, nie!" Dr. Henschel lächelte. „Ich mag die deutsche Art, zu leben, viel zu sehr. Aber diese "Vom Tellerwäscher zum Millionär"-Philosophie der Amerikaner hat mich sehr beeindruckt."
„Waren Sie auch mal so ein Tellerwäscher?", fragte der Kommissar.
Dr. Henschels Miene verdunkelte sich kurz.
Dann antwortete er leise: „Ja, und ich will nie wieder einer sein. Mein Vater hat meine Mutter verlassen, als ich vier Jahre alt war. Sie hat dann am Fließband gearbeitet, um für mich und meine drei Schwestern zu sorgen. Können Sie sich vorstellen, wie schwer es für mich war, bis dahin zu kommen, wo ich heute stehe?"
Stettenkamp war beeindruckt, ließ es sich aber nicht anmerken.
Er befragte auch Henschel zu den Teilhaberverhältnissen in der Klinik und zu der bisherigen Verteilung des Gewinns. Der Arzt machte dazu die gleichen Angaben wie Dr. Kerner und erzählte auch ungefragt, dass er in der letzten Zeit mehr Patientinnen als seine Kollegen gehabt habe.
„Das hat sich so ergeben und war den beiden auch recht. Dr. Kerner konnte sich so noch seiner Stammzellenforschung widmen und Wolfhardt war mit zweiundfünfzig Jahren, glaub ich, ganz froh, nicht mehr ganz so viel Stress zu haben."

„Und Sie waren froh, dass die Kasse bei Ihnen noch lauter klingelte, oder?“
Ilka lächelte ihn freundlich an.
„Ja. Ist doch legitim, oder?“
Stettenkamp nickte. „Eine letzte Frage noch, Herr Dr. Henschel, dann sind Sie uns für´s Erste los. Was war das eigentlich für ein Kongress, auf dem Sie in Österreich waren?“
„Da ging es um aktuelle Techniken in der Kinderwunschbehandlung.“
„Wo fand der statt?“
„In Wien, in der Klinik von Professor Görtz. Er ist einer der renommiertesten Repromediziner der Welt.“
„Wann sind Sie dorthin gefahren?“
„Am Sonntagmorgen gegen sechs Uhr, zusammen mit Dr. Kerner. Der Kongress begann ja erst am Sonntagnachmittag.“
Stettenkamp stand auf. „Und was haben Sie am Samstagabend gemacht?“
Er stützte sich auf die Lehne seines Stuhls.
„Da war ich zuhause in Köln. Allein. Ich hatte Bereitschaftsdienst, da konnte ich nicht groß weg.“
Sie verabschiedeten sich und gingen zum Aufzug. Stettenkamp und Ilka hingen ihren Gedanken nach. Die beiden Teilhaber schienen mit Wolfhardt Reichenbach sehr gut zusammengearbeitet zu haben, Henschel war überdies auch eine Zeit lang mit ihm zur Jagd gegangen, die Ehefrauen waren befreundet.
„Alex, weißt du, was ich trotzdem komisch finde?“
Stettenkamp schüttelte den Kopf und schloss ihren silbernen Dienstwagen auf.
„Henschel und Kerner haben doch einen Kongress in Österreich besucht. In Österreich gibt es aber andere

gesetzliche Vorschriften als in Deutschland, hat uns Kerner erzählt. Warum besuchen sie dann dort einen Kongress?"
Stettenkamp seufzte. „Ach, keine Ahnung. Hier erscheint mir erst mal alles unverdächtig. Aber wir werden die Alibis der beiden zur Sicherheit überprüfen."

Inzwischen war es Mittag geworden. Die Sonne kam hinter den Wolken hervor und in Köln war es inzwischen frühlingshaft warm.
Die Kommissare beschlossen, noch eine Kleinigkeit zu essen, bevor sie zurück nach Euskirchen ins Büro fahren würden. Dort wollten sie sich zunächst mit Bongardt besprechen. Anschließend hatte Stettenkamp seinen Termin mit Kriminaldirektor Groß in Bonn. Ilka wollte Sybille Reichenbach noch einmal befragen. Die Demonstration der Jagdgegner sollte am Abend um achtzehn Uhr losgehen. Sie hatten vor, sich zu dritt ein Bild von den Teilnehmern zu machen.
Eine Salatbar hatte Tische und Stühle nach draußen gestellt. Geschäftsmäßig gekleidete Büromitarbeiter der umliegenden Firmen saßen dort und genossen ihre Mittagspause in der Frühlingssonne. Ilka und Stettenkamp gesellten sich zu ihnen, und nach zehn Minuten standen zwei riesige Salatschüsseln, verschiedene Dressings und eisgekühltes Mineralwasser vor ihnen. Sie tranken nach dem Essen noch schnell einen Cappuccino und fuhren über die A1 zurück ins Kreishaus.

Stettenkamp berichtete Bongardt von den Gesprächen mit den beiden Teilhabern. Der Kriminalassistent hatte den Vormittag damit

zugebracht, etwas über Bastian Hölster, den Initiator der Internetseite der *Eifeler Jagdgegner*, herauszufinden.
„Hölster ist achtzehn Jahre alt, lebt mit seinen Eltern in Schleiden in einem Einfamilienhaus in der Dronkestraße, das ist direkt an der Olef. Der Junge macht gerade sein Abitur am Städtischen Gymnasium", berichtete er.
„Der Name Hölster in Schleiden sagt mir irgendwas, aber ich komm nicht drauf, was...", überlegte Ilka.
„Sein Vater ist ein engagierter Grüner im Schleidener Stadtrat, von dem liest man immer mal wieder was im Lokalteil, vielleicht deshalb?", ergänzte Bongardt.
Ja, das war es gewesen.
„Die Mutter arbeitet als Erzieherin in einer integrativen Kindertagesstätte in Kall. Wir könnten übermorgen nach Schleiden fahren und Bastian Hölster befragen."
„Wieso nicht heute oder morgen?", wollte Ilka wissen.
„Weil der Junge heute und morgen in Trier beim Naturschutzbund eine Ausbildung zum Naturtrainer macht. So sagte es mir seine Mutter. Ich habe übrigens unter einem Vorwand in Trier angerufen, es stimmt, Bastian Hölster ist tatsächlich dort."
Stettenkamp schaute Bongardt anerkennend an.
„Was ist denn ein Naturtrainer?", fragte er ihn.
„Das ist ein Ehrenamtler, der Kindergartenkindern die Natur näher bringt. Wie man so etwas macht, vermittelt dieser Kurs in Trier."
„Okay. Peter, dann mach für übermorgen früh einen Termin mit Hölster. Ich hab ja die Hoffnung, dass wir über ihn erfahren, wer konkret hinter diesen Jagdgegnern steckt und was das für Typen sind.

Vielleicht ergibt sich ja auch heute Abend schon was bei der Demo. Wir treffen uns um kurz vor achtzehn Uhr vor dem Laden des *Weltbild-Verlags* gegenüber vom *Kaufhof*."
Stettenkamp war schon im Aufbruch zu seinem Termin bei Groß in Bonn. Ihm war nicht aufgefallen, dass Ilka die ganze Zeit wie gebannt auf seinen Bildschirm gestarrt hatte.
Sie fragte fast alarmiert: „Alex? Wer ist das?"
Sie deutete auf ein Foto. Er hatte es eben nebenbei als Anhang einer E-Mail geöffnet.
„Ach, das sind diese beiden Kinder aus Euskirchen, die am Samstagnachmittag von ihren Eltern kurzzeitig vermisst gemeldet worden waren. Ihr wisst schon, sie hatten am Mitbach gespielt und sind am frühen Abend von selbst wieder nach Hause gekommen. Rolf von der Vermisstenstelle hat mir die Mail mit dem Foto geschickt."
„Wie heißen die beiden Kinder und wie alt sind sie?"
„Lass mich grad nachschauen, das steht in der Mail. Die Kleine heißt Lucia Klinkhammer und ist vier Jahre alt, der Junge ist sieben und heißt Karlo Petersen. Aber Ilka, noch mal, die Kinder sind wieder da..."
Worauf wollte sie bloß hinaus?
„Alex, Peter, jetzt schaut euch das Gesicht der Kleinen mal ganz genau an. Seht ihr denn nichts?"
Sie schauten noch einmal auf das Foto. Lucia war eine blondgelockte Vierjährige mit blauen Augen, langen Wimpern und einer Stupsnase. Sie lachte.
„Ilka, jetzt treib kein Ratespiel mit uns, ich muss wirklich los!"
Stettenkamp hasste es, zu spät zu kommen.
„Kollegen, die Kleine sieht doch Reichenbach total

ähnlich! Sie ist ihm wie aus dem Gesicht geschnitten. Lucia hat sogar ein kleines Muttermal am Hals, schaut, an der linken Seite, genau wie Reichenbach!" Sie war sichtlich aufgeregt.
„Ilka, ich bitte dich, das trifft ja wohl auf tausende Kinder zu! Ja, die Gesichtszüge sind sich ein wenig ähnlich, aber mehr auch nicht. Außerdem hatte Reichenbach überhaupt kein Kind."
Sie wollte einen weiteren Anlauf nehmen, die beiden zu überzeugen, doch Stettenkamp unterbrach sie.
„Ich bin jetzt weg. Viel Erfolg bei Sybille Reichenbach."
„Alex, ich würde wirklich gern zuerst Genaueres über die kleine Lucia herausfinden, bevor ich zu Frau Reichenbach fahre. Jetzt stell dir mal vor, er hätte ein uneheliches Kind, von dem wir nichts wissen, und ich könnte sie mit dieser Tatsache konfrontieren. Dann käme doch mal ganz anders Bewegung in die Sache."
Stettenkamps Gesicht wirkte nun angespannt.
„Ilka, ich will dir nichts verbieten oder befehlen, aber als dein Chef sage ich dir, du verrennst dich da in was. Bitte fahr gleich zu Reichenbachs Witwe."
Er hob die Hand zum Abschied und eilte zur Tür hinaus. Auf dem Weg zum Parkplatz überlegte er, wie Ilka sich wohl entscheiden würde. Wenn ihn seine Menschenkenntnis nicht täuschte, wusste er es bereits...

Peter Bongardt und Ilka schwiegen eine kurze Weile im Büro. Dann brach Bongardt die Stille.
„Ilka, vielleicht kann ich dir helfen, das Foto der kleinen Lucia mit einem Foto, das wir von dem toten Reichenbach haben, professionell zu vergleichen."

Sie schaute ihn erwartungsvoll an.
„Ich habe vor ein paar Monaten eine Fortbildung zur Fotoidentifikation gemacht und mir hinterher noch Material dazu besorgt."
Er zog ein Buch aus seiner Schreibtischschublade. Es trug den Titel
„Anthropologischer Atlas männlicher und weiblicher Gesichtsmerkmale".
„Es gibt hunderte von Gesichtsmerkmalen, die wir..."
Ilka unterbrach ihn.
„Peter, das ist supernett von dir. Aber sei mir nicht böse, das dauert mir einfach zu lange. Warum dieses Buch wälzen, wenn ich die Mutter der Kleinen einfach mal besuchen könnte?"
Bongardt war sprachlos. Dann grinste er.
„Lass dich nicht aufhalten!"
Ein Anruf bei der Vermisstenstelle genügte, und Ilka erfuhr die Adresse des Mädchens. Lucia Klinkhammer wohnte mit ihren Eltern in Euskirchen in der Lessingstraße, die nur ein paar Straßen von Reichenbachs Villa entfernt lag.
Ilka entschied sich gegen Stettenkamps Bitte, zuerst noch einmal Sybille Reichenbach zu befragen. Sie fuhr mit ihrem roten Fiat 500 über den Eifelring in die Südstadt und bog dann in die Lessingstraße ein. Das Domizil der Klinkhammers befand sich wie die Villa der Reichenbachs in Euskirchens einziger wirklich gehobenen Wohngegend. Es war ein kleines, weiß verputztes Haus mit einem gepflegten Vorgarten. Vor der Haustür stand ein Laufrad mit einem rosafarbenen Helm am Lenker. Ilka klingelte und war sich mit einem Mal nicht mehr sicher, dass sie das Richtige tat. Wahrscheinlich hatte Alex recht und...

„Ja, bitte?"
Eine große, schlanke Frau mit langem dunklem Haar, das ihr fast bis zur Hüfte reichte, hatte ihr geöffnet. Sie mochte Mitte dreißig sein, vielleicht auch jünger. Die Frau hatte ein feingeschnittenes Gesicht mit einem vollen, sinnlichen Mund.
Ein kleines, blondgelocktes Mädchen kam aus dem Flur zu ihr gelaufen, es war unverkennbar die vierjährige Lucia.
„Mami, Mami, wer ist das?"
Ilka stellte sich vor.
„Ist meinem Mann etwas passiert?"
Tatjana Klinkhammers helle Stimme klang besorgt.
„Nein, es geht um etwas anderes. Darf ich einen Moment hereinkommen?"
Sie setzten sich in die Küche. Sie war ganz in Weiß gehalten, dafür waren die Wände in zarten Pastelltönen gestrichen. In einer Ecke stand ein Puppenhaus, auf dem Boden lag der bunte Inhalt eines Kinder-Arztkoffers. Tatjana Klinkhammer schickte ihre Tochter in ihr Kinderzimmer; die Kleine trollte sich.
„Frau Klinkhammer, wie fange ich am besten an? Ich habe den Mord an einem Arzt hier aus der Gegend aufzuklären, er heißt Dr. Wolfhardt Reichenbach."
Frau Klinkhammers Gesicht blieb freundlich interessiert, veränderte sich aber nicht, als der Name des Toten fiel.
„Nun ist es so, dass ich zufällig ein Foto Ihrer Tochter bei uns in der Dienststelle gesehen habe. Sie hatten Lucia ja am Samstag kurzzeitig als vermisst gemeldet, nicht wahr?"
Tatjana Klinkhammer schenkte ihnen einen Kaffee ein und nickte.

„Ja, das stimmt. Aber was hat das mit dem Mord an Herrn Reichenbach zu tun?“, wollte sie wissen.
„Wir ermitteln natürlich auch im privaten Umfeld des Toten. Bitte entschuldigen Sie schon jetzt, falls ich völlig auf dem Holzweg sein sollte... aber ich finde, Lucia sieht Wolfhardt Reichenbach so sehr ähnlich, dass ich Sie gern fragte möchte, ob die Kleine seine Tochter ist.“
So. Nun war es heraus.
Tatjana Klinkhammer schwieg und nahm dabei ihr Gesicht in beide Hände.
„Ja, das ist sie“, sagte sie dann leise.
Ilka schaute sie an, sagte aber nichts. Lass sie kommen, sie wird schon von selbst erzählen, dachte Ilka.
„Ich war vor fünf Jahren eine kurze Zeit lang Wolfhardts Geliebte. Wir haben uns in seiner Klinik in Köln kennengelernt, ich habe damals dort als Arzt- helferin gearbeitet. Damals hieß ich noch Tatjana Lahnstein. Tja, und dann bin ich ungeplant von Wolfhardt schwanger geworden.“
Ilka war überrascht. Sie hatte mit ihrer Vermutung tatsächlich ins Schwarze getroffen!
„Für mich kam die Schwangerschaft nicht gerade günstig, denn es war von Anfang an klar, dass Wolfhardt seine Frau niemals verlassen würde. Und ich hätte das auch gar nicht gewollt. Aber Wolfhardt war außer sich vor Freude über das Kind.“
Ilka dachte nach. Dann fragte sie: „Es ist kein Zufall, dass Sie ganz in der Nähe von Wolfhardt Reichenbach wohnen, nicht wahr?“
Tatjana Klinkhammer nickte.
„Das ist richtig. Als Lucia geboren wurde, war unsere Affäre längst beendet, wir wollten das beide

so. Aber Wolfhardt wollte unbedingt für uns sorgen. Sie werden es nicht glauben, er hat dieses Haus hier vor der Geburt für mich und Lucia gekauft. Und mich sogar als Eigentümerin im Grundbuch eintragen lassen."
So einen Liebhaber gibt´s wahrscheinlich selten, dachte Ilka.
Frau Klinkhammer fuhr fort. „Wolfhardt zahlt seit Lucias Geburt sogar mehr Unterhalt, als er müsste. Er hatte auch regelmäßigen Kontakt zu ihr."
Ilka schaute sie an. Die nächste Frage lag so nahe, dass sie nicht ausgesprochen werden musste.
„Ja, Wolfhardts Frau weiß von all dem.", erzählte Reichenbachs ehemalige Geliebte. „Wie sie damit umgeht, weiß ich allerdings nicht, denn wir kennen uns nicht."
Ilkas Gehirn arbeitete auf Hochtouren. Wie musste sich eine Frau fühlen, die nicht nur erfuhr, dass ihr Mann eine Geliebte, sondern obendrein noch ein Kind mit ihr gezeugt hatte? Sie dachte an den gezielten Schuss in Reichenbachs Penis, nachdem er bereits tot gewesen war.
„Sie sind inzwischen verheiratet, nicht wahr?"
Tatjana Klinkhammer nickte. „Ja, ich habe vor zwei Jahren geheiratet, mein Mann ist ein halbes Jahr vor unserer Hochzeit zu uns gezogen. Er wohnte vorher in Großbüllesheim."
„Was macht Ihr Mann beruflich?"
„Er ist Dachdecker."
„Selbständig?"
„Nein."
Ilka überlegte. Tatjana Klinkhammer war Arzthelferin, ihr Mann angestellter Dachdecker. Sie hätten sich das Haus hier in der Südstadt ohne

Reichenbach niemals leisten können.
„Darf ich Sie fragen, wie Ihr Mann mit der ganzen Situation zurechtkommt?"
Ilka nahm den letzten Schluck Kaffee aus dem bunten Becher.
Tatjana Klinikhammer fuhr sich durch das lange Haar und atmete hörbar schwer ein.
„Was soll ich drum herumreden? Peter war nicht glücklich damit. Natürlich ist es toll, hier zu wohnen, und durch Wolfhardts Unterhalt konnten wir bisher sehr gut leben. Aber Peter fühlte sich dabei immer irgendwie... klein."
Sie räusperte sich und sagte dann leise: „Er weiß natürlich, dass er uns so einen Lebensstandard niemals hätte bieten können."
Ilka blickte Tatjana Klinkhammer in die dunklen Augen.
„Wo war Ihr Mann am Samstagabend?"
Sie überlegte kurz. „Er war bei einem Kumpel, Fußballgucken."
„Frau Klinkhammer, wann kommt Ihr Mann heute nach Hause? Sie verstehen, dass ich mit ihm sprechen muss..."
„Aber warum? Peter hat doch nichts mit dem Mord an Wolfhardt zu tun!"
„Wir müssen einfach jeder Spur nachgehen und auch jede Eventualität ausschließen können. Also, wann kommt er nach Hause?"
„Nicht vor zwanzig Uhr. Er arbeitet nach Feierabend oft noch ein bisschen... nebenbei."
Schwarzarbeit also. Ist aber nicht meine Sache, dachte Ilka. Sie wusste von ihrem Vater, dass auch er nicht alle seine Aufträge in der Schreinerei durch die Bücher hatte laufen lassen.

„Gut. Wir sehen uns dann später noch einmal. Haben Sie besten Dank für Ihre Offenheit."
Ilka verabschiedete sich und ließ Reichenbachs ehemalige Geliebte gedankenverloren zurück. Sie blickte auf ihre silberne Armbanduhr und gab Gas in Richtung Innenstadt. In zwanzig Minuten sollte die Demo dieser Jagdgegner beginnen. Sie musste sich beeilen, wollte sie es rechtzeitig zum verabredeten Treffpunkt gegenüber dem *Kaufhof* schaffen. Ilka stellte den CD-Player an, die alte Partyhits- CD von gestern lag noch darin. „Let it loose", sang Gloria Estefan gerade aus vollem Hals und Ilka stimmte gutgelaunt mit ein.
Sie war ein wenig stolz auf sich.

Alex Stettenkamp und Peter Bongardt warteten vor dem kleinen Laden des *Weltbild-Verlags* schon auf sie. Stettenkamp berichtete von seinem Gespräch mit Armin Groß in Bonn. Der Kriminaldirektor hatte sich auf den neuesten Stand bringen lassen und erneut Druck gemacht, den Fall alsbald aufzuklären.
„Ich glaube, der hofft fast, dass wir es hier in Euskirchen nicht gebacken kriegen, damit unsere Mordkommission stattdessen direkt bei ihm in Bonn angehängt wird."
Der Kommissar fühlte sich ausgelaugt und müde, nichts als vertane Zeit war das heute Nachmittag gewesen. Als Ilka ihm von ihrem Besuch bei Tatjana Klinkhammer berichtete, hellte sich seine Miene allerdings schlagartig auf. Das waren wirklich neue Erkenntnisse, die sie vielleicht weiterbringen würden.
„Ich muss dich natürlich trotzdem abmahnen, weil du dich meinen Anordnungen widersetzt hast und

nicht zur Reichenbach gefahren bist." Er schmunzelte, als er Ilkas ernstes Gesicht sah. „Quatsch! Ich mag Mitarbeiter, die mitdenken und manchmal auch ihren Kopf durchsetzen."

Es war inzwischen fast halb sieben. Vor dem *Kaufhof* hatten sich nur fünfzehn Menschen eingefunden. Es waren überwiegend junge Erwachsene, die da in einer Gruppe zusammen standen. Zwei Frauen hielten an Holzstangen befestigte Pappschilder hoch. „Jäger sind Tiermörder!" und „Ihr Lustkiller" stand darauf. Sie marschierten schließlich langsam durch die Fußgängerzone bis zur *Galleria*, in der sich ein Kino, mehrere Boutiquen sowie die amerikanische Bar

Jo 3 befanden.

„Wir lassen uns ihre Personalien geben", entschied Stettenkamp.

Er war sich darüber im Klaren, dass er sich mit diesem Vorgehen polizeirechtlich in einer Grauzone befand. Aber wie wollen wir sonst rauskriegen, wer diese Jagdgegner sind?, überlegte er.

„Sie haben vielleicht gelesen, dass es im Kreis schwere Vandalismus-Schäden in Jagdrevieren gegeben hat. Bestimmt haben Sie nichts damit zu tun. Aber da Sie hier gegen die Jagd demonstrieren, müssen wir kurz Ihre Personalien aufnehmen", sagte Ilka so harmlos wie möglich.

Sie hatten überlegt, dass sich die Teilnehmer von einer Frau vielleicht weniger provoziert fühlen würden. Nach einer halben Stunde hatte Ilka tatsächlich elf Namen und Adressen notiert. Von den zerstörten und beschmierten Hochsitzen wollte niemand etwas wissen. Vier Männer hatten sich geweigert, Ilka ihre Personalien zu geben.

Stettenkamp sah, wie Peter Bongardt die vier unauffällig mit seinem Handy fotografierte. Das ist eigentlich nicht ganz erlaubt, überlegte er, aber mit Sicherheit hilfreich. Sie würden versuchen, die Identität der Männer anhand der Fotos herauszufinden. Vielleicht konnte der Gymnasiast Bastian Hölster aus Schleiden ihnen dabei helfen.
„Ilka, Peter, es ist neunzehn Uhr dreißig, lasst uns allmählich Feierabend machen!", schlug Stettenkamp vor.
Wenn ich Glück habe, sind die Zwillinge noch auf, wenn ich heimkomme, überlegte er. Im Parkhaus am Entenpfuhl hatte er den Dienstwagen geparkt, Ilka und Peter Bongardt gingen zurück in Richtung *Kaufhof*, wo sie ihre Autos abgestellt hatten. Stettenkamp dachte noch kurz über Ilkas erfolgreichen Alleingang nach und war sehr gespannt, wie Sybille Reichenbach morgen darauf reagieren würde. Er fuhr in Eicks den Maternusberg hoch und stellte den Dienstwagen in der Einfahrt ab. Das Zimmer von Ben und Moritz lag zur Straße hin, die Rolläden waren schon hinuntergelassen. Schade, dachte er. Wahrscheinlich waren sie vom vielen Spielen draußen schon müde gewesen. Im Haus war es still.
„Lisa? Ich bin wieder da!", rief er halblaut.
Statt seiner Frau traf er im Wohnzimmer ein junges Mädchen vor dem Fernseher an, es lief gerade eine dieser Casting-Shows. Das Mädchen mochte ungefähr siebzehn sein, und er glaubte, sie ein paar Mal in der Nachbarschaft gesehen zu haben.
„Hallo, ich bin Annika", sagte sie lässig zu ihm, und schaute dann weiter fern.
Was zum Teufel machte sie hier?

„Bin hier zum Babysitten, Ihre Frau musste noch zu irgendeinem Pressetermin nach Zülpich, soll ich Ihnen sagen. Wegen der Landesgartenschau oder so was."
Stettenkamp nickte nur. Er hätte Lisa gerne von seinem Tag heute erzählt, nun war sie schon wieder unterwegs. Andererseits, hatte sie nicht auch das Recht, ihrem Beruf nachzugehen, genau wie er das tat? Ja, das hatte sie. Er ging nach oben, zog sich einen dunkelblauen Jogginganzug an und küsste die schlafenden Zwillinge vorsichtig auf die Stirn. Annika gab er einen Zehner. Die schien enttäuscht, dass er nicht länger weggeblieben war.
„Wir brauchen dich garantiert ganz schnell wieder!", sagte er und brachte sie zur Haustür.
Er nahm sich ein Kölsch aus dem Kühlschrank und legte dann im Wohnzimmer den letzten *James Bond* in den DVD-Spieler. Den Film würde Lisa ohnehin nicht sehen wollen. Er freute sich auf einen ruhigen Abend.

Ilka fuhr nach der Demo noch einmal in die Südstadt. Es war noch etwas früh für einen erneuten Besuch bei den Klinkhammers. Vor zwanzig Uhr würde der Dachdecker nicht zuhause sein. Sie nutzte die Zeit und parkte in der Augenbroicher Straße in der Nähe der Villa Reichenbach unauffällig hinter einem weißen Lieferwagen. Ilka behielt den Hauseingang eine Weile im Auge. Es war ein unbestimmtes Gefühl, das sie hierhergetrieben hatte. Sie würde Sybille Reichenbach morgen ja ohnehin aufsuchen und mit der ehemaligen Geliebten ihres Mannes und deren gemeinsamen Kind konfrontieren.

Inzwischen war es zwanzig Uhr dreißig und nichts hatte sich bisher gerührt. Schade. Sie drehte den Zündschlüssel um und wollte gerade Gas geben. Da öffnete sich die schwere Haustür und Sybille Reichenbach kam heraus. Mit einem Mann, der deutlich jünger war als sie. Die Witwe trug ein schwarzes Cocktailkleid, ihr Begleiter einen blauen Nadelstreifenanzug.
Wo wollten sie hin? Die beiden stiegen in eine schwarze Mercedes B-Klasse, die in der Doppelgarage der Villa neben dem Geländewagen stand. Ilka fuhr ihnen mit einigem Abstand hinterher. In Euskirchen herrschte um diese Zeit nicht mehr allzu viel Verkehr und sie wollte nicht von Reichenbachs Witwe erkannt werden. Es ging stadtauswärts. Ilka folgte ihnen, bis Sybille Reichenbach und ihr Begleiter auf die Autobahn in Richtung Köln abbogen.
Ich werde ihr morgen einmal richtig auf den Zahn fühlen, dachte sie.
Es musste ihr doch gelingen, die Frau endlich aus der Reserve zu locken. Dann machte die Kommissarin kehrt und fuhr in die Lessingstraße. Ein weißer Pritschenwagen mit der Werbeaufschrift *Ernst Schmitz & Söhne* stand vor dem Haus der Klinkhammers. Vermutlich das geliehene Firmenfahrzeug des Dachdeckers.

Peter Klinkhammer saß am Küchentisch und aß gerade zu Abend, es gab Erbsensuppe mit Würstchen. Er war ein sportlicher Typ, in dem weißen
T-Shirt sah man seine muskulösen Oberarme. Er hatte ein markantes, wettergegerbtes Gesicht mit

buschigen, dunklen Augenbrauen, die beinahe zusammengewachsen waren. Ilka stellte sich vor und berichtete kurz von ihrem Gespräch mit seiner Frau.
„Was wollen Sie von mir?“, fragt er.
„Kannten Sie den leiblichen Vater von Lucia persönlich?“
Ilka kam sofort zur Sache. Sie hatte das Gefühl, dass sie mit langem Vorgeplänkel bei dem Handwerker nicht weiterkommen würde.
„Und ob! Der kam ja dauernd her, um die Kleine zu sehen. Sie gingen dann meistens zum Spielplatz am Schillerpark. Vor ein paar Wochen nahm er sie mal mit in die Kinderoper. Na ja, wem so was gefällt“, sagte Peter Klinkhammer und legte den Löffel beiseite.
„Das war aber doch nett von ihm.“ Ilka wollte ihn provozieren.
„Nett? Sie spinnen wohl! Total wuschig gemacht hat er die Kleine damit. Sie wusste nach solchen Aktionen doch überhaupt nicht mehr, wohin sie gehörte.“
„Wohin gehörte sie denn?“, fragte Ilka mit unschuldiger Stimme.
Peter Klinkhammer lief krebsrot an.
„Na, hierhin natürlich, zu Tatjana und mir. Ich bin doch ihr Vater! Wer liest ihr jeden Abend was vor, wer kümmert sich um sie? Doch nicht dieser Geldsack!“
„Der Geldsack hat Ihnen aber doch dieses Häuschen hier gekauft, erzählte mir Ihre Frau. Und die großzügigen Unterhaltszahlungen jeden Monat, die haben Sie doch auch nicht ausgeschlagen, oder?“
Ilka fand sich selbst schon etwas unverschämt.
„Das Haus gehörte Tatjana schon, bevor wir uns

kennenlernten. Ich wollte das viele Geld von Reichenbach nicht, das können Sie mir glauben. Ich kann selbst für meine Familie sorgen. Dafür brauche ich diesen... Kindermacher nicht!"
Klinkhammers Halsschlagader pochte.
„Was geht Sie das alles überhaupt an, frage ich mich!"
Ilka ging nicht auf seine Frage ein.
„Wie ist Ihre letzte Begegnung mit Dr. Reichenbach verlaufen?", wollte sie wissen.
„Das kann ich Ihnen sagen. Erst letzten Freitag war er abends hier und hat uns gefragt, ob Lucia im Juni ein paar Tage mit ihm nach Sylt fahren dürfte. Da war aber Kasalla, sag ich Ihnen. Nix is mit Sylt, hab ich ihm gesagt, die Kleine bleibt hier, wo sie hingehört."
Seine Frau kam in die Küche, sie hatte Lucia offenbar gerade zu Bett gebracht. Sie legte ihrem Mann den Arm um die Schultern.
„Frau Landwehr, wir haben Wolfhardt freundlich gesagt, dass wir eine Urlaubsreise für keine so gute Idee halten, um Lucia nicht noch mehr durcheinanderzubringen."
„Und wie hat Lucias leiblicher Vater das aufgenommen?", fragte Ilka.
Wieder antwortete Tatjana Klinkhammer. Ihr Mann schien sich zu beruhigen.
„Es war in Ordnung für ihn. Wir haben uns ja eigentlich gut verstanden."
Peter wollte etwas erwidern, aber seine Frau stieß ihn leicht an. Sie sagte: „Frau Landwehr, nichts für ungut, aber Peter hatte einen langen Arbeitstag. Haben wir Ihre Fragen alle beantwortet?"
„Fast. Herr Klinkhammer, wo waren Sie am

Samstagabend?“
„Bei einem Kumpel, wir haben Fußball geguckt.“
„Welches Spiel genau?“, wollte Ilka wissen.
Der Dachdecker rollte die Augen.
„Das Champions-League-Finale. Bayern gegen Dortmund.“
„Wie heißt dieser Kumpel und wo wohnt er?“
Tatjana setzte sich und legte ihre Hand auf seine.
„Er war bei Kleins Rainer in Großbüllesheim, Friedhofstraße. Peter kam gegen Viertel nach zwei in der Nacht mit dem Taxi nach Hause.“
„Wo waren Sie, Frau Klinkhammer?“
„Na, zuhause, bei Lucia.“
Ilka gab beiden zum Abschied die Hand.
„Vielleicht sehen wir uns noch mal wieder!“
Es war fast einundzwanzig Uhr dreißig, als sie sich auf den Heimweg nach Kall machte. Unterwegs rief sie Stettenkamp an, um ihm von dem Gespräch mit Peter Klinkhammer zu berichten. Sie war neugierig auf seine Einschätzung.
„Reichenbach war dem Handwerker auf jeden Fall ein Dorn im Auge. Ihm wäre scheinbar ein Leben ohne ihn deutlich lieber gewesen“, stellte ihr Chef fest. „Wir müssen sein Alibi überprüfen. Kann natürlich sein, dass der Kumpel ihn decken wird.“
Dass Tatjana Klinkhammer Reichenbachs Mörderin war, glaubten sie beide eher nicht. Sie schien sich gut mit ihm verstanden und seine finanzielle Unterstützung gerne angenommen zu haben. Die Kuh, die man melkt, schlachtet man nicht, dachte Ilka.
Sie war so in Gedanken versunken, dass sie den Motorradfahrer, der ihr bereits seit Euskirchen gefolgt war, nicht bemerkt hatte. Draußen war es

schon fast dunkel. Erst als sie auf der Wallenthaler Höhe rechts nach Kall abbog, bemerkte sie die schwere Maschine hinter sich. Es war um diese Zeit nicht mehr viel los auf den Straßen. Der Fahrer trug einen schwarzen Helm und eine schwarze Motorradkluft mit einem weißen Streifen über der Brust. Jetzt fuhr er so nah wie möglich an Ilkas kleinen Fiat heran.
Ihr wurde mulmig zumute.
Was sollte das?
Der Motorradfahrer überholte sie. Gott sei Dank! Dann aber bremste er plötzlich scharf vor ihr ab. Reifen quietschten, die Maschine stand nun quer. Ilka trat das Bremspedal voll durch. Sie kam gerade noch rechtzeitig zum Stehen. Ihr Herz klopfte wie verrückt. Dann erkannte sie auf dem Heck des Motorrads das Nummernschild. Es war ein Bonner Kennzeichen. Frank!

Mittwoch - Vierter Tag

Als Ilka an diesem Morgen aufwachte, fühlte sie sich wie gerädert. Sie blickte auf den Wecker, schon halb sieben! Sie hatte gestern Abend, aufgeregt wie sie gewesen war, ganz vergessen, ihn zu stellen. Ilka sprang aus dem Bett. In einer halben Stunde wollte sie sich mit Stettenkamp und Bongardt zur Frühbesprechung im Büro treffen. Das würde sie kaum mehr schaffen.
Unter der Dusche stiegen die Bilder des gestrigen Abends wieder vor ihr auf. Durch eine Vollbremsung war sie noch haarscharf vor Franks Motorrad zum Stehen gekommen. Mit pochendem Herzen hatte sie durch die Windschutzscheibe gestarrt und zunächst keinen klaren Gedanken fassen können. Frank hatte sie von seinem Motorrad herab mit geöffnetem Visier angesehen. „Ich folge dir überall hin!", war die Botschaft, die in seinem Blick gelegen hatte. Dann war er plötzlich geradeaus in Richtung Gemünd davongerast.
Lange Zeit hatte Ilka nicht einschlafen können, obwohl sie nach dem gestrigen Tag todmüde gewesen war. Auch zwei Gläser halbtrockenen Rotweins hatten ihr die Anspannung nicht nehmen können. Schließlich hatte sie Becks erlaubt, sich an ihr Fußende auf eine Decke zu legen. Unruhig hatte sie sich hin- und hergewälzt. Sobald der Schlaf hatte über sie kommen wollen, war sie nervös wieder aufge-schreckt. Das letzte Mal hatte sie um halb fünf

auf die Uhr geschaut. Kurz darauf hatte sie geglaubt, durch das geschlossene Fenster eine Knallerei wie zu Sylvester zu hören. Jetzt werde ich verrückt, hatte sie gedacht.

Um Viertel vor sieben saß Ilka in ihrem roten Fiat auf dem Weg ins Kreishaus. Sie fuhr nicht, wie am Vorabend, über die Wallenthaler Höhe, sondern über Keldenich zur Autobahnauffahrt Nettersheim. In Höhe Kommern begannen auf Radio Euskirchen die Lokalnachrichten.

„Unbekannte Täter haben am frühen Morgen in einem Jagdrevier zwischen Kall und Golbach mehrere Hochsitze durch Feuerwerkskörper in Brand gesetzt. Verletzt wurde niemand. Anwohner waren durch laute Knallgeräusche aus dem Schlaf geschreckt worden und hatten die Polizei verständigt. Die Feuerwehr konnte größere Brandschäden im Wald verhindern, der Schaden der zerstörten Hochsitze ist noch nicht zu beziffern. Und nun folgt das Wetter mit unserem Experten Karl-Josef..."

Ilka schaltete das Radio aus. Also hatte sie in der Nacht doch richtig gehört, obwohl ihr Häuschen von dem besagten Revier vielleicht einen Kilometer Luftlinie entfernt lag. Sie wusste von ihrem Vater, der bei Kreuzberg zur Jagd ging, dass jetzt im Mai Bockjagdzeit war. Im Morgengrauen saßen die Jäger nun an und hofften auf schwache oder junge Rehböcke. Es war also nur ein glücklicher Zufall gewesen, dass keine Jäger dort gewesen waren, als der oder die Täter die Kanzeln mit Feuerwerkskörpern in Brand gesetzt hatten.

In Euskirchen angekommen, rechnete sie auf dem

Weg ins Büro damit, dass Stettenkamp und Bongardt bereits mit der morgendlichen Besprechung angefangen hatten.
Aber der Kriminalassistent war noch allein.

Alex Stettenkamp hatte zuhause noch einen schnellen Kaffee getrunken und ein paar Mal in sein Marmeladenbrötchen gebissen. Nach den Halbsieben- Nachrichten im Radio wollte er los. Er hatte gerade von dem Anschlag auf die Hochsitze gehört, als sein Blick in die offene Diele auf die Fußmatte vor der Haustür fiel. Dort lag ein brauner DIN-A4-Umschlag. Seltsam. Sie hatten eine Eingangstür mit einem Schlitz unten für die Post und den Stadt-Anzeiger. Stettenkamp hob den Umschlag auf, er war zugeklebt und es standen weder ein Absender noch ein Adressat darauf. Jemand musste ihn in der Nacht eingeworfen haben!
Er riss das Kuvert auf. Sofort fiel ihm ein Foto seiner Kinder Ben und Moritz entgegen. Es zeigte sie auf dem Kindergartengelände beim Spielen. Beide trugen ein knallrotes Shirt mit einem lachenden Piraten darauf. Er war sich sicher, dass sie diese Sachen gestern zum ersten Mal angehabt hatten. Stettenkamp drehte das Foto um. Auf der Rückseite klebte ein winziger Zeitungsschnipsel, auf dem das Datum des gestrigen Tages stand. Jemand hatte Ben und Moritz also tatsächlich gestern heimlich beim Spielen draußen fotografiert und ihm nun das Bild geschickt. Was sollte das? Er zog ein computerbeschriebenes DIN-A4-Blatt heraus, offenbar ein Brief. Sonst befand sich nichts im Umschlag.
Lisa kam aus der Küche, sie hatte gerade das

Frühstück für die Kinder vorbereitet.
„Schatz, ist was?"
Stettenkamp zeigte ihr wortlos das Foto mit Ben und Moritz darauf. Dann las er den Brief mit leicht zittriger Stimme vor.
„Ihr Polizeischweine, ich gebe Euch den guten Rat, nicht weiter im Leben von Wolfhardt Reichenbach herumzustochern. Er hat seinen Tod verdient. Keine weiteren Ermittlungen! Denk an Deine Kinder, Stettenkamp"
Lisa wurde blass. „Das ist ja unglaublich! So was hat es in den ganzen Jahren ja noch nicht gegeben."
Stettenkamp nickte nur. Stärker als der Drohbrief selbst wirkte das Foto, das der Schreiber gestern heimlich von ihren Kindern gemacht haben musste, als diese arglos draußen gespielt hatten.
„Hast du eine Ahnung, von wem das kommen könnte?", wollte Lisa wissen.
„Nicht die geringste. Aber ich kann und darf mich davon nicht einschüchtern lassen. Dann kann ich meine Arbeit ja gleich einstellen."
Lisa war alarmiert. „Und die Kinder?"
„Wir müssen noch besser, als wir es ohnehin tun, auf sie aufpassen. Lass sie erst mal nicht mehr hier auf der Straße spielen. Sicher ist sicher."
Sie nickte. Sie hatten ja noch den Garten, er war umzäunt und nicht einsehbar. Trotzdem war es ein komisches Gefühl. Sie umarmten sich und waren einander sehr nahe.
„Ich fühle mich so beobachtet", sagte Stettenkamp.
Er spürte einmal mehr, dass Lisa die Frau an seiner Seite war, die mit ihm durch dick und dünn gehen würde.
Ausgerechnet jetzt fragte sie: „Denkst du noch

manchmal an Isabelle?"
„Nein! Wie kommst du jetzt bloß auf sie?"
Obwohl seine Affäre mit der jungen Münsteranerin nun schon ein dreiviertel Jahr her war, schob Lisa die Sache manchmal immer noch wie eine unsichtbare Wand zwischen sie beide. Er konnte sie verstehen, zerstörtes Vertrauen wieder komplett aufzubauen, war schwer. Stettenkamp streichelte Lisa über die Wange und küsste sie.
„Wir schaffen das! Ich muss jetzt dringend los. Bis heute Abend."
Er stieg in den silbernen Dienst-Mercedes und fuhr los. Aufgewühlt und unkonzentriert kam er um Viertel vor acht in Euskirchen an. Im Besprechungszimmer saßen nicht nur Ilka und Peter Bongardt, sondern auch Kriminaldirektor Groß. Auch das noch!
„Stettenkamp, hat Ihr Diensteifer in der Eifel schon nachgelassen? Oder trudeln Sie immer erst zum zweiten Frühstück ein?"
Ganz ruhig bleiben, dachte er und ballte die rechte Faust unsichtbar in der Anzugtasche. Er begrüßte die drei und nahm sich einen Kaffee. Dann zeigte er Groß und seinen beiden Mitarbeitern den Drohbrief und das beigefügte Foto seiner Kinder.
Ilka wirkte schockiert. Auch Peter Bongardt sah besorgt aus.
„Wie ernst müssen wir das Schreiben nehmen?", fragte er den Kriminaldirektor.
„Na, überhaupt nicht ernst!", polterte Groß los. „Zerreißen und in den Papierkorb damit. Lenkt doch nur von unserer Arbeit ab. Und davon haben wir genug. Haben Sie überhaupt schon Nachrichten gehört?"

Es war klar, worauf er anspielte, die abgefackelten Hochsitze.
„Ist Ihnen eigentlich klar, unter was für einem Druck wir da jetzt stehen? Wie leicht hätte es dabei einen Jäger da oben erwischen können. Ist doch nur ein Zufall gewesen, dass gerade keiner von den Grünröcken auf den Kanzeln war!"
Damit hatte er natürlich recht. Allerdings hatte sich Groß bislang keinen Deut um die radikalen Jagdgegner geschert und auch der tödlich gestürzte alte Jäger war ihm bisher ziemlich egal gewesen. Jetzt, da sich die Öffentlichkeit dafür interessiert, da macht er Druck, dachte Stettenkamp.
Er zählte bis zehn und antwortete ihm dann ganz ruhig: „Herr Groß, seien Sie versichert, dass wir in dieser Sache mit Hochdruck ermitteln werden, sobald die ersten Spuren im Kriminallabor ausgewertet worden sind."
Groß wurde immer lauter. „Ergebnisse will ich sehen! Ich erwarte, dass diese Vollidioten bis morgen gefasst sind. Das kann doch nicht so schwer sein!"
Stettenkamp schaute in die wütenden Gesichter seiner Mitarbeiter. Glaubte Groß eigentlich, sie würden hier eine ruhige Kugel schieben? Doch je unbeherrschter sich sein Chef aufführte, umso sachlicher wurde er.
„Herr Groß, wir geben unser Bestes. Ich will nicht unhöflich sein, aber je schneller wir uns an die Arbeit machen können, umso eher können wir Ergebnisse vorweisen."
Groß schaute ihn an. Hatte es dieser Westfale nun zum zweiten Mal gewagt, ihn quasi freundlich hinauszuschmeißen?
Die Tür ging auf und Bernd Schmitz kam herein.

„Leute, ich hab was für euch. Wir haben dreierlei Fußspuren und Fingerabdrücke auf den liegengelassenen Böllern sichergestellt. Mein alter Kollege Klaus Hegger hat die Fingerabdrücke für mich im LKA schon mit der Zentraldatenbank abgeglichen. Volltreffer, sag ich euch!"
In Düsseldorf konnten die Kollegen auf die AFIS-Datenbank des Bundeskriminalamtes zugreifen und einen Abgleich gefundener Fingerabdrücke mit denen von über drei Millionen polizeilich registrierter Menschen machen. Schmitz blickte in die gespannten Gesichter.
„Die Fingerabdrücke stammen von einem Mann namens Roman Hartig! Der Typ ist in Kall gemeldet, er wohnt in der Kallbachstraße dreiundvierzig."
„Die kenn ich", sagte Ilka. „Die Kallbachstraße liegt in Richtung Golbach und zwar fast gegenüber dem Tatort! Dazwischen liegen nur ein paar Wiesen und die Hauptstraße."
Stettenkamp rief mit ein paar Klicks an seinem Computer die elektronische Akte von Roman Hartig auf. Sie sahen zunächst sein Foto. Den Kommissaren blickte ein ernst wirkender Mann mit dünnem, blondem Haar und graublauen Augen entgegen. Stettenkamp freute sich.
„Tolle Arbeit, Herr Schmitz."
„Danke, ich troll mich mal wieder ins Labor."
Auch Groß verabschiedete sich und hielt die Türklinke bereits in der Hand. Dann drehte er sich noch einmal zu Stettenkamp um.
„Heute Mittag will ich was Handfestes hören, verstanden?"
„Tschüss, Napoleon", sagte Bongardt eine Spur zu laut.

Aber Groß hatte es offenbar nicht mehr gehört. Die Tür des Besprechungsraums knallte zu. Stettenkamp ging zu seinem Bildschirm und überflog Hartigs Akte.

„Der Typ ist zwei Mal wegen schwerer Sachbeschädigung in Jagdrevieren hier im Kreis vorbestraft!“

Ilka überlegte. „Ich bin ganz sicher, dass ich diesen Roman Hartig gestern Abend auf der Demo in Euskirchen gesehen habe! Genau, es war einer der vier Leute, die mir ihre Personalien nicht geben wollten.“

„Interessant! Ich habe die Namen und Adressen der anderen Teilnehmer schon überprüft, die scheinen zu stimmen“, erwiderte Bongardt.

Stettenkamp lief ziellos im Zimmer umher.

„Gut. Ich frage mich übrigens, warum gestern kaum Teilnehmer zu dieser Demo gekommen sind. Diese *Eifeler Jagdgegner* sind trotz Internet nur lose miteinander verbunden, glaube ich. Vielleicht sind tatsächlich auch nur ganz wenige Radikale dabei, so wie eben Hartig.“

Die Stimmung im Team hatte sich seit dem Morgen inzwischen erheblich gebessert. Sie schienen den radikalen Jagdgegnern endlich auf die Spur zu kommen. Würden sie Roman Hartig den Anschlag auf die Hochsitze nachweisen können? War er auch für den Tod des alten Jägers, der von der abgesägten Leiter gefallen war, verantwortlich?

Hatte Hartig gar den einflussreichen Jäger Wolfhardt Reichenbach erschossen?

Stettenkamp war nun voller Tatendrang.

„Peter, du hast es wirklich verdient, hier mal wieder

rauszukommen. Lass uns schleunigst nach Kall fahren!"

Dann wandte er sich an Ilka.

„Ich bitte dich, Sybille Reichenbach gleich allein zu befragen. Wenn wir uns aufteilen, kommen wir schneller voran."

Sie nickte. Um vierzehn Uhr wollten sie sich wieder im Büro treffen. Die drei schnappten sich ihre Jacken vom Garderobenständer und verließen eilig das Büro. Stettenkamp und Peter Bongardt nahmen den Dienstwagen, um nach Kall zu fahren. Ob sie Roman Hartig zuhause antreffen würden? Es war inzwischen zehn Uhr dreißig. Sie wussten, dass Hartig bereits seit zehn Jahren an der Uni Bonn immatrikuliert war. Bongardt rief von unterwegs aus dort an. Eine freundliche Sekretärin mit starkem rheinischen Dialekt bestätigte ihm, dass dem immer noch so war, der Student inzwischen aber nur noch für das Fach Sinologie eingeschrieben sei. Studienabschlüsse habe er in der ganzen Zeit keine erworben.

„Unfassbar", kommentierte Stettenkamp hinter dem Steuer. „Er studiert mit dreiunddreißig immer noch und lernt was über die alten Chinesen. Wovon lebt der bloß?"

Sie fuhren durch das Kaller Industriegebiet, dann hinunter in den Ort in die Kallbachstraße. Roman Hartig wohnte in einem älteren Mietshaus, dessen Fassade dringend einen neuen Anstrich benötigte. Sie klingelten. Von oben wurde die Haustür geöffnet, eine Sprechanlage gab es nicht. Stettenkamp und Bongardt stiegen in den dritten Stock, sechs Mietparteien lebten offenbar hier. Eine Frau mit grauem Haar und einer Kittelschürze stand in der

Eingangstür der Wohnung. Sie mochte Mitte sechzig sein.
„Guten Tag. Stettenkamp, Kriminalpolizei. Das ist mein Kollege Bongardt."
Sie zeigten der Frau ihre Dienstausweise.
„Lebt hier ein Roman Hartig?"
Sie nickte und wischte sich die Hände an der Schürze ab.
„Ja, das ist mein Sohn. Ist etwas passiert?"
Ohne ihr zu antworten, fragte Stettenkamp: „Ist Ihr Sohn zuhause?"
Frau Hartig wirkte etwas verlegen, bat die beiden aber herein. Sie bot ihnen einen Platz in der kleinen Küche an, auf dem Herd köchelte ein gusseiserner Topf mit Gulasch vor sich hin.
„Einen Moment bitte, ich muss ihn... wecken."
Stettenkamp und Bongardt blickten beide auf die einfache, weiße Küchenuhr. Die schwarzen Zeiger stan-den auf elf Uhr. Durch die offene Küchentür sahen sie, wie Frau Hartig die gegenüberliegende Tür öffnete und die Rolläden hochzog.
„Roman, steh mal auf. Da sind zwei Herren von der Polizei!"
Der Student gab ein paar unwillige Laute von sich, erhob sich dann aber aus dem Bett. An den Wänden hingen großformatige Bilder mit chinesischen Schriftzeichen sowie ein Werbeplakat der Naturschutzorganisation *Greenpeace*.
Roman Hartig ging erst einmal ins Bad.
„Ist Ihr Sohn tagsüber immer zuhause?" fragte Bongardt die Mutter.
„Na ja, schon häufig. Roman studiert eigentlich in Bonn, aber irgendwie tut er sich da etwas schwer..."
„Er ist dreiunddreißig, nicht wahr?"

Sie nickte. „Vielleicht haben mein Mann und ich es ihm zu leicht gemacht, aber er ist unser einziges Kind, wissen Sie?“
Die Frau tat Stettenkamp leid. Was würde sie wohl sagen, wenn er ihren Sohn gleich festnehmen würde? Seine Fingerabdrücke waren eindeutig auf den abgebrannten Böllern neben dem Hochsitz festgestellt worden.
Er wollte sie etwas vorbereiten. „Frau Hartig, wir...“
In dem Moment kam Roman herein. Er war blass und hatte dunkle Ringe unter den graublauen Augen.
„Gehen wir auf den Balkon“, bat er Stettenkamp und Bongardt. Dort wollte er sich eine Zigarette anzünden, seine Hände zitterten. Es gelang ihm nicht. Bongardt gab ihm Feuer.
Roman Hartig nahm einen tiefen Zug.
„Was wollen Sie von mir?“
Stettenkamp belehrte ihn zunächst über seine Rechte. Hartig nahm seine Worte ohne erkennbare Reaktion zur Kenntnis. Der Kommissar konfrontierte ihn dann mit den gefundenen Fingerabdrücken. Er hatte häufig erlebt, dass Täter trotz klarer Beweise versuchten, zu lügen und ihre Anwesenheit am Tatort abzustreiten. Hartig zog es jedoch vor, zu schweigen.
„Herr Hartig! Sie haben mehrere Hochsitze vorsätzlich in Brand gesetzt! Wie leicht hätte bei Ihrem Anschlag ein Jäger ums Leben kommen können. Um die frühe Morgenstunde sitzen gerade jetzt häufig Jäger auf ihren Kanzeln, es ist Bockjagdzeit.“
Hartigs Gesicht blieb ausdruckslos.
„Wir werden weiterhin überprüfen, ob Sie für zwei

Tötungsdelikte verantwortlich sind. Vor vier Monaten ist ein Mann von einer angesägten Leiter gestürzt und vor vier Tagen wurde ein Arzt aus Euskirchen erschossen. Beides Jäger!"
Roman Hartig schaute ihnen zum ersten Mal in die Augen.
„Ja, ich habe letzte Nacht die Feuerwerkskörper gezündet", sagte er leise. „Aber mit dem Tod der beiden Jäger habe ich nichts zu tun. Das kann ich beweisen. Ich bin erst vorgestern aus China zurückgekommen. Das letzte halbe Jahr bin ich dort durch die südchinesische Provinz gereist."
Stettenkamp schaute ihn überrascht an. Was machte ein erfolgloser Student in China?
„Meine Eltern haben mir die Flugtickets bezahlt, weil sie hofften, die Reise würde mir neuen Antrieb fürs Studium geben."
Elternliebe scheint im wahrsten Sinne des Wortes grenzenlos zu sein, dachte Stettenkamp. Die alte Frau Hartig sah nicht so aus, als könne die Familie mit Geld um sich werfen.
„Haben Sie eine Verbindung zu den *Eifeler Jagdgegnern*?", wollte er wissen.
„Ich kenne ein paar von denen, aber die kriegen doch nix gebacken. Wenn man wirklich was gegen diese Mörder unternehmen will, kneifen sie doch fast alle..."
Stettenkamp bat Roman Hartig, ein paar Sachen zusammenzupacken. Sie gingen in sein Zimmer, es roch muffig.
„Wer war heute früh mit Ihnen im Wald?"
Hartig zuckte mit den Schultern und schaute aus dem Fenster.
„Das werde ich Ihnen nicht sagen."

„Wir nehmen Sie vorläufig fest. Über alles Weitere wird dann ein Richter entscheiden."
Stettenkamp durchsuchte Roman Hartig, bevor er ihm mit den Metallschließen, die er in einer kleinen Tasche am Gürtel getragen hatte, die Hände auf dem Rücken fesselte. Dann führte er ihn aus der Wohnung seiner Eltern. Peter Bongardt ging dahinter.
Mutter Hartig starrte ihnen fassungslos nach.
Das Alibi von Roman Hartig war schnell überprüft. Er war tatsächlich erst am Montag von seinem China-Trip zurückgekehrt, nachdem er sich dort ein halbes Jahr lang mit wenig Geld in der Tasche und kleinen Gelegenheitsarbeiten durchgeschlagen hatte. Er konnte also nicht für den Tod des alten Jägers im Schmidtheimer Wald verantwortlich sein. Und auch Wolfhardt Reichenbach konnte er nicht erschossen haben. Waren es dann radikale Gleichgesinnte gewesen? Die Namen seiner beiden Mittäter wollte er nicht nennen. Es mussten zwei sein, denn Schmitz hatte im Kriminallabor drei verschiedene Fußspuren festgestellt. Eine davon war Roman Hartig eindeutig zuzuordnen gewesen. Als er Stettenkamp und Bongardt aufs Polizeirevier begleitete, trug er die gleichen Schuhe wie bei seinem Anschlag auf die Hochsitze. Deren Zerstörung mit Feuerwerkskörpern galt als schwere Brandstiftung und war die dritte schwere Sachbeschädigung innerhalb von eineinhalb Jahren. Ob er da noch auf einen milden Richter hoffen konnte, war fraglich. Zumal auch ein Jäger um diese Zeit hätte ansitzen können.

Als Ilka bei Sybille Reichenbach in der Euskirchener Südstadt eintraf, saß diese im Garten. Durch die

kleine Lücke im Bambuszaun hatte Ilka sie erspäht. Sie hatte sich nicht angekündigt. Die Witwe machte es sich gerade in einem weißen Rattansessel neben dem mit Schilf bewachsenen Teich bequem.
Sybille Reichenbach öffnete nach dem dritten Klingeln die Haustür und war sichtlich überrascht, die Kommissarin zu sehen.
„Guten Tag, Frau... wie ist bitte noch gleich Ihr Name?"
„Landwehr, Ilka Landwehr. Guten Tag, Frau Reichenbach. Darf ich hereinkommen? Ich habe noch ein paar Fragen an Sie."
Die Witwe trug heute einen grauen, wadenlangen Rock und dazu eine rosafarbene Bluse mit floralem Design. Sie wirkte ausgeruht. Sybille Reichenbach führte Ilka durch das Wohnzimmer in die asiatische Gartenanlage und bot ihr einen der Sessel an. Kleine Springbrunnen sprudelten und weiße Skulpturen zierten den millimeterkurz geschnittenen Rasen.
„Ich wüsste zwar nicht, wie ich Ihnen weiterhelfen könnte...".
Frau Reichenbach blickte Ilka offen in die Augen.
„Frau Reichenbach, ich möchte Ihnen gern noch ein paar Fragen zu Ihrer Ehe mit Wolfhardt Reichenbach stellen."
Ilka nahm einen Schluck aus dem Wasserglas, das Sybille Reichenbach ihr angeboten hatte.
„Manches mag Ihnen sicherlich sehr privat vorkommen, aber wir müssen ein paar Dinge wissen, um den Mörder Ihres Mannes ermitteln zu können."
Ilka belehrte sie über ihr Aussageverweigerungsrecht.
Die Witwe hob die Schultern und erwiderte: „Da ich nichts zu verbergen habe, ist das kein Problem."

Da bin ich ja mal gespannt, wie weit die Offenheit geht, dachte Ilka, und lehnte sich in ihrem Gartensessel ein Stück vor.
„Zunächst muss ich Ihnen ein paar Fragen stellen, die sich um Ihre Finanzen drehen. Ich bitte Sie, mir die Wahrheit zu sagen, da diese Dinge ohnehin überprüft werden. Hatte Ihr Mann eine Lebensversicherung oder mehrere abgeschlossen?"
Sybille Reichenbach nickte. „Ja, aber nur eine kleine über dreißigtausend Euro. Wissen Sie, die laufenden Kosten für die Miete und meinen Lebensunterhalt kann ich von dem Geld bestreiten, das ich von meinen Eltern geerbt habe. Sagt Ihnen der Name Wester was? Kölner Brauerei. Ich bin eine geborene Wester."
Okay, dachte Ilka, dann würd ich auch nicht mehr arbeiten.
Sybille Reichenbach fuhr fort: „Ich habe das Geld damals bei der Erftbank angelegt und kann es mir jederzeit auch in Form einer monatlichen Rente auszahlen lassen."
Ilka war neugierig. „Über welchen Betrag sprechen wir?"
„Ich habe vor fünf Jahren 1,8 Millionen Euro geerbt. Damit komme ich zunächst einmal hin."
Das solle man meinen.
„Danke für Ihre Offenheit."
Der Gesprächsanfang war gut gelaufen und Sybille Reichenbach nun im Redefluss. Darauf ließ sich aufbauen.
„Frau Reichenbach, wissen Sie, ob Ihr Mann eine Geliebte hatte?"
Nun war sie gespannt. Was würde die Witwe darauf antworten, da sie ihr doch beim letzten Mal von der

ach so tollen Ehe erzählt hatte...
„Ja, Wolfhardt hatte vor ungefähr fünf Jahren eine Affäre. Die Frau, um die es ging, heißt Tatjana Lahnstein. Jetzt Klinkhammer, glaube ich."
Sybille Reichenbach schaute Ilka in die Augen.
„Sie würden das ohnehin herausfinden, also kann ich es Ihnen auch erzählen."
Ilka war erstaunt.
„Warum haben Sie mir bei meinem letzten Besuch dann von einer intakten Ehe erzählt?"
„Weil sie intakt war!" Die Witwe musterte Ilka ein wenig von oben herab. „Nur Kleingeister erwarten ewige Treue und werden dann enttäuscht. Nein, bei uns war das anders. Wolfhardt und ich ließen uns die Freiheit, wir führten eine offene Ehe. Verstehen Sie, was ich meine?"
Ich bin in deinen Augen zwar ein Kleingeist, aber noch lange nicht blöd, dachte Ilka.
„Hatte Ihr Mann außer mit Tatjana Klinkhammer noch andere... Beziehungen?"
„Nicht, dass ich wüsste."
Ilka ging weiter in die Offensive.
„Wer war der Mann, mit dem Sie gestern Abend das Haus verlassen haben? Sie sind mit ihm in Richtung Köln gefahren."
Sybille Reichenbach hob die Augenbrauen.
„Sie beobachten mich?"
„Wenn Sie offen zu mir sind, ist das nicht weiter notwendig", erwiderte Ilka.
„Das... möchte ich nicht sagen!" Es klang sehr bestimmt.
Ilka hörte im Haus das Telefon klingeln und hoffte, dass Sybille Reichenbach das Gespräch mit ihr jetzt nicht unterbrach. Ich kann sie nicht zwingen, es mir

zu sagen, dachte Ilka. Aber wir werden auch das herausfinden.
Die Witwe lehnte sich in ihrem Sessel zurück.
„Etwas anderes. Sie und Ihr Mann haben keine Kinder, richtig?“
Sybille Reichenbach schaute Ilka selbstsicher an.
„Es muss nicht jeder Kinder haben, oder?“
„Nein. Aber für einen Fortpflanzungsmediziner finde ich es etwas ungewöhnlich.“
„Glauben Sie, jede Hebamme hat Kinder?“
Ilka hasste es, wenn man ihr mit Gegenfragen kam.
„Nein“, sagte sie bestimmt. „Aber es geht hier um Sie und Ihren Mann!“
Frau Reichenbach blickte nun ernst. „Wir hätten eigentlich gern Kinder gehabt. Aber wir konnten keine bekommen.“
Ilka war erstaunt. Seltsam, die Reichenbachs waren doch quasi an der Quelle, wenn man so wollte...
Die Witwe schien ihre Gedanken lesen zu können.
„Nicht jeder Arzt kann sich auch selbst helfen“, sagte sie leise. „Es lag an mir. Ich wurde einfach nicht schwanger, man hat nicht einmal eine Ursache dafür finden können.“
Ilka fragte weiter nach.
„Sie haben sich doch sicher behandeln lassen. Wo war das?“
„In Wien, bei Professor Görtz. Er ist der Beste überhaupt. Aber selbst er konnte uns damals nicht helfen.“
Ilka wurde hellhörig. Wien, Professor Görtz, das war doch die Klinik, in der Henschel und Kerner auch diesen Kongress besucht hatten.
Ilka räusperte sich.
„Ich kann mir vorstellen, dass das Ganze sehr

belastend für Sie gewesen sein muss. Wie kommen Sie damit zurecht, kinderlos geblieben zu sein?"
Nach einem großen Schluck Wasser antwortete Frau Reichenbach: „Gut, sehr gut sogar. Wissen Sie, man muss auch irgendwann mal mit so einem Thema abschließen können. Ich bin zufrieden mit meinem Leben."
Jetzt geh ich in die Vollen, überlegte Ilka sich.
Sie lächelte Frau Reichenbach freundlich an.
„Das ist gut. Sagen Sie, wissen Sie, dass Ihr Mann mit seiner ehemaligen Geliebten eine kleine Tochter hat?"
Nun war der Trumpf, den sie im Ärmel gehabt hatte, ausgespielt.
„Ja, das weiß ich. Die Kleine heißt Lucia und ist inzwischen vier Jahre alt. Mein Mann hatte regelmäßig Kontakt zu ihr. Sie wohnt nicht weit weg von hier, in der Lessingstraße, glaube ich."
Ilka war baff. Konnte es sein, dass es einer Frau, die sich vergeblich ein Kind gewünscht hatte, vollkommen egal war, dass sich ihr Mann diesen Wunsch mit einer Geliebten erfüllt hatte?
„Das macht Ihnen gar nichts aus?", fragte sie nach.
„Nein. Wir führten, wie gesagt, eine offene Ehe. Und mit dem Thema Kinder habe ich schon vor Jahren abgeschlossen."
Sie schwiegen. Wie jetzt am besten weiter vorgehen?, überlegte Ilka. Sie spürte einen leichten Druck auf der Blase und fragte Sybille Reichenbach nach dem Bad. Erst mal etwas Zeit gewinnen...
„Gehen Sie die Treppe hoch in den ersten Stock. Das Bad liegt dann gleich rechts."
Komisch, hat sie hier unten keine Gäste-Toilette? Aber egal, dachte Ilka. Sie ging durch die Flügeltüren

ins Wohnzimmer und dann die Treppe hinauf. Auf der ersten Tür rechts hing ein kleines Schild „Bad". Sie wollte gerade hineingehen. Da sah die Kommissarin, dass die Zimmertür gleich nebenan nur angelehnt war. Sie blickte durch den Spalt und traute ihren Augen nicht. Was war das? Sie schaute sich vorsichtig über die linke Schulter um und ging dann leise in den Raum hinein. Das, was sie mitten im Zimmer gesehen hatte, war eine Babywiege. Aus Holz mit einem weißen Stoffhimmel, auf dem sich bunte Luftballons tummelten. Ilka blickte sich um. Auf den cremefarbenen Wänden sah sie lauter handgemalte Tiermotive, von der Decke hing eine Lampe in Form eines Heißluftballons aus einem rot-weiß-karierten Stoff. Auf den Fensterbänken saßen sicherlich zehn Steifftiere, allesamt Teddybären. Sogar eine Wickelkommode gab es. Darauf lagen neben den üblichen Pflegeutensilien ein paar sorgsam gefaltete weiße Bodys und bunte Strampler. Ilka war fassungslos. Ich stehe in einem komplett eingerichteten Kinderzimmer und Sybille Reichenbach erzählt mir, sie habe mit ihrem Kinderwunsch
abgeschlossen...
Da stimmte doch etwas nicht!
Die Witwe schlenderte durch den Garten, als Ilka wieder zu ihr hinunterkam. Auf der Toilette war sie gar nicht mehr gewesen.
„Haben Sie das Bad gefunden?", fragte Frau Reichenbach freundlich.
„Ja. Allerdings erst, nachdem ich versehentlich in das Zimmer nebenan gegangen bin, sorry." Ilka lächelte. Sybille Reichenbach wurde weiß im Gesicht. Ihre linke Hand, in der sie einen Zigarillo hielt, begann zu

zittern. Sie schwieg.
„Wollen Sie mir nicht erzählen, wie es wirklich in Ihnen aussieht?“, fragte Ilka leise.
„Warum sollte ich das? Es geht Sie überhaupt nichts an!“
„Doch, das tut es. Sie haben mich belogen. Ich glaube Ihnen nicht, dass Sie gut damit zurechtkommen, dass Sie kein Kind haben, und es ist Ihnen auch nicht gleichgültig, dass Ihr Mann eine kleine Tochter mit Tatjana Klinkhammer hat!“
Ilka war ziemlich laut geworden, dabei tat ihr Sybille Reichenbach im Grunde leid. Das musste alles unheimlich schwer zu verkraften sein. Sie setzte sich wieder in einen der Sessel. Nach einer Weile tat Sybille Reichenbach es ihr gleich. Warte ein Weilchen, dann wird sie schon erzählen, dachte Ilka.
„Hier ist nichts, aber auch gar nichts, wie es scheint“, brach es aus der Witwe heraus. „Nach außen hin sieht hier alles so toll aus, die Villa, der Mann ein erfolgreicher Arzt, ein Leben im Luxus. Tatsächlich sitzt hier eine depressive, tablettenabhängige Frau vor Ihnen, die das Leben eigentlich hinter sich hat!“
Ilka schaute sie an.
„Ich brauche immer stärkere Schlaftabletten für die Nacht und ohne ein paar Muntermacher am Morgen werd ich nicht mehr fit. Ich bin seit Jahren bei einem Psychotherapeuten wegen meiner Depressionen in Behandlung, auch gegen die ewige Traurigkeit werfe ich Pillen ein.“
Mein Gefühl hat mich nicht getrogen, dachte Ilka.
Sybille Reichenbach redete weiter.
„Als Wolfhardt und ich geheiratet haben, waren wir jung und glaubten an eine glückliche Zukunft. Wir wünschten uns, eine Familie zu werden. Und dann

klappte es nicht."
Sie nahm einen Schluck Wasser.
„Zuerst waren wir in einer Kinderwunschklinik in Essen, in der mein Mann früher gearbeitet hat. Dann sind wir nach Österreich gewechselt, weil es da ein paar andere Möglichkeiten gibt. Sechs Jahre lang haben wir eine künstliche Befruchtung nach der anderen versucht. Einmal bin ich tatsächlich schwanger geworden. Unsere Freude war riesig, wir glaubten uns endlich am Ziel. Aber dann erlitt ich in der zehnten Woche eine Fehlgeburt.
Sie klang verbittert.
„Ich war damals mit den Nerven am Ende, aber ich wollte immer weitermachen. Ich war ja einmal schwanger geworden, also musste es doch wieder klappen. Aber das tat es nicht."
Ilka musste an Dr. Kerners Worte denken, als er über die psychische Belastung für die Paare gesprochen hatte. Kein Wunder, dass die Kliniken gleich einen Psychologen mit im Angebot hatten...
Frau Reichenbach erzählte weiter.
„Mein Mann stürzte sich in die Arbeit und machte immer mehr Überstunden. Wenn er nicht in der Klinik war, ging er zur Jagd. Das war wohl sein Weg, damit zurechtzukommen. Ich dagegen wurde immer deprimierter. Ich habe meine Arbeit im Kulturdezernat in Köln aufgegeben und saß nur noch traurig hier zuhause. Sitze, nicht saß."
Wie schlimm muss es sein, wenn ein großer Kinderwunsch eine Frau regelrecht beherrscht?, dachte Ilka.
„Wolfhardt hatte mich als lebenslustige, gesellige Frau kennengelernt. Ich hatte damals einen tollen Job, durch den ich viel Anerkennung bekam. Dann

kamen die künstlichen Befruchtungen. Du hast dich verändert, sagte mein Mann immer häufiger."
Ilka nickte. „Das ist ja auch verständlich."
„Er wollte, dass ich mich mit unserer Kinderlosigkeit abfinde und mich auf etwas anderes konzentriere. Aber das gelang mir nicht. Irgendwann spürte ich, dass er sein Glück woanders suchte."
Ilka räusperte sich. Ohne dass sie eine einzige Frage stellte, redete Sybille Reichenbach nun wie ein Wasserfall.
„Es war wie in einem schlechten Film. Er kam eines Abends spät nach Hause, mit rotem Lippenstift am Hemdkragen. Er hat mir dann von Tatjana Lahnstein erzählt. Damals hieß sie ja noch so. Sie arbeitete in der Klinik meines Mannes, als Arzthelferin."
Sie zündete sich einen weiteren Zigarillo an und nahm einen tiefen Zug.
„Als er mir von dieser Schlampe erzählte, war sie schon von ihm schwanger. Sie kannten sich gerade einmal sechs Wochen!"
Sybille Reichenbach kamen die Tränen. Ilka reichte ihr ein Papiertaschentuch, aber die Witwe nahm die Geste gar nicht wahr. Ihre Schultern bebten und sie weinte immer heftiger.
Ilka wartete geduldig und ging zum Teich. Drei weiße Seerosen zeigten bereits ihre Blüten. Als sie zu Sybille Reichenbach zurückkehrte, hatte sich diese ein wenig beruhigt.
Ilka ergriff die Chance.
„Frau Reichenbach. Möchten Sie einen Anwalt sprechen?"
Die Witwe verstand. „Nein, das ist nicht notwendig. Ich habe meinen Mann nämlich nicht erschossen."
Sie schaute Ilka in die Augen. Ihr Gesicht war ganz

verquollen.
„Obwohl ich allen Grund dazu gehabt hätte“, sagte sie leise.
„Bleiben Sie dabei, dass Sie am späten Samstagabend alleine zuhause waren?“, wollte Ilka wissen.
„Ja.“
Sie war sich nicht sicher, ob Sybille Reichenbach in diesem Moment die Wahrheit sagte. Aber das würden sie herausfinden. Ilka fiel der Obduktionsbericht ein. Im Magen von Wolfhardt Reichenbach hatten die Rechtsmediziner Reste von Pasta und Hummer gefunden.
„War Ihr Mann an diesem Abend noch mit jemandem essen?“
Sybille Reichenbach fing wieder an zu weinen.
„Ja, mit mir. Wir waren in Euskirchen beim Italiener.“
Ilka war etwas überrascht. „Worüber haben Sie an diesem Abend miteinander gesprochen?“
Die Witwe schnäuzte sich in ein Papiertaschentuch.
„Über uns, über unsere Ehe...“
Sie konnte nicht weitersprechen.
„Frau Reichenbach, haben Sie einen Verdacht, wer Ihren Mann erschossen haben könnte?“, fragte Ilka. Ein Schuss ins Blaue...
Sybille Reichenbach antwortete, ohne zu zögern.
„Ja, das habe ich. Ich glaube, es war seine Schwester. Erna Krämer. Sie wohnt auch in Euskirchen, in der Alfred-Nobel-Straße.“
Ilka überlegte. Der Name Erna Krämer kam ihr irgendwie bekannt vor...
„Warum sollte seine Schwester das getan haben?“, fragte sie.
„Weil sie sich ums elterliche Erbe betrogen fühlt, was

definitiv nicht der Fall ist. Sie hat Wolfhardt immer wieder angerufen und am Telefon bedroht. Wie oft hat sie hier mit ihrem Mann vor der Tür gestanden und Geld verlangt. Wir haben ihnen auch immer etwas gegeben. Der Mann ist schwer kranker Alkoholiker."
Frau Reichenbach starrte wieder vor sich hin und schien ganz anderen Gedanken nachzuhängen.
Ilka stand auf und verabschiedete sich.
„Ich werde sicherlich noch einmal wiederkommen müssen."
Die Witwe schien sie nicht mehr zu hören.
Als sie die schwere Haustür hinter sich zuzog, fiel ihr mit einem Mal ein, woher sie den Namen Erna Krämer kannte. So hatte doch diese Putzfrau geheißen, die Stettenkamp und sie letzten Sonntag hier in der Augenbroicher Straße getroffen hatten. Sie sollte Reichenbachs Schwester sein?
Ilka stieg in ihren roten Fiat 500, es war inzwischen früher Nachmittag. Sie würde unterwegs an einem Imbiss-Stand anhalten, eine Kleinigkeit essen und dann zu Reichenbachs Schwester in die Alfred-Nobel-Straße fahren.
Ilka war gespannt, was die Putzfrau ihr zu erzählen hatte.

Erna und Günther Krämer wohnten in einem siebenstöckigen Mietshaus, das seine besten Zeiten hinter sich hatte. Der Putz bröckelte von der Fassade, die über und über mit Graffitis beschmiert war. Das Haus lag einen Steinwurf von der Euskirchener Zuckerfabrik entfernt. Obwohl zur Zeit gar keine Rübenernte war, bildete Ilka sich ein, den süßlichen Geruch wahrzunehmen, der ab Mitte September wie

eine Dunstglocke über den Gebäuden der Firma „Pfeiffer und Langen" hing. Sie hatte diesen Mief schon immer verabscheut.
An den achtundzwanzig Klingelschildern fehlten etliche Namen. Das Schild der Krämers war zwar stark verblasst, aber noch zu erkennen. Ilka versuchte ihr Glück. Der Türsummer ertönte. Sie spurtete bis in den fünften Stock hinauf. Dort stand ein älterer Mann mit ungekämmtem Haar im Unterhemd und in verwaschenen Shorts in einer der vier Eingangstüren.
„O la la, ich kriege Damenbesuch! So was aber auch..."
Mit seinem schmierigen Blick musterte er Ilka von oben bis unten und starrte ihr dann unverhohlen auf die Brust. Aus der Wohnung drang ein widerlicher Gestank. Es war eine Mischung aus kaltem Zigarettenrauch und altem Frittierfett.
„Kommissarin Ilka Landwehr. Sind Sie Günther Krämer?"
Der Typ nickte. Sie hielt ihm ihren Dienstausweis vor die Nase.
„Ich möchte gerne Ihre Frau sprechen."
„Die is net da!" Es klang unfreundlich.
„Darf ich trotzdem einen Moment hereinkommen?"
Günther Krämer grinste. „Sicher dat. Ne Frau wie dich lass ich doch gerne rein..."
Ilka folgte ihm. In der kleinen Wohnung der Krämers herrschte ein heilloses Chaos. Überall lagen muffig riechende Kleider herum, auf dem Wohnzimmertisch standen ein Dutzend benutzte Teller, Tassen und Gläser. Der Fernseher lief, irgendeine Nachmittags-Talkshow. Günther Krämer zog das linke Bein nach. Er ließ sich in einen abgeschabten TV-Sessel

plumpsen. Neben ihm stand ein Kasten Bitburger. Nur auf fünf Flaschen war noch der Kronkorken.
„Auch eine, Mädchen?“ Krämer öffnete einen weiteren Stubbi mit seinem blauen Plastikfeuerzeug.
„Nein, danke. Wir bleiben übrigens beim Sie.“
Günther Krämer rülpste laut.
„Wat wollen Sie von Erna?“
Hier halt ich es nicht lange aus, dachte Ilka.
„Es geht um den Bruder Ihrer Frau, Herrn Wolfhardt Reichenbach. Er ist letzten Samstag erschossen worden.“
Krämer zuckte die Achseln und begann, sich eine Zigarette zu drehen.
„Und wenn schon. Ist mir wurscht.“
Ilka setzte sich widerwillig in einen fleckigen Sessel.
„Herr Krämer, ist es richtig, dass Sie die Reichenbachs des Öfteren zuhause aufgesucht und um Geld gebeten haben?“
Sein aufgedunsenes Gesicht lief rot an.
„Gebeten? Was für ein vornehmes Wort, Mädchen. Mit nem Hunni hat der mich jedes Mal abgespeist. Dabei stinkt der doch vor Geld. Am liebsten hätt ich mir den reichen Sack mal richtig gegriffen.“
Krämer nahm einen weiteren Schluck Bier.
„Aber gucken Sie mich doch an, seit dem Schlaganfall könnt sich ja ein Achtzigjähriger gegen mich wehren. Die Erna geht putzen, damit wir am Kacken bleiben und ihr eigener Bruder zieht sie beim Erbe übern Tisch.“
Ilka roch seine starke Alkoholfahne. Zusammen mit dem Gestank in der Wohnung raubte sie ihr den Atem. Sybille Reichenbach hatte bereits angedeutet, dass sich ihre Schwägerin beim elterlichen Erbe hintergangen gefühlt hatte. Sie hatte aber auch

gesagt, dass dieser Vorwurf unberechtigt sei. Was stimmte nun?
Ilka stand auf und reichte Günther Krämer ihre Visitenkarte.
„Richten Sie Ihrer Frau bitte aus, sie möge sich spätestens morgen früh bei mir melden. Entweder direkt im Polizeirevier oder übers Handy. Egal, zu welcher Zeit. Es ist wichtig! Auf Wiedersehen.“
Hoffentlich nicht, dachte sie, und ging zur Tür.
Krämer drehte den Fernseher lauter und machte sich die nächste Bierflasche auf.

Es war gegen sechzehn Uhr, als Stettenkamp in sein Büro zurückkam. Er war allein. Von Ilka hatte er noch nichts gehört, seitdem sie am späten Vormittag zu Sybille Reichenbach gefahren war. Sie wird das gut machen, dachte er. Der Kommissar ließ sich in seinen Bürostuhl fallen und legte sich die Hände an die Schläfen. Er hatte Kopfschmerzen. Sein Blick fiel auf das graue Telefon auf seinem Schreibtisch. Groß würde er noch anrufen müssen. Er wählte, aber es war keine Bonner Telefonnummer.
„Lisa Stettenkamp?“ Die Stimme seiner Frau zu hören, tat ihm gut. Er richtete sich auf.
„Hallo Lisa, ich bin´s, Alex. Wie geht´s dir und den Kindern?“
Obwohl er tagsüber oft an seine Familie dachte, rief er sie aus dem Dienst eigentlich kaum an.
„Hallo Schatz. Gut geht´s uns. Wir sind draußen im Garten.“
Er hörte im Hintergrund Ben und Moritz, sie schienen fangen zu spielen.
„Musst du heute nochmal für den Stadt-Anzeiger

los?", wollte er wissen.
Ein Abend mit dir wär mal wieder schön, dachte er.
„Nein, Alex, ich habe für heute schon alles erledigt! Ich war sogar schon in der Redaktion und konnte auf dem Rückweg Ben und Moritz vom Kindergarten abholen."
Stettenkamp freute sich.
„Das ist klasse!"
Lisa rief die Jungs kurz zur Ordnung.
„Ja, mütterfreundliche Arbeitszeiten waren das heute. Du, unser neuer Chef ist total zufrieden mit mir. Vielleicht krieg ich schon nächstes Jahr eine Festanstellung. In Teilzeit. Das wär der Hammer, oder?"
Das wäre es in der Branche wirklich.
„Ich freu mich für dich, Lisa, wirklich! Bis heute Abend."
Er würde Gas geben, dann wäre er spätestens gegen achtzehn Uhr durch die Tür. Zumindest, wenn heute nichts Außergewöhnliches mehr bei ihren Ermittlungen herauskommen würde. Stettenkamp legte auf und rief dann widerwillig bei Kriminaldirektor Groß an. Seine Sekretärin ging ans Telefon und teilte ihm mit, dass Groß in einer Besprechung sei und nicht gestört werden wolle. Auch gut. Er würde ihm eine Mail zur Verhaftung Roman Hartigs schicken und fertig. Seine Kopfschmerzen ließen langsam nach.

Der Besuch in der Wohnung der Krämers hatte Ilka nachdenklich gestimmt. Größer könnte der Kontrast zwischen den Geschwistern Erna Krämer und Wolfhardt Reichenbach samt ihrer Lebensumstände

nicht sein.
Der Bruder war der angesehene Chef einer Kinderwunschklinik gewesen und hatte in einer Villa gelebt. Seine Schwester verdingte sich hingegen ein paar Häuser weiter bei so wohlhabenden Leuten wie ihm als Putzfrau. An der Seite ihres alkoholkranken, halbseitig gelähmten Mannes fristete sie sicherlich ein trauriges Leben. Ilka war gespannt, was die Befragung von Erna Krämer heute oder morgen ergeben würde.
Inzwischen war es siebzehn Uhr und ihr schwirrte der Kopf. Es war ein bewegter Tag gewesen, an dem sie hier in Euskirchen erst einmal nichts weiter zur Klärung des Falls unternehmen konnte. Sie rief Stettenkamp an und machte sich dann auf den Heimweg nach Kall. Bastian Hölster, den Betreiber der Homepage der *Eifeler Jagdgegner,* würde sie gleich morgen früh mit Stettenkamp oder Peter Bongardt aufsuchen. Sybille Reichenbach hatte sich in ihrem Gespräch heute offener gezeigt, als sie es erwartet hatte. Der schöne Schein war zerplatzt, als sie die Witwe mit dem fertig eingerichteten Kinderzimmer konfrontiert hatte, für das es nie ein Kind gegeben hatte.
Ilka dachte an den Mann, mit dem sie Frau Reichenbach gestern Abend vor deren Haus gesehen hatte.
„Wir führten eine offene Ehe..." Sybille Reichenbachs Worte klangen Ilka nach. Sie selbst hielt sich in Sachen Treue für kompromisslos. Ganz oder gar nicht, war ihre Devise. Die Eltern hatten einander bis zum Krebstod ihrer Mutter vor ein paar Jahren geliebt und waren sich mehr als dreißig Jahre lang treu gewesen. Das hatte sie geprägt.

Becks sprang ihr freudig entgegen, als sie ihn in der Hundeschule nebenan abholte. Er wedelte mit dem Schwanz und leckte ihr immer wieder die Hand ab. „Wie schön, dass du abends auf mich wartest", flüsterte sie ihm ins Ohr. Ilka drehte mit Becks noch eine Runde durch den Wald, vorbei am Abenteuerspielplatz. Dann setzte sie sich in einen Gartenstuhl, während Becks neben ihr an einem Knochen kaute. Sie genoss den Ausblick von hier oben. Ihr Fachwerkhäuschen war eines der am höchsten gelegenen Häuser in Kall und sie konnte über Wald und Wiesen bis auf die umliegenden Dörfer sehen. Dann holte Ilka ihren Laptop aus dem Wohnzimmer, sie konnte nicht lange tatenlos sitzen bleiben. Sie schaute eine kleine Weile auf ihren Bildschirm. Dann rief sie die Suchmaschine Google auf.

„Kinderwunschklinik, Österreich, Dr. Görtz, Kongress", gab sie ein und landete etliche Treffer. Gesprächsfetzen, die ihr auf Anhieb nicht plausibel erschienen, sammelten sich in ihrem Kopf wie in einem feinen Sieb, sie vergaß so gut wie nichts. So war es nun mit diesem Kongress in Österreich, bei dem Dr. Henschel und Dr. Kerner gewesen waren. Was wollen sie in Österreich lernen, wo dort doch ganz andere gesetzliche Vorgaben herrschen als in Deutschland, hatte sie gestern schon kurz überlegt. Ilka klickte die Internetseite an, es handelte sich um die Homepage von Professor Dr. Görtz´ Kinderwunschklinik in Wien. Dort hatte der Kongress statt-gefunden. Von der Aufmachung her ähnelte die Internetseite Reichenbachs Homepage. Ilka arbeitete sich durch die diversen Unterseiten. Schon bald

stellte sie fest, dass hier gezielt deutsche Patientinnen auf eine chancenreiche Methode der künstlichen Befruchtung aufmerksam gemacht wurden, die in Deutschland verboten war: Dem Transfer von befruchteten Eizellen im Blastozysten-Stadium. In Österreich wurden statt am dritten Tag erst am fünften Tag die besten Eizellen selektiert. Nur diejenigen, die kurz vorm Schlüpfen standen, implantierten die Ärzte der Patientin in die Gebärmutter. Um dieses Stadium zu erreichen, mussten die Biologen bis zum fünften Tag nach der Befruchtung warten. In Deutschland war ein so später Transfer aus ethischen Gründen verboten, las sie weiter.
Sybille Reichenbach hatte Ilka erzählt, dass sie in Österreich bei Professor Görtz behandelt worden war. Damit hatte sie gegen kein Gesetz verstoßen, denn dort war das spätere Einsetzen der Embryonen ja erlaubt. Warum aber hatten Henschel und Kerner einen Kongress zu dieser Methode besucht, obwohl sie ihr Wissen in Köln doch gar nicht anwenden durften? Oder taten sie es trotzdem heimlich, um die Schwangerschaftsraten in ihrer Klinik zu steigern? Wenn dem so war, so setzten sie sicherlich ihre Zulassung als Reproduktionsmediziner aufs Spiel, vermutete sie. Ilka fragte sich, wie Reichenbach als Chef dazu gestanden haben mochte. War in der Kölner Kinderwunschklinik vielleicht gar nicht alles so eitel Sonnenschein, wie man sie glauben machen wollte?

Donnerstag - Fünfter Tag

Ilka stieg gutgelaunt in ihr Auto, um sich auf den Weg ins Büro nach Euskirchen zu machen. Der Himmel versprach einen sonnigen Frühlingstag. Sie war mit Becks bereits um sechs Uhr im Wald joggen gewesen und hatte dort die Stille genossen. Ilka war voller Energie, denn sie hoffte, dass sie den Mord an Wolfhardt Reichenbach nun bald aufklären konnten. Sybille Reichenbach erschien ihr verdächtiger denn je. Aber auch Erna Krämer und diesen Schleidener Jagdgegner Bastian Hölster wollte sie heute auf jeden Fall befragen. Und was ging in Reichenbachs Kinderwunschklinik vor sich? Wurden dort etwa verbotene Methoden der künstlichen Befruchtung durchgeführt? Wenn dem so war, dann wollte sie wissen, welche Rolle Reichenbach dabei gespielt hatte.

Es würde ein spannender Tag werden, so viel stand fest.

Im Kreishaus angekommen, öffnete sie schwungvoll die Bürotür. Stettenkamp und Bongardt waren noch nicht da. Ilka erstarrte.

Auf ihrem Schreibtisch standen drei riesige Blumensträuße in großen Vasen. Alles Rosen. Tiefrote Baccara-Rosen. Von wem waren sie?

Ilka spürte sofort, dass hier etwas nicht stimmte, denn kein normaler Mann schickte einer Frau gleich drei Sträuße Rosen ins Büro. Sie ging zu ihrem Arbeitsplatz und sah, dass in der Mitte des größten

Straußes ein Kuvert hing. Sie riss den Umschlag auf und zog dann eine rosa Postkarte heraus mit Herzchen und Lippenstiftküssen darauf. Ilka drehte sie um.
„Ich folge Dir auf all Deinen Wegen. In Liebe, Dein Frank“, stand auf der Rückseite mit blauem Kugelschreiber geschrieben.
Ilka war fassungslos. Wie konnte er so etwas tun? Frank hatte herausgefunden, dass sie nach Kall umgezogen war, sonst hätte er sie am Montag nicht ständig anrufen und ihr am Dienstag mit dem Motorrad fast bis nach Hause folgen können. Es musste für ihn ein Kinderspiel gewesen sein, darauf zu kommen, dass sie nun bei der Polizei in Euskirchen arbeitete.
Ilka rief den Pförtner an, der sein Büro am Eingang des Kreishauses hatte und durch die schaufenstergrosse Scheibe jeden Mitarbeiter und jeden Besucher kommen und gehen sah. Franz Müller war ein rundlicher Mann kurz vor der Pensionierung.
„Die Blumen hab ich gestern Abend kurz vor Feierabend für Sie angenommen, Frau Landwehr. Die hat ein Bote vom Blumenladen Risse gebracht. Ich hatte hier nicht viel zu tun und hab die Sträuße gleich in ein paar Vasen in Ihr Büro gestellt.“
„Äh, ja danke, Herr Müller...“
„War doch recht so, oder? Mein lieber Scholli, da haben Sie aber einen Verehrer an der Angel...“
„Ja, ja,... vielen Dank, Herr Müller, und einen schönen Tag.“
Ilka legte auf. Ihr Herz klopfte. Der Typ folgt mir überall hin, dachte sie. Er macht nicht mal mehr Halt vor meinem Büro. Was kommt wohl als nächstes?,

fragte sie sich. Ilka überlegte einen kurzen Moment, Frank wegen Belästigung anzuzeigen. Aber sie verwarf den Gedanken wieder. Ich will einfach nicht, dass meine Kollegen von Frank erfahren, dachte sie. Privates hatte sie immer strikt von ihrem Beruf getrennt. Sie blickte auf die Rosensträuße und fand das Ganze einfach nur peinlich. In einem Regal fand sie ein paar Plastiktüten. Ilka stopfte die Rosen eilig hinein und blickte auf die Uhr. Gleich würden sicherlich Stettenkamp und Bongardt kommen. Wohin mit den drei Vasen? Sie schüttete das Wasser kurzerhand aus dem Bürofenster und knallte es gleich wieder zu. Die Vasen legte sie erst einmal in das unterste Fach ihres leeren Schreibtisch-Containers. Mit den Tüten voller Blumen hastete sie zum Parkplatz der Kreisbehörde, um sie dort in einen orangen Müllcontainer zu schmeißen.
Bloß weg damit.
„Guten Morgen, Kollegin!“, ertönte es plötzlich hinter Ilka.
Stettenkamp grinste sie an.
„Was machst du an den Müllcontainern? Hast du den Job gewechselt?“
Er hatte sein Auto direkt neben ihr auf dem Parkplatz abgestellt.
„Hallo, Alex. Ich musste meinen Schreibtisch mal ausmisten!“
Er schaute ihr ins Gesicht, sagte aber nichts weiter. Gemeinsam gingen sie in ihr Büro. Ein paar Minuten später traf auch Peter Bongardt ein. Ilkas Atem wurde ruhiger.
Ich habe alles im Griff, sagte sie sich leise.

Stettenkamp holte für alle einen Automaten-Kaffee,

und sie gingen ins Besprechungszimmer. Dort tauschten sie sich über den gestrigen Tag aus. Stettenkamp hielt alle wichtigen Punkte auf den Metaplanwänden fest, die sich allmählich mit Informationen füllten.
„Sybille Reichenbach laden wir für morgen vor. Peter, mach bitte einen Termin mit ihr. Ich möchte sie gern mit dir zusammen verhören, Ilka."
Sie nickte.
„Die Witwe könnte die Täterin gewesen sein. Sie hat ein Motiv, sogar mehrere. Eifersucht, Wut auf ihren Mann, sie fühlte sich in ihrer Ehre verletzt. Außerdem kann sie schießen. Und sie hat kein Alibi."
Peter Bongardt und Alex Stettenkamp stimmten ihr zu.
„Trotzdem müssen wir alle weiteren Spuren verfolgen. Hat sich diese Schwester von Reichenbach schon gemeldet? Wie heißt sie noch gleich... ?"
Der Kommissar nahm den letzten Schluck seines Kaffees. Dieses Gebräu schmeckte einfach widerlich.
„Erna Krämer", antwortete Ilka. „Nein, sie hat mich bisher noch nicht angerufen."
„Dann müssen wir heute unbedingt noch mal zu ihr hin."
Stettenkamp sah Ilkas düstere Miene. Sie hatte ihm Günther Krämer, Reichenbachs alkoholkranken Schwager, als äußerst schmierigen Typen beschrieben.
„Ich rufe jetzt erst mal in der Kinderwunschklinik wegen dieser verbotenen Blstozystentransfers an, um die es scheinbar auf diesem Kongress in Österreich ging", sagte sie. „In der Regel erreicht man Ärzte vor acht Uhr ja noch am besten."

Stettenkamps war von ihrem Vorhaben nicht überzeugt.
„Sollten wir da nicht besser noch mal persönlich…“, setzte er an. Aber Ilka hatte die Kölner Nummer bereits gewählt und ließ sich gerade von Frau Schwamborn verbinden.
„Guten Tag, Herr Dr. Kerner. Entschuldigen Sie die Störung, sicher haben Sie gerade viel zu tun. Ich habe vorgestern noch eine Kleinigkeit vergessen zu fragen…“
Sie berichtete dem Arzt von ihren Internetrecherchen. Stettenkamp bat Ilka, den Lautsprecher des Telefons einzuschalten, Dr. Kerner war einverstanden.
„Herr Dr. Kerner, wir ermitteln in einem Mordfall. Rechtlich interessieren uns Ihre Methoden nicht“, sagte sie. „Wir möchten dennoch von Ihnen wissen, ob Sie oder Dr. Henschel in der Klinik diese verbotenen Embryotransfers am fünften Tag nach der Befruchtung vornehmen?“
Kerners Antwort schien Ilka zu überraschen.
„Aber natürlich machen wir das. Nichts für ungut, Frau Landwehr, aber entgegen Ihrer laienhaften Recherche ist ein Transfer im Blastozystenstadium nicht verboten. Das, was der Gesetzgeber verbietet, ist eine *Selektion* am fünften Tag.“
In Ilkas Gesicht zeigte sich Verwirrung.
„Ich verstehe den Unterschied nicht recht, Herr Dr. Kerner.“
Der klang weiterhin freundlich.
„Das ist auch schwierig“, gab der Mediziner zu. „Sowohl in Österreich als auch in Deutschland darf man einen befruchteten Embryonen bis zum fünften Tag nach der Befruchtung in die Gebärmutter der

Frau einsetzen. In Österreich haben die Kollegen darüber hinaus aber die legale Möglichkeit, am fünften Tag eine Auswahl vorzunehmen." Er machte eine kurze Pause. „Das bedeutet konkret, sie dürfen den besten Embryonen aussuchen, der die höchsten Chancen hat, sich einzunisten. In Deutschland dürfen wir am fünften Tag einen Embryonen oder auch mehrere einsetzen, aber nicht den besten auswählen. Das ist der einzige Unterschied. Verstehen Sie?"

Auch Stettenkamp hatte dies nicht gewusst.

„Welchen Sinn macht in Deutschland dann überhaupt ein Transfer am fünften statt wie üblich am dritten Tag?", wollte er wissen.

„Herr Stettenkamp, diese Frage ist berechtigt. Wir können damit offiziell einen Blastozystentransfer anbieten, mit dem uns die Kollegen im benachbarten Ausland die Patientinnen abwerben. Und das nicht zu knapp."

„Jetzt habe ich die Sache verstanden. Danke, Herr Dr. Kerner. Ach, eine letzte Frage habe ich noch. Wer von Ihnen in der Klinik führt diese Transfers am fünften Tag durch? Nur Sie?"

Der Mediziner lachte.

„Aber nein, Natürlich wir alle! Dr. Reichenbach, Dr. Henschel und meine Wenigkeit. Das ist hier gängige Praxis, wenn Sie so wollen."

Sie verabschiedeten sich am Telefon, Dr. Kerner musste in den OP.

Stettenkamp, Bongardt und Ilka schwiegen nachdenklich.

„Verstehe ich Kerner recht, dass sie in Köln einen Transfer am fünften Tag anbieten, der aber tatsächlich gar keine Vorteile für die Frauen hat?

Weil sie gar nicht den besten Embryonen aussuchen dürfen, der die Chance auf eine Schwangerschaft tatsächlich erhöhen würde?", fragte Ilka in die Runde.
„Ich glaube schon", sagte Bongardt. „Sie bieten scheinbar das Gleiche an wie die österreichischen Kollegen, dabei hat die Patientin ohne diese Selektion gar keinen Vorteil. Was hat sie davon, wenn ihr am fünften Tag quasi blind irgendein Embryo eingesetzt wird?"
Stettenkamp war nachdenklich geworden.
„Das glaube ich nicht. Wer prüft denn nach, ob die Biologen am fünften Tag nicht doch den besten Embryonen auswählen? Kein Mensch!"
Ilka und Bongardt schauten ihn an. Das klang plausibel.
„Ob Embryoselektion oder nicht, das Ganze ist in meinen Augen eine ethische Diskussion", meinte Stettenkamp. „Wann beginnt menschliches Leben? Die Kirche verbietet künstliche Befruchtung per se. Unser Staat erlaubt sie für verheiratete Paare, verbietet aber eine Selektion nach dem dritten Tag. Und die Österreicher lassen die Auswahl der vielversprechendsten Eizelle bis zum fünften Tag zu."
Er wanderte in dem langgezogenen Besprechungszimmer auf und ab.
„Fakt ist, dass eine Auswahl am fünften Tag die Chancen auf eine Schwangerschaft für die Frauen erhöht", sagte er bestimmt. „Mir ist es persönlich aber auch relativ egal, ob sie nun am fünften Tag eine Auswahl treffen, was verboten wäre, oder nicht".
Ilka nickte.
„Ich wollte halt ausschließen, dass über eine

verbotene Methode eventuell Differenzen zwischen den drei Ärzten entstanden sein könnten. Das scheint ja nicht der Fall zu sein."

Sie ließen das Thema auf sich beruhen.

„Lasst uns jetzt überlegen, wie wir gleich bei Bastian Hölster vorgehen", schlug Stettenkamp vor. „Wer von uns fährt nach Schleiden?"

In diesem Moment klingelte sein Telefon. Er schaute auf das Display und war verwundert.

„Lisa? Ist was Besonderes?" Sie rief ihn schließlich so gut wie nie im Dienst an.

Bei ihren ersten Worten wurde er blass und ließ sich langsam auf seinen Schreibtischstuhl sinken.

Nach einer Weile legte er den Hörer auf.

„Meine Mutter ist ganz plötzlich an Herzversagen gestorben", erzählte er. „Sie war heute Morgen mit dem Auto in Warendorf unterwegs und ist wohl noch rechts rangefahren. Ein Motorradfahrer hat sie gefunden, den Kopf aufs Lenkrad gebeugt. Er hat gleich einen Krankenwagen gerufen, aber es war zu spät. Sie ist tot." Stettenkamp verstummte.

Er konnte gerade keinen klaren Gedanken fassen. Damit hatte er nicht gerechnet. Seine Mutter hatte mit ihren fünfundsiebzig Jahren doch noch so fit gewirkt. Im Gegensatz zu seinem fünf Jahre älteren Vater, der seit ein paar Jahren im Rollstuhl saß. Ich muss zu ihm hin, dachte er. Sein Bruder Christian lebte in Lingen im Emsland, und war, soviel er wusste, gerade beruflich in China unterwegs.

„Kollegen, ich lasse euch heute ungern allein, wo wir mitten in den Ermittlungen stecken. Aber ich möchte Groß gerne bitten, mich heute vom Dienst freizustellen. Ich will gern zu meinem Vater, er ist ja jetzt auf sich gestellt. Wir müssten mit ihm die

wichtigsten Dinge regeln..."
„Das ist ja wohl selbstverständlich! Wir schaffen das hier schon", meinte Ilka. Bongardt nickte.
Nachdem Groß Stettenkamps Vorhaben, anlässlich des Todes seiner Mutter zum Vater ins Münsterland zu fahren, zugestimmt hatte, eilte er zum Parkplatz. Der Kommissar gab Gas. Unterwegs telefonierte er noch einmal mit seiner Frau. Lisa hatte schon ein paar Sachen zusammengepackt und sich ebenfalls freigenommen. Die Kinder waren zum Glück noch nicht im Kindergarten gewesen. Sie würden zusammen nach Ostbevern zu seinem Elternhaus fahren. Lisa und die Kinder würden ein paar Tage bei seinem Vater bleiben und mit der Bahn zurückkommen. Das war ihm sehr recht so.
Nicht nur wegen seines alleinlebenden Vaters, sondern auch, weil er nach wie vor an den Drohbrief mit dem beigelegten Foto seiner Kinder von gestern Morgen dachte.
Er würde auf jeden Fall heute Abend zurück nach Eicks fahren. Selbst ein freier Tag war während laufender Mordermittlungen eigentlich undenkbar, wenn man nicht gerade heiratete.
Er rechnete es Groß hoch an, dass er ihn ohne zu zögern hatte fahren lassen. Vielleicht hatte der Kriminaldirektor inzwischen bemerkt, dass sie jeden Tag ihr Bestes leisteten, um Reichenbachs Mörder zu finden. Ilka Landwehr und Peter Bongardt würden heute sicher auch ohne ihn zurechtkommen. Sie wollten gleich nach Schleiden fahren, um den Abiturienten Bastian Hölster zu befragen. Gut möglich, dass dieser sich als harmlos entpuppen würde. Er hoffte aber, dass der junge Mann sie auf die Spur der radikalen Jagdgegner bringen würde,

die möglicherweise den Tod des alten Jägers im Schmidtheimer Wald auf dem Gewissen hatten und vielleicht sogar den von Wolfhardt Reichenbach. Auch Erna Krämer, die Schwester des toten Mediziners, musste heute unbedingt befragt werden. Sie lebte ganz offensichtlich in ärmlichen Verhältnissen und schien sich und ihren alkoholkranken Mann mit ihren Putzstellen über Wasser zu halten. Was mochte ein so wohlhabender Bruder, der in seiner schicken Villa lebte, in ihr ausgelöst haben? Erna Krämer beschuldigte ihn angeblich seit mehreren Jahren, sie beim elterlichen Erbe betrogen zu haben. Ob das stimmte, würden sie sicherlich herausfinden. Aber hätte sie überhaupt einen finanziellen Vorteil von Reichenbachs Tod? Hm...

Er wusste, dass Bongardt die Witwe Reichenbach für morgen Vormittag zur Vernehmung vorgeladen hatte. Sehr gut.

Stettenkamp rief den Kriminalassistenten kurz vor Eicks an und schärfte ihm ein, heute auch das Alibi von Peter Klinkhammer zu überprüfen. Der war am Tatabend ja angeblich bei einem Freund in Großbüllesheim zum Fußballschauen gewesen. Klinkhammer hatte aus seiner tiefen Abneigung gegen Reichenbach keinen Hehl gemacht.

Könnte er ihn umgebracht haben, um mit seiner kleinen Familie ohne den ständigen Einfluss des wohlhabenden Mediziners leben zu können? Stettenkamp seufzte. Bei ihren Ermittlungen waren sie auf unerwartet viele mögliche Verdächtige gestoßen. Diese hatten alle ein mehr oder weniger starkes Motiv. Obwohl er und die Kollegen jeden Tag zwölf Stunden und mehr unter Hochdruck

ermittelten, stocherten sie trotzdem noch im Nebel. Hoffentlich würde sich das heute ändern, auch ohne ihn. Der Mordfall hatte bis zu Lisas Anruf fast vollkommen Besitz von ihm ergriffen.
Jetzt tauchte das Bild seiner Mutter vor ihm auf, wie er sie zuletzt gesehen hatte. Marianne Stettenkamp hatte ihn vor zwei Wochen mit seinem Vater in ihrem neuen Zuhause in der Eifel besucht. Seine Eltern hatten Ben und Moritz mit zwei neuen Laufrädern überrascht und seine Mutter war gleich mit den Kindern losgezogen. Nie war ihr etwas zu viel gewesen. Sie hatte so glücklich bei ihnen gewirkt. Das war für immer vorbei.
Der Gedanke, niemals mehr mit ihr sprechen zu können, erfasste ihn plötzlich mit voller Wucht. Was würde nun aus seinem pflegebedürftigen Vater werden...?
Als Stettenkamp in die Einfahrt einbog, warteten Lisa und die Kinder dort schon abfahrbereit. Neben ihnen standen ein paar Taschen und zwei Kinderrücksäcke.
Lisa umarmte ihn schweigend.

Ilka und Peter Bongardt hatten die Dronkestraße in Schleiden bereits erreicht und parkten vor dem Einfamilienhaus der Familie Hölster. Es war ein kleines, älteres Haus mit einem etwas verwilderten Vorgarten.
Bastian Hölster öffnete ihnen nach dem ersten Klingeln und bat sie freundlich ins Wohnzimmer. Der Abiturient war groß und schlank mit blondgelocktem Strubbelkopf. Man sah seiner Haut an, dass er sich viel im Freien aufhielt. Bastian holte Wasser und Tee aus der Küche. Aus dem

Wohnzimmerfenster sahen Ilka und Peter Bongardt in einen Nutzgarten mit einem großen Gemüsebeet, es gab allein zehn Reihen Spargel.
Bastian Hölster war an diesem Vormittag alleine zuhause. Sein Vater war gerade bei einem Treffen mit dem Bürgermeister und seine Mutter arbeitete bis nachmittags als Erzieherin in Kall.
Ilka nahm zunächst seine Personalien auf und fragte ihn dann kurz nach seiner Fortbildung zum Naturtrainer beim Naturschutzbund in Trier.
„Ich bin gestern Abend wiedergekommen und hab morgen schon meinen ersten Einsatz im St. Nikolaus Kindergarten, da arbeitet meine Mutter", erzählte er.
„Was machen Sie jetzt nach dem Abitur?", wollte Ilka wissen.
Bastian grinste. „Ich hab im Moment erst mal frei, nach dem ganzen Abistress. In zwei Wochen beginnt dann mein freiwilliges soziales Jahr. Das mach ich hier in Schleiden im Krankenhaus. Ich möchte nächstes Jahr gern Medizin studieren, da passt das ganz gut."
„Herr Hölster, Sie haben sicherlich von den Vandalismus-Schäden gehört, die vermutlich Jagdgegner in Revieren hier in der Eifel angerichtet haben..."
Der junge Mann nickte.
Ilka schaute ihn forschend an.
„Herr Hölster, Sie betreiben die Homepage der *Eifeler Jagdgegner*. Auf der Seite haben wir auch eine Hetzschrift gegen den Euskirchener Wolfhardt Reichenbach gefunden. Sie ist kurz, bevor er erschossen wurde, dort veröffentlicht worden. Von seinem Tod haben Sie gehört, oder?"
Bastian nickte wieder.

„Was haben Sie dazu zu sagen?"
Der Abiturient überlegte einen Moment, bevor er ihnen antwortete.
„Ich bin als Naturschützer gegen die Jagd, das ist richtig. Und um anderen Eifelern, die so denken wie ich, ein Forum zu geben, habe ich die Internetseite www.eifeler-jagdgegner.de gegründet." Er trank einen Schluck Tee. „Ich bin der Meinung, dass der Mensch, der durch das Erlegen von Wild in die Natur eingreift, den natürlichen Kreislauf stört. Und zum Überleben brauchen wir Hirsche und Rehe ja nicht wirklich."
Bongardt beugte sich vor.
„Was sagen Sie zum Tod des alten Jägers im Schmidtheimer Wald und dem erschossenen Wolfhardt Reichenbach? War er als Vorsitzender der Kreisjägerschaft Ihr Feindbild, oder was?"
„Quatsch!" Bastian Hölster schien verärgert. „Diese Todesfälle finde ich schrecklich, und ich hoffe nicht, dass Jagdgegner so etwas getan haben."
„Das werden wir herausfinden. Unbestritten ist, dass gestern am frühen Morgen ein Jagdgegner in Kall mehrere Hochsitze durch Feuerwerkskörper in Brand gesetzt hat. Es war ein glücklicher Zufall, dass dort gerade kein Jäger angesessen hat."
Bastian Hölster drehte seine Teetasse in beiden Händen.
„Hören Sie, die meisten von uns sind harmlos, wirklich. Ja, wir sind gegen die Jagd und achten im Wald auf verbotene Fallen und so was. Aber fast niemand von uns würde etwas zerstören oder gar einen Jäger töten!"
Ilka stand auf und blickte Bastian in die Augen. Er hatte ein noch fast kindliches Gesicht.

„Sie sagten gerade *fast* niemand... Wir haben gestern Morgen einen Mann in Kall festgenommen, der die Aktion mit den Feuerwerkskörpern gestanden hat."
Der junge Mann schien nicht überrascht.
„Das kann nur Roman Hartig sein. Ich dachte, der wäre noch auf seinem China-Trip. Darüber hat er auf unserer Homepage gebloggt."
„Kennen Sie ihn näher?"
„Nicht wirklich. Ich hab ihn vor nem Jahr mal auf einem Treffen der *Eifeler Jagdgegner* kennengelernt. Ein radikaler Fanatiker, der im Leben bisher nix auf die Reihe gekriegt hat. Solche Typen schaden uns Naturschützern mehr, als sie nützen. Ist meine Meinung."
Bastian Hölster fuhr sich durch seinen blonden Wuschelkopf.
Peter Bongardt zeigte ihm die Fotos, die er bei der Demo der Jagdgegner von den vier jungen Männern gemacht hatte, die Ilka ihre Personalien nicht hatten geben wollen. Er hatte die Bilder inzwischen auf seinen Laptop gezogen.
„Herr Hölster, kennen Sie diese Leute?", fragte er ihn eindringlich.
Der Abiturient musterte die Fotos genau.
„Auf dem rechten Foto hier ist Roman Hartig. Die anderen kenne ich nicht."
Er klang ehrlich.
„Ich möchte Ihnen gern helfen", sagte er dann nachdenklich. „Der Hartig hat einen Kumpel, das ist ein Typ von seiner Sorte. Ich möchte ihn auf gar keinen Fall verdächtigen oder sowas, aber..."
„Um wen geht es?", fragte Bongardt.
Dem Abiturienten schien es schwerzufallen, die Ermittler über Hartigs Kumpel zu informieren.

„Wie gesagt, ich hoffe, der hat mit all dem nichts zu tun. Roman Hartigs Freund heißt Philipp Wollscheid und lebt in Eichen-Ingersberg."
„Den Ort kenne ich", sagte Ilka. Das Dörfchen hatte nur zweiundvierzig Einwohner und lag auf gut fünfhundert Metern Höhe, was auch in der Eifel schon ganz ordentlich war. Sie ließen sich Philipp Wollscheids Adresse geben.
„Der Philipp studiert zusammen mit dem Hartig in Bonn, sie kennen sich schon seit der Schulzeit. Soweit ich weiß, geht er kaum noch zu den Vorlesungen hin und hängt den ganzen Tag irgendwie ab."
Bongardt fragte nach: „Wie, er hängt irgendwie ab? Lebt er noch bei seinen Eltern?"
„Ich glaube, offiziell ja, aber er ist die meiste Zeit bei seiner Freundin Ruth Sieberath in Blumenthal. Die hat eine eigene Wohnung und arbeitet in der Apotheke im Ort."
Das war doch ein Anhaltspunkt. Irgendwo werden wir Wollscheid schon auftreiben, dachte Ilka. Sie verabschiedeten sich von Bastian Hölster. Ilka gab ihm ihre Visitenkarte.
„Falls Ihnen noch etwas einfällt. Möglicherweise kommen wir noch einmal auf Sie zu."
Ilka und Peter Bongardt fuhren von Schleiden aus über Oberhausen und bogen kurz hinter dem langgezogenen Dorf links ab in Richtung Eichen-Ingersberg. Es ging steil bergauf, die Strecke war überaus kurvig und bot einen traumhaften Blick über die Wälder der Gemeinde Hellenthal, zu dem der winzige Ort gehörte.
Die Wollscheids lebten in einem großzügigen Einfamilienhaus, das auf einem riesigen Grundstück stand. Gerade fuhr ein schwarzer Opel Frontera in

die Einfahrt und hielt vor der weißen Doppelgarage. Ilka sah Jagdkleidung auf dem Rücksitz liegen.
„Vielleicht ist das der Vater unseres Langzeitstudenten“, mutmaßte Bongardt.
„Das kann gut sein“, erwiderte Ilka. „Soweit ich weiß, gehört ihm ein großes Sägewerk in Schleiden. Der Vater Jäger, der Sohn radikaler Jagdgegner, da vermuten wir mal nicht nur Friede, Freude, Eierkuchen im Hause Wollscheid.“
Sie warteten an der Haustür. Daran hing ein schwerer, gusseisernen Türklopfer, über dem Klopfring prangte ein stattliches Hirschgeweih. Hartmut Wollscheid war ein großer, stattlicher Mann mit kantigen Gesichtszügen, buschigen Augenbrauen und grauem Haar.
„Guten Tag, was kann ich für Sie tun?“, fragte er mit tiefer Bass-Stimme.
„Mein Name ist Ilka Landwehr, das ist mein Kollege Peter Bongardt. Wir sind von der Kriminalpolizei.“
Sie zeigten ihm ihre Dienstausweise.
„Wir möchten gerne Philipp Wollscheid sprechen. Ist Ihr Sohn da?“
Der alte Wollscheid schloss die Haustür auf und nickte.
„Kommen Sie herein. Hat er was ausgefressen?“.
Sie ließen seine Frage zunächst unbeantwortet und folgten ihm in eine großzügige Küche. Eine ältere Frau mit dunklem, lockigem Haar hatte gerade den Tisch gedeckt. Es gab Kohlrouladen und Kartoffeln.
„Lena, die beiden sind von der Polizei. Sie wollen Philipp sprechen!“
Lena Wollscheid wurde blass.
„Ja, er ist in seinem alten Zimmer. Soll ich ihn holen?“

Ilka nickte. „Das wäre gut. Wir haben ein paar Fragen an Ihren Sohn."
Während seine Mutter hinauf ins erste Stockwerk ging, setzte sich der Sägewerkbetreiber auf einen Stuhl und begann zu essen.
Nach einer Weile fragte er: „Was wollen Sie von ihm?"
In diesem Moment kam Philipp Wollscheid herein. Er war ein blasser, hagerer Mann Mitte dreißig und äußerlich das Gegenteil seines Vaters. Ilka stellte sich vor und schaute ihm in die grau-blauen Augen.
„Herr Wollscheid, Sie haben vielleicht gehört, dass es in der letzten Zeit mehrere Sachbeschädigungen in Jagdrevieren gegeben hat."
Philipp nickte.
„Ein Jäger ist im Schmidtheimer Wald von einer beschädigten Leiter tödlich gestürzt und in der vergangenen Woche ist ein Jäger in Euskirchen erschossen worden. Wir müssen überprüfen, ob Sie damit etwas zu tun haben."
Sie war gespannt auf seine Reaktion. Philipp Wollscheid schwieg. Sein Vater legte Messer und Gabel beiseite und lief krebsrot an. Er stand auf und beugte sich zu seinem Sohn über den Tisch.
„Hast du damit was zu tun?", fuhr er ihn an.
Der Sohn schwieg weiterhin. Vater Wollscheid ging nun um den Tisch herum und zog ihn an seinem grauen Sweatshirt hoch.
„Sag was, du faule Sau!"
Ilka und Peter Bongardt schauten einander an.
„Bitte beruhigen Sie sich, Herr Wollscheid. Lassen Sie uns am besten allein mit Ihrem Sohn sprechen", bat Ilka.
Der alte Wollscheid sah sie an.

„Der arbeitsscheue Bengel liegt mir nur auf der Tasche und jetzt auch noch das! Er hat im Leben noch nichts auf die Reihe gekriegt, und wir Deppen haben ihm jahrelang das Studium finanziert. Und was ist dabei rausgekommen? Nichts. Gar nichts!" Er schrie nun. „Nicht mal im Sägewerk hilft er mir. Hängt nur bei dieser Nutte in Blumenthal herum und lässt sich durchfüttern. Und wir sehen dabei zu. So sieht´s doch aus!".
Lena Wollscheid kam in die Küche.
„Hartmut, nun beruhige dich doch. Bitte, lass die Leute von der Polizei allein mit Philipp sprechen. Das regt dich alles zu sehr auf. Denk an dein Herz." Seine Frau fasste ihren Mann sanft beim Arm und führte ihn hinüber ins Wohnzimmer. Seinen halbvollen Teller und das Besteck nahm sie mit.
Philipp hatte die Ellbogen auf der Holzplatte des Tisches aufgestützt und fuhr sich mit beiden Händen über das bleiche Gesicht.
„Herr Wollscheid, kennen Sie einen Roman Hartig?"
Der Student schwieg weiterhin.
„Wir wissen, dass Sie beide zusammen in Bonn studiert haben oder immer noch studieren und beide als radikale Jagdgegner gelten."
„Wer behauptet so was?"
Ilka lehnte sich auf ihrem Stuhl zurück.
„Wir haben Ihren Kumpel gestern Morgen vorläufig festgenommen."
Keine Reaktion.
„Waren Sie an dem Anschlag auf die Hochsitze mit den Feuerwerkskörpern vorletzte Nacht beteiligt?"
Philipp Wollscheid grinste.
„Und wenn schon, glauben Sie, ich wäre dann so dumm, Ihnen das zu sagen?"

Peter Bongardt mischte sich ins Gespräch ein.
„Herr Wollscheid, meine Kollegin hat Sie eben über Ihre Rechte belehrt. Ich sage Ihnen, wenn Sie etwas damit zu tun haben, kann ein Geständnis für Sie nur von Vorteil sein. Sie können unter Umständen eine mildere Strafe erwarten."
Der Mann blieb verstockt.
„Wo waren Sie in der vorletzten Nacht?", fragte Bongardt.
„Hier bei meinen Eltern. In meinem Bett. Und zwar allein".
Sein Vater kam zurück in die Küche. Er war vor Aufregung immer noch ganz rot im Gesicht.
„Und?"
Ilka überlegte, wie sie am besten weiter vorgehen sollte.
„Herr Wollscheid, Ihr Sohn ist nicht gerade zugänglich. Ich habe eine freundliche Bitte an Sie. Dürften wir uns einmal sein Zimmer oben ansehen?"
„Meinetwegen!"
Philipp fuhr hoch und warf dabei den Stuhl um.
„Nein. Das lasse ich nicht zu!"
Der alte Wollscheid holte tief Luft und wurde dann laut.
„Hör mir gut zu, Bürschchen, du hast hier gar nichts zu sagen, verstanden? Was hier im Haus passiert, entscheide ich alleine!"
Er führte Ilka und Peter Bongardt durch den Flur. Sein Sohn blieb in der Küche zurück.
„Philipp ist für uns eine einzige Enttäuschung, da mache ich keinen Hehl mehr draus", sagte er auf der Treppe nach oben.
„Sie sind Jäger, nicht wahr?" Ilka lächelte ihm freundlich zu.

„Ja, warum?“
„Hat Ihr Sohn Zugang zu Ihrem Waffenschrank?“
Hartmut Wollscheid wechselte die Gesichtsfarbe und wurde blass.
„Ja, schon. Aber wieso fragen Sie das?“
„Dürfen wir den Waffenschrank einmal sehen?“
Sie stiegen die letzten Stufen hinauf.
„Ich hab nix zu verbergen“, sagte der Jäger. „Gut, das Ding ist nicht verschlossen, ich bin ein bisschen nachlässig in solchen Dingen...“
Er führte sie in ein kleines Zimmer. In einer Ecke stand ein kleiner, hellgrauer Stahlschrank. Er war tatsächlich nicht abgeschlossen. Ilka deutete mit der Hand auf die offene Schranktür.
„Sie wissen, dass das strafbar ist, oder?“
Wollscheid nickte.
„Besitzen Sie eine Pistole?“, fragte Ilka.
„Nein, hab ich noch nie besessen. Brauch ich auch nicht.“
Er machte den Schrank auf und ließ sie hineinsehen. Es standen eine Schrotflinte und ein Repetierer darin.

Sie lächelte ihn freundlich an.
„Dürfen wir kurz Ihre Waffenbesitzkarte sehen?“
Wortlos nahm Hartmut Wollschein das grüne Dokument aus dem Schrank und zeigte es den Ermittlern.
„Sehen Sie? Beide Waffen hier im Schrank sind eingetragen.“
Ilka nahm ihm die Karte aus den Händen. Tatsächlich, es waren keine anderen Waffen als die Schrotflinte und der Repetierer eingetragen. Die Wahrscheinlichkeit, dass Wollscheid darüber hinaus noch eine Pistole besaß, war also nicht sehr hoch. Als

Jäger hätte er eine solche grundsätzlich legal erwerben und eintragen lassen können, wie die beiden anderen Waffen auch.
„Vielen Dank, Herr Wollscheid. Dürfen wir zum Schluss noch das Zimmer Ihres Sohnes sehen?"
„Kein Problem. Für den Saustall kann er sich selbst entschuldigen. Meine Frau hat das Saubermachen darin aufgegeben."
Ilka und Peter Bongardt standen in einem großen, zugemüllten Zimmer. Kleiderberge und Schuhe lagen auf dem Boden wild durcheinander. Unter einem massiven Schreibtisch sah Ilka eine knielange, schwarze Hose und darauf eine dunkelgrüne Trainingsjacke liegen. Kleidung, wie Läufer sie trugen. Sie bückte sich und schaute sich die Jacke an, ohne sie zu berühren.
„Geht Ihr Sohn joggen?", fragte Ilka den Vater.
„Ja, ja, der rennt fast jeden Tag durch den Wald."
„Ist er eigentlich motorisiert?"
Der alte Wollscheid schaute Ilka an. „Ja, er hat einen Roller in der Garage stehen. Mein Auto kriegt der Schmarotzer nicht mehr."
„Hm. Sie müssen auf diese Frage nicht antworten. War Ihr Sohn eigentlich vorgestern Nacht zuhause?"
Hartmut Wollscheid schüttelte den Kopf.
„Nein, ich weiß nicht mal, wann er überhaupt zuletzt hier geschlafen hat. Er übernachtet entweder bei seiner Freundin in Blumenthal oder bei irgendwelchen Kumpels, die auch nix auf die Reihe kriegen, so wie er."
Die drei gingen die Treppe hinunter. Von Philipp war nichts mehr zu sehen. Sie bedankten sich.
„Herr Wollscheid, ich denke, wir müssen wegen Ihres Sohns noch mal wiederkommen", sagte Ilka.

Der Sägewerkbetreiber zuckte mit den Schultern. „Tun Sie, was Sie für richtig halten. Ganz ehrlich, ich habe abgeschlossen mit meinem... Sohn."
Peter Bongardt und Ilka stiegen ins Auto. Sie beschlossen, zunächst zurück ins Büro zu fahren.
„Was hältst du von Philipp Wollscheid?", fragte der Kriminalassistent.
„Ich glaube, der hat Dreck am Stecken. Hast du dir die Laufklamotten unter seinem Schreibtisch mal genauer angesehen? An der dunkelgrünen Jacke waren ein paar Fäden herausgerissen, so, als ob er damit irgendwo hängengeblieben wäre. Erinnerst du dich an die Faserspuren, die Schmitz von der Spurensicherung an der zerstörten Leiter und am Tatort von Reichenbach gefunden hat?"
Peter Bongardt schaute sie mit großen Augen an.
„Ja! Jetzt erinnere ich mich. Es waren zwei unterschiedliche, dunkelgrüne Textilfasern. Die eine komplett aus Polyester und bei der anderen war gewachste Baumwolle mit dabei, stimmt´s?"
Ilka nickte.
„Ganz genau! Vielleicht stammt eine der beiden von Wollscheids Jacke. Ich werde jetzt gleich mit Alex telefonieren. Er soll mit Staatsanwalt Dr. Rettich sprechen, damit der einen richterlichen Durchsuchungsbeschluss beantragt."
Mit etwas Glück könnten sie noch heute die Laufjacke, aber auch die zahlreichen Schuhe sicherstellen, die in Wollscheids Zimmer herumgelegen hatten. Die Spurensicherung hatte an allen bisherigen Tatorten Schuhabdrücke gefunden. War Philipp Wollscheid für den Mord an Reichenbach oder den tödlich gestürzten Jäger im Schmidtheimer Wald verantwortlich? Oder gar für

beide? Vielleicht war er vorletzte Nacht auch Roman Hartigs Kumpan beim Anzünden der Hochsitze in Kall gewesen?
Ilka erreichte Stettenkamp sofort. Ihr Chef war gerade bei seinem Vater im Münsterland angekommen. Er versprach, sich sogleich mit Dr. Rettich in Verbindung zu setzen, damit der Staatsanwalt beim Richter den Durchsuchungsbeschluss für das Haus der Wollscheids beantragen würde.

Als Ilka und Peter Bongardt ins Kreishaus zurückkamen, war es bereits vierzehn Uhr dreißig. Sie hatten beide seit dem frühen Morgen nichts mehr gegessen.
„Fontana di Trevi?" Ilka schaute ihren Kollegen fragend an.
„Super Idee. Ich hab Hunger wie ein Bär. Kannst für mich gleich eine große Pizza Salami bestellen."
Ilka hatte Appetit auf eine hausgemachte Lasagne und orderte das Mittagessen. Dann gaben sie und Bongardt die Protokolle der Befragungen von Bastian Hölster und Philipp Wollscheid in den PC ein. Ilka schickte Stettenkamp noch eine Zusammenfassung per Mail, die er über sein Smartphone abrufen und an Kriminaldirektor Groß sowie an den Staatsanwalt weiterleiten konnte. Eine Dreiviertelstunde später kam ein gutgelaunter Pizzabote und brachte ihnen Pizza und Pasta. In ihrem Büro entfaltete sich ein Duft wie beim Italiener.

Es waren nun bereits sechzehn Uhr und Reichenbachs Schwester hatte sich immer noch nicht bei ihnen gemeldet. Ilka rief bei ihr zuhause an. Günther Krämer ging ans Telefon.

„Die Erna is net da. Die is beim Putzen", lallte er in den Hörer.
Er schien schon einige Flaschen Bier intus zu haben.
Ilka stand auf. „Komm, Peter. Wir fahren in die Augenbroicher Straße. Dort hat sie doch ihre drei Putzstellen. Irgendwo werden wir sie da schon finden. Befragen wir sie halt vor Ort!"
Sie griffen sich ihre Jacken vom Garderobenständer und fuhren in die Euskirchener Südstadt. Während Ilka den kleinen Fiat durch den Feierabendverkehr lenkte, notierte sich Bongardt ein paar Fragen, die sie Erna Krämer stellen wollten.
In der Augenbroicher Straße war es ruhig. Sie parkten an der Straße unweit des schmalen Pfads, in dem Dr. Wolfhardt Reichenbach erschossen worden war.
„Wir klingeln einfach mal am Haus von den Brauns. Erna Krämer sagte uns letzten Sonntag, dass sie bei ihnen den Haushalt führt. Jeden Tag", schlug Ilka vor.
Sie schellten mehrmals, aber niemand öffnete ihnen.
„Dann versuchen wir es nebenan bei den Wolters. Dort arbeitet sie doch auch", sagte Ilka.
Bei den Wolters hatten die beiden schließlich Glück. Erna Krämer selbst öffnete ihnen die Tür. Sie trug gelbe Putzhandschuhe. Frau Krämer schien die beiden Kriminalbeamten wiederzuerkennen, wirkte aber dennoch überrascht, sie zu sehen.
„Die Wolters sind noch auf der Arbeit", meinte sie.
„Das ist kein Problem, wir möchten zu Ihnen. Dürfen wir hereinkommen?", fragte Ilka.
Erna Krämer wies ihnen den Weg in die Küche. Mitten im Raum stand eine große Kochinsel aus gebürstetem Stahl. Der Esstisch war aus Milchglas

und sah nicht so aus, als würde häufig daran gegessen. Ilka und Peter Bongardt nahmen auf den weißen Lederstühlen Platz, die Putzfrau blieb neben ihnen stehen.
„Frau Krämer, warum haben Sie sich nicht bis heute Morgen bei mir gemeldet?“, fragte Ilka ernst.
„Wieso? Sollte ich dat?“ Ihre Verwunderung schien nicht gespielt.
„Ja, hat Ihr Mann Ihnen das nicht ausgerichtet? Ich war gestern bei Ihnen zuhause.“
Die Putzfrau wurde blass. Dann sagte sie leise: „Das ist mir jetzt peinlich...“
„Was?“, wollte Ilka wissen.
Erna Krämer seufzte. „Na, dat Sie jesehen haben, wie et bei uns zuhause aussieht. Seitdem der Günther den Schlaganfall hatte, is der wie ausjewechselt. Lässt sich total hängen und trinkt schon mittags die erste Flasche Bier. Wenn ich abends kaputt vom Putzen nach Haus komm, is der schon sternhagelvoll.“
Sie begann zu weinen. Ilka reichte ihr ein Taschentuch.
„Frau Krämer, das tut mir leid. Wir müssen Sie trotzdem zum Mord an Ihrem Bruder Wolfhardt befragen. Angeblich fühlen Sie sich von ihm um das elterliche Erbe betrogen.“
Die Putzfrau blickte auf. „Wer sacht so wat?“
„Das tut nichts zur Sache. Ihr Mann hat gestern allerdings bestätigt, dass er häufig bei Ihrem Bruder vor der Tür gestanden hat und ihn massiv um Geld angegangen ist.“
Ilka schaute Erna Krämer an. Endlich stellte diese ihren blauen Putzeimer ab und setzte sich zu ihnen an den Tisch.

„Man sieht et uns ja auf den ersten Blick an. Der Wolfhardt hat die guten Gene abgekriegt und ich die schlechten."
Sie stieß ein bitteres Lachen aus.
„Ich kam schon in der Grundschule nicht mit. Wolfhardt war da schon auf dem Gymnasium und hatte gerade eine Klasse übersprungen. Tja, unterschiedlicher können Geschwister wohl net sein..."
Sie schenkte den Ermittlern und sich selbst je ein Glas Wasser ein.
„Danke. Wann sind Ihre Eltern denn verstorben?", wollte Peter Bongardt wissen.
„Vor fünf Jahren. Ich hatte ja gar keinen Kontakt mehr zu denen nach Köln. Wissen Sie wat? Als die jemerkt haben, dat ich so eine Niete bin, haben die mich zu entfernten Verwandten nach Rheder jejeben. Da hab ich jelitten wie ein Hund, dat sach ich Ihnen."

Sie drehte ihr Wasserglas verlegen in den Händen, die Putzhandschuhe hatte sie immer noch übergestreift.
„Meine Eltern haben mir den Namen Ernestine gegeben. Bei meiner Großtante wurde dann Erna draus. Ich hab bei der jeschuftet wie eine Schwerverbrecherin. Irgendwann hab ich dann den Günther kennengelernt. Alles lief jut. Bis zu dem verdammten Schlaganfall." Sie weinte wieder.
„Ich hatte ja nix jelernt und hab dann hier in der Augenbroicher Straße die Stelle als Haushaltshilfe bei den Brauns anjenommen. Doch damit kamen wir nich über die Runden. Ich hab mir dann hier in der Straße noch zwei Putzstellen jesucht. Die Leute hier machen dat ja nich selber..."

Ilka räusperte sich. „Frau Krämer, uns interessiert vor allem, warum Sie glauben, Ihr Bruder habe Sie um das gemeinsame Erbe betrogen?"
Erna Krämer knallte das halbvolle Wasserglas auf den Tisch, so dass es überschwappte.
„Na, weil der sich schon die Taschen volljemacht haben muss, bevor die Eltern jestorben sind! Ich hab nen Pflichtteil von zehntausend Euro jekricht. Nur zehntausend! Unser Vater war Chef bei einer Bank, da muss viel mehr Jeld jewesen sein..."
Ob Erna Krämer glaubt, jeder Bankmitarbeiter sei wohlhabend?, überlegte Ilka. Die Vermögensverhältnisse der verstorbenen Eltern würden sich überprüfen lassen. Und auch, ob Reichenbach vor dem Tod seiner Eltern tatsächlich...
Ihre Gedanken wurden vom Klingeln ihres Diensthandys unterbrochen. Es war Stettenkamp.
„Ilka, ich habe gerade nochmal mit Staatsanwalt Dr. Rettich telefoniert. Der Richter hat den Durchsuchungsbeschluss bereits erlassen. Ihr könnt also bei Wollscheid die Laufklamotten und die Schuhe mitnehmen. Am besten auch seinen PC."
Er klang müde.
Ilka ging nach nebenan ins Wohnzimmer und schloss die helle Eichentür hinter sich.
„Sehr gut. Wir fahren dann jetzt gleich nochmal nach Eichen-Ingersberg. Ich bin gespannt, was die Spurensicherung dann herausfindet!"
Sie schwiegen einen Moment.
„Du, Alex... mir tut der Tod deiner Mutter sehr leid für dich. Ich habe meine Mutter vor einem guten Jahr an Krebs verloren und kann deine Trauer gut nachfühlen. Das wollte ich dir nur sagen. Und... mach dir keine Gedanken um die Arbeit. Bongardt und ich

haben hier alles im Griff."
Stettenkamp räusperte sich. „Danke, Ilka. Ich bin heute Abend gegen dreiundzwanzig Uhr wieder zurück. Wir sehen uns dann morgen früh im Büro."
Sie verabschiedeten sich.
Ilka ging zurück zu Bongardt und Erna Krämer. Sie schaute der verweinten Frau in die geröteten Augen.
„Frau Krämer, haben Sie Ihren Bruder erschossen, weil Sie glauben, er habe Sie um viel Geld betrogen?"
Erna Krämer schüttelte den Kopf.
„Ich habe Wolfhardt Zeit meines Lebens gehasst, schon, als wir noch Kinder waren. Aber ich hätte ihn nie getötet."
Bongardt fragte Reichenbachs Schwester noch, wo sie am späten Samstagabend gewesen sei.
„Wat glauben Sie wohl?", fragte sie leise zurück. „Ich hab mich zuhause endlich mal ausjeruht. Sechs Tage die Woche arbeite ich von morgens bis abends. Der Günther kann Ihnen dat bestätigen. Oder glauben Sie so einem wie ihm nich...?"
Sie schnäuzte sich in ihr Papiertaschentuch.
„Wir kommen sicherlich nochmal auf Sie zu, Frau Krämer."
Ilka bedankte sich und stand auf. Peter Bongardt hatte die Befragung protokolliert und packte seinen Laptop ein. Sie machten sich auf den Weg zum Auto.

Zum zweiten Mal an diesem Tag fuhren die Ermittler nach Eichen-Ingersberg zum Elternhaus des radikalen Jagdgegners Philipp Wollscheid. Zuvor hatten sie sich im Euskirchener Amtsgericht noch beim Richter den Durchsuchungsbeschluss gegen Wollscheid abgeholt. Von den Kollegen im Innendienst wussten sie inzwischen, dass dieser, genau wie Roman Hartig, mehrfach wegen schwerer Sachbeschädigungen in Jagdrevieren vorbestraft war.

Ilka und Bongardt kamen kurz vor neunzehn Uhr in dem kleinen Dorf an. Sie bemerkten, wie ihnen ein paar ältere Leute auf der Straße unverhohlen nachschauten. Fremde fallen hier sofort auf, schmunzelte Ilka in Gedanken. Vor dem Haus der Wollscheids stand ein schwarzer Mercedes mit Trierer Kennzeichen. Ilka warf einen Blick in den Wagen mit den beigefarbenen Sitzen. Auf der Rückbank lag ein schwarzer Aktenkoffer. Der alte Wollscheid schien bereits zuhause zu sein, denn der Opel Frontera mit der darin liegenden Jagdkleidung stand in der geöffneten Doppelgarage. Lena Wollscheid öffnete Ihnen die Tür. Sie sah verweint aus, bat die Ermittler aber freundlich herein. In der Küche saßen ihr Mann, ihr Sohn Philipp sowie ein großer, schlanker Mann mit schwarzem Haar. Er stand auf und stellte sich vor.
„Rechtsanwalt Norbert Schneider, guten Tag. Ich vertrete die Interessen von Philipp Wollscheid. Sie waren heute Mittag bereits einmal hier, habe ich gehört..."
Zwischen Mittag und Abend scheint sich bei Familie Wollscheid einiges ereignet zu haben, dachte Ilka. Sie reichte Hartmut Wollscheid eine Kopie des Durchsuchungsbeschlusses und erklärte, in Philipps Zimmer die Laufkleidung unter dem Schreibtisch, sämtliche Schuhe und seinen Laptop mitnehmen zu wollen. Wollscheid sah seinen Anwalt fragend an. Herr Schneider nickte. „Dagegen können Sie nichts unternehmen, Herr Wollscheid."
Der Rechtsanwalt und Hartmut Wollscheid folgten

Ilka und Peter Bongardt nach oben. Der Sohn und seine Frau blieben in der Küche. In Philipps Zimmer sah es noch genauso aus wie am Mittag. Ilka zog sich Einweghandschuhe an und steckte die grüne Laufjacke sowie die Schuhe in mehrere durchsichtige Beutel, wie sie auch die Spurensicherung verwendete. Bongardt klemmte sich den Laptop unter den Arm, er trug ebenfalls Handschuhe.
Nachdem die
Ermittler sich höflich von den Wollscheids verabschiedet hatten, begleitete der Rechtsanwalt sie zum Auto.
„Ich habe meinem Mandanten zu einem Geständnis geraten“, sagte er unerwartet offen. „Doch Philipp Wollscheid bleibt bislang verstockt. Ich habe ihm erklärt, dass ein Geständnis häufig strafmildernd wirkt. Er hat ja schon einiges auf dem Kerbholz“, fügte er hinzu.
Ilka nickte.
„Wir werden sehen, was die Spurensicherung herausfindet. Ich bin sicher, wir sehen uns bald wieder.“
Die Ermittler fuhren zurück nach Euskirchen. Als sie auf dem fast leeren Parkplatz am Kreishaus ankamen, sagte Ilka: „Peter, mach Feierabend. Es war mal wieder ein verdammt langer Tag. Ich rufe noch eben Alex und Groß an. Und dann mach ich auch Schluss für heute.“
Der Kriminalassistent freute sich.
Stettenkamp war nicht zu erreichen. Er wollte gegen dreiundzwanzig Uhr zuhause sein, also würde er sich sicherlich bald auf den Heimweg machen. Ilka beschloss, Kriminaldirektor Groß und auch Staatsanwalt Dr. Rettich selbst anzurufen, um sie auf

den neuesten Stand zu bringen. Sie schaute auf ihre Armbanduhr. Inzwischen war es einundzwanzig Uhr dreißig. Ilka fuhr den PC noch einmal hoch und gab alle neuen Informationen gewissenhaft in den Computer ein. Die Dinge, die sie bei Philipp Wollscheid mitgenommen hatten, schloss sie in einen schweren Schrank ein. Ilka schrieb Bernd Schmitz noch eine Mail dazu, so dass er sich die Laufjacke und Schuhe sowie den Laptop gleich morgen früh dort herausnehmen konnte. Ich bin so gespannt, was er herausfindet, überlegte sie.

Ilka war unendlich müde, als sie schließlich durch den dunklen Flur zum Ausgang in Richtung Parkplatz ging. Sie dachte an Stettenkamp, der gerade den plötzlichen Tod seiner Mutter zu verkraften hatte. Und an Becks, der sicherlich schon sehnsüchtig in der Hundepension auf sie warten würde. Unterwegs fing es heftig an zu regnen. Die alten Wischblätter des Fiats fuhren quietschend in einem fort über die Scheiben. Ilka musste sich stark konzentrieren. Ihr Diensthandy klingelte. Sie schaute auf das

Display.

Die Leitstelle. Um kurz vor dreiundzwanzig Uhr.

Oh nein, dachte Ilka, was mag jetzt passiert sein?

„Entschuldigen Sie die späte Störung, Frau Landwehr. Der Notarzt hat gerade hier angerufen. Dieser Dr. Wolter, der bei Reichenbach mit am Tatort war."

Es war Erich Klein, der in dieser Nacht Dienst in der Leitstelle hatte.

„Worum geht es denn?", wollte sie wissen.

„Dr. Wolter hat Sybille Reichenbach vor einer Stunde mit dem Rettungswagen ins Euskirchener

Krankenhaus einliefern lassen."
Ilka war verwundert.
„Warum denn das? Hatte sie einen Unfall?"
„Nein. Dr. Wolter vermutet, dass Frau Reichenbach einen Selbstmordversuch unternommen hat. Als er zu ihr gekommen ist, lag sie bewusstlos auf der Couch. Dr. Wolter hat Dutzende von Schlaftabletten und Antidepressiva neben ihr auf dem Wohnzimmertisch gefunden. Sie können ihn morgen früh ab sieben Uhr anrufen."
„Herr Klein, wissen Sie, wer Sybille Reichenbach gefunden und den Notarzt gerufen hat?"
Sie hörte Erich Klein am anderen Ende der Leitung in Papieren blättern. Kurz darauf meldete er sich wieder: „Ja. Die Frau heißt Erna Krämer."

Freitag - Sechster Tag

Obwohl Alex Stettenkamp gegen Mitternacht todmüde ins Bett gefallen war, hatte er lange nicht einschlafen können. Gestern war einer der schwersten Tage seit Langem für ihn gewesen. Sein Vater war noch völlig geschockt gewesen vom plötzlichen Tod seiner Frau, mit der der pensionierte Richter über vierzig Jahre lang verheiratet gewesen war. Dennoch hatte er den Wunsch geäußert, sich von ihr im Krankenhaus in Warendorf zu verabschieden. Dort hatten die Rettungssanitäter sie zunächst hingebracht. Zwei Krankenschwestern hatten die Familie in ein kleines Sterbezimmer geführt. Lisa war sofort in Tränen ausgebrochen, als sie ihre Schwiegermutter, mit der sie sich immer gut verstanden hatte, so da liegen gesehen hatte. Die Kinder hingegen waren ohne Befremden zu ihr hingegangen und hatten ihr Gesicht gestreichelt. Ben hatte seinen Kopf neben den seiner toten Oma gelegt und seine kleine Hand auf ihre gefalteten Hände gelegt. Bei diesem Anblick war es dann auch mit seiner Beherrschung vobei gewesen. Lisa und er hatten seinen Vater beide im Rollstuhl umarmt und gemeinsam mit ihm geweint. Daraufhin waren die Zwillinge zu ihnen gekommen und hatten ebenfalls zu schluchzen begonnen. Aber sie waren zu jung, um den Tod ihrer Oma ganz begreifen zu können. Das Bestattungsinstitut Wörmann war gekommen, um den Leichnam nach Ostbevern in die Leichenhalle zu

bringen. Auch mit Pfarrer Mombauer hatte Stettenkamp bereits telefoniert. Seine Mutter würde am kommenden Mittwoch beerdigt werden. Er hoffte inständig, dass er und die Kollegen den Mordfall Reichenbach bis dahin gelöst haben würden, damit er mit mehr Ruhe als heute in seine alte Heimat würde fahren können.
Lisa und die Kinder wollten bis zur Beerdigung bei seinem Vater bleiben. Er war froh darüber, dass Lisa sich um ihn kümmern wollte. Ben und Moritz würden ihren Opa sicherlich dann und wann ein wenig auf andere Gedanken bringen können. Er hoffte, dass sich sein Vater nicht komplett in seiner Trauer vergrub.
Stettenkamp hatte die engste Familie vom Tod seiner Mutter informiert. Alle waren sehr bestürzt gewesen, viele hatten gefragt, ob sie irgendetwas helfen könnten. Christian, seinen Bruder, hatte er ebenfalls erreicht. Er war gerade mit ein paar Chinesen in einem Geschäftstermin gewesen und hatte versprochen, die nächste Maschine zurück nach Deutschland zu nehmen. Den gestrigen Tag hatten Lisa und er damit zugebracht, so viel wie möglich für die Beerdigung zu organisieren. Er wusste, seine Frau würde ansonsten ab morgen alleine damit dastehen, bis Christian eintreffen würde. Lisa hatte schon genug mit seinem trauernden Vaters und den Zwillingen zu tun.
Auf der Fahrt nach Hause in die Eifel war Stettenkamp zum ersten Mal an diesem Tag wirklich zur Ruhe gekommen. Auf der A43 war kaum noch etwas losgewesen. Er hatte an seine Mutter gedacht, wie sie früher nach der Schule auf Christian und ihn gewartet hatte. Im Sommer hatte sie die Jungs und

etliche Nachbarskinder im Garten mit Eis und selbst gemachter Limonade versorgt. Später hatte sie die beiden häufig Samstagnachts aus Münster von Partys abgeholt, egal, wie spät es gewesen war. Sie war so stolz gewesen, als er Lisa in Münster geheiratet hatte. Und fast noch glücklicher an dem Tag, als Ben und Moritz zur Welt gekommen waren. Im Gegensatz zu seinem privat eher verschlossenen Bruder hatte er stets ein sehr offenes Verhältnis zu seiner Mutter gehabt und auch als sie nach Eicks gezogen waren, häufig mit ihr telefoniert. Sie hatte an allen wichtigen Ereignissen in seinem Leben teilgehabt. Von Isabelle wusste sie na-türlich nichts. Manchmal hatte er allerdings das Gefühl gehabt, als ob sie in der kurzen Zeit, in der er die Affäre mit der blonden Münsteranerin gehabt hatte, etwas geahnt hatte.

Gerade, als Stettenkamp zuhause angekommen und sich erschöpft in einen Sessel hatte fallen lassen, kam die Whatsapp-Nachricht von Ilka.

„Hallo Alex, sorry, dass ich störe. Neuester Stand: S.R. hat versucht, sich das Leben zu nehmen. Liegt in EU auf der Intensiv. Nähere Infos kriegen wir morgen. Gute Nacht und v.G., Ilka".

Auch das noch.

Sicherlich hatte Ilka ihr bei der letzten Befragung gehörig auf den Zahn gefühlt. War Sybille Reichenbach alles zu viel geworden? Vielleicht hatte sie geahnt, dass die Kommissare ihr den Mord an ihrem Mann sehr bald nachweisen können würden. Die Witwe hatte in Stettenkamps Augen ein starkes Motiv. Schießen konnte sie auch. Und sie hatte kein Alibi vorzuweisen. War es die Aussicht auf eine lange Haftstrafe, die sie in den versuchten Suizids

getrieben hatte? Falls Sybille Reichenbach ihn überleben würde, dann hatten sie eine gute Chance, es zu erfahren. Vielleicht würde sie den Mord dann sogar gestehen. Nachweisen konnten sie ihr die Tat schließlich bis dato nicht. Die Spurensicherung hatte am Tatort keine DNA-Spuren sicherstellen können. Lediglich diverse Schuhabdrücke sowie die winzige, dunkelgrüne Textilfaserspur am Schalldämpfer konnten zum Täter führen.
Wir werden uns morgen einen Durchsuchungsbeschluss beschaffen, überlegte er. Sie würden sämtliche Schuhe sicherstellen und vor allem auf besagte Damenpumps in Größe neununddreißig mit breitem Absatz achten, von denen Schmitz nach der Analyse der Fußspuren am Tatort gesprochen hatte. Der Fortpflanzungsmediziner war ein Jäger gewesen. Sie konnten also davon ausgehen, dass sich im Haushalt der Reichenbachs dunkelgrüne Kleidung befinden würde. Ob die gefundene Faserspur von ihr stammen würde, konnten die Kriminaltechniker im Labor dann sicherlich herausfinden. Vielleicht stoßen wir bei der Durchsuchung der Villa auch auf Reichenbachs Waffenbesitzkarte, dachte Stettenkamp. Ob darin wohl eine Pistole eingetragen war? Die Witwe hatte abgestritten, dass ihr Mann eine Faustfeuerwaffe besessen hatte.

Um kurz vor sieben Uhr wartete Ilka an diesem Morgen bereits im Marien-Hospital in Euskirchen auf Dr. Wolfgang Wolter. Er arbeitete in der Notfall-Ambulanz, in wenigen Minuten sollte sein Dienst beginnen. Dr. Wolter hatte Sybille Reichenbach gestern Abend bewusstlos in ihrem Wohnzimmer

gefunden und sie sofort mit einem Rettungswagen ins Krankenhaus bringen lassen. In der Leitstelle hatte man ihr nur sagen können, dass die Witwe vermutlich mit Tabletten und Alkohol versucht hatte, sich das Leben zu nehmen. Näheres würde der Notarzt ihr hoffentlich gleich erzählen können.
Ilka fand es seltsam, dass ausgerechnet Erna Krämer in der Ambulanz angerufen hatte. Was hatte sie gestern Abend noch vor der Tür ihrer Schwägerin gewollt? Im Haus war sie nicht gewesen. Wie war sie dann überhaupt auf den Gedanken gekommen, dass Sybille Reichenbach dringend ärztliche Hilfe brauchte? Fragen über Fragen.
Der Arzt kam Ilka um Punkt sieben Uhr im weißen Kittel durch den langen Krankenhausflur entgegen und bat sie in sein Besprechungszimmer.
Dr. Wolter kam gleich zur Sache.
„Ich habe Frau Reichenbach gestern Abend gegen neunzehn Uhr in ihrer Villa gefunden. Sie lag auf einem der Sofas im Wohnzimmer. Auf dem kleinen Couchtisch neben ihr sah ich einen Haufen Packungen mit Tabletten liegen."
Dr. Wolter putzte sich kurz die Nase.
„Schlaftabletten, Wachmacher, Anti-Depressiva, alles durcheinander. Daneben stand eine fast leere Flasche Schnaps. Frau Reichenbachs Puls war ziemlich schwach, sie zeigte keine Reaktionen und war nicht ansprechbar. Die Rettungssanitäter, mit denen ich zusammen gekommen war, haben sie dann schleunigst ins Krankenhaus gebracht. Ist ja nur ein Steinwurf von der Augenbroicher Straße bis hier zum Marien-Hospital."
„Wie geht es Frau Reichenbach jetzt?", wollte Ilka wissen.

Der Arzt schaute auf seine schwarze Armbanduhr. „Ich habe vor einer Viertelstunde mit der diensthabenden Ärztin auf der Intensivstation gesprochen. Sie ist wieder bei Bewusstsein und körperlich schon wieder halbwegs stabil. Allerdings noch nicht vernehmungsfähig."

Ilka fragte weiter.

„Können Sie sagen, wie viele Tabletten sie genommen hat?"

"Ihr wurde als erstes der Magen ausgepumpt, als sie hierher kam, und etwas gespritzt." Dr. Wolter schaute in seinen Computer. „Ungefähr fünfzig Stück. Das ist schon ganz ordentlich."

Heftig, dachte Ilka.

„Wie lebensbedrohlich ist denn die Einnahme einer solchen Menge?", wollte sie wissen.

Dr. Wolter kratzte sich an seinem Dreitagebart.

„Wir hatten schon Fälle, da hatten Suizidkandidaten hundert und mehr Tabletten geschluckt, sogar Valium. Fast alle haben es überlebt, teilweise allerdings behindert durch eingetretene Hirnschäden", dozierte er.

„Das hätte ich ganz anders eingeschätzt", meinte Ilka.

„Das tun die meisten. Mit Schlaftabletten oder Beruhigungsmitteln Suizid zu begehen, wird aber in so gut wie jedem Fall scheitern, da Benzodiazepina atoxisch wirken. Das bedeutet, sie ziehen keine langanhaltenden Vergiftungserscheinungen nach sich. Selbst in Kombination mit Alkohol ist der Tod durch die verstärkte Tablettenwirkung unwahrscheinlich. Eher schon der Tod durch Alkoholvergiftung."

Ilka überlegte.

„Kann es also sein, dass sie gar nicht sterben wollte?"

„Das kann ich nicht beurteilen. Dazu müsste sie das alles ja gewusst haben. Und zudem das Risiko in Kauf genommen haben, anschließend mit einer Hirnschädigung wieder aufzuwachen."
Unwahrscheinlich, fand Ilka.
„Haben Sie zufällig einen Abschiedsbrief gefunden, auf dem Couchtisch oder so?"
Dr. Wolter schüttelte den Kopf.
Stettenkamp wollte sich heute ohnehin um einen Durchsuchungsbeschluss kümmern.
„Eins interessiert mich noch", warf sie ein. „Ist es richtig, dass eine Frau Krämer Sie zu Frau Reichenbach gerufen hat?"
Er blickte wieder auf seine Uhr und stand langsam auf.
„Entschuldigen Sie, Frau Landwehr, ich muss gleich ins Besprechungszimmer." Er nahm ein paar Blätter aus dem Drucker.
„Ja, eine ältere Dame namens Erna Krämer hat um kurz vor neunzehn Uhr hier in der Notfall-Ambulanz angerufen. Sie sagte, sie stehe vor der Haustür ihrer Schwägerin. Der Hund jaule wie verrückt an der Haustür und sie habe durch die Glasscheibe der Tür eine zerbrochene Schnapsflasche auf dem Dielenboden liegen sehen. So war das."
Ilka erhob sich ebenfalls.
„Eine letzte Frage noch, Herr Dr. Wolter. War Frau Krämer noch da, als Sie kamen?"
Er überlegte kurz.
„Ja, sie ist aber nicht mit ins Haus gegangen. Ein Schlüsseldienst musste uns die Tür aufsperren, Frau Krämer hatte nämlich keinen."
Das hätte mich auch sehr gewundert, dachte Ilka. Sie bedankte sich und eilte gedankenversunken zum

Parkplatz. Vielleicht würde der Überraschungsbesuch bei den Krämers weitere Erkenntnisse bringen.

Als Stettenkamp und Ilka bei den Krämers ankamen, war es erst kurz nach acht Uhr. Sie hatten ausgemacht, sich heute Morgen gleich hier zu treffen und die Schwester Reichenbachs zum gestrigen Abend zu befragen.
Hinter den meisten Wohnungstüren herrschte noch Stille. Erna Krämer öffnete ihnen die Wohnungstüre.
„Viel Zeit hab ich nich, muss gleich zum Putzen“, sagte sie zur Begrüßung. Günther Krämer schien noch zu schlafen.
„Dürfen wir trotzdem hereinkommen?“, bat Stettenkamp.
Sie setzten sich in eine winzige Küche auf zwei Hocker. Es war aufgeräumt und sauber. In einer Ecke standen drei übereinandergestapelte Bierkästen.
„Frau Krämer, Sie haben Ihrer Schwägerin gestern Abend das Leben gerettet, nicht wahr?“, begann der Kommissar.
Sie blickte zur Seite und hob leicht die Schultern.
„Kommt Sybille denn durch?“
Ilka erzählte ihr kurz, was sie eben von Dr. Wolter zum Befinden seiner Patientin erfahren hatte.
„Sagen Sie, was wollten Sie eigentlich bei Ihrer Schwägerin?“
Stettenkamp schaute ihr ernst in die Augen.
Frau Krämer atmete schwer.
„Et is mir so peinlich“, sagte sie dann leise. „Uns is vorjestern der Strom abjestellt worden. Wir waren mit den Raten ans RWE schon lange im Rückstand.“
Sie schaute auf den Boden. „Ich wusste mir nich

mehr zu helfen. Ich wollte die Sybille um Jeld fragen. Sie haben uns ja immer was jejeben, auch wenn der Günther immer meinte, et wär viel zu wenig."
Sie seufzte.
„Ich bin also mit dem Stadtbus zu ihr gefahren. Ich hab bestimmt viermal jeklingelt, aber et machte keiner auf. Aber der Hund von denen, der jaulte wie wahnsinnig und sprang immer wieder an der Haustür hoch. Da guck ich so durch die Scheibe und seh ein Stück hinter der Haustür ne kaputte Flasche liegen, Cognac oder so."
Stettenkamp fragte sie nach einem Wasser. Er hatte Kopfschmerzen. Sie stellte ihm mit der rechten Hand ein Glas Leitungswasser hin.
„Dat kam mir alles komisch vor. Da stimmt wat net, hab ich jedacht. Dann hab ich den ärztlichen Notdienst mit dem Handy anjerufen. Die Nummer hab ich seit dem Schlaganfall vom Günther einjespeichert", sagte sie.
Stettenkamp lächelte sie freundlich an.
„Da haben Sie mit großer Geistesgegenwart reagiert, Frau Krämer. Sie haben Ihrer Schwägerin mit hoher Wahrscheinlichkeit das Leben gerettet."
Erna Krämer hatte die rechte Hand zur Faust verkrampft und rieb mit der linken immerzu darüber. Sie begann zu weinen.
„Wenigstens etwas Jutes", sagte sie. „Seien Sie net bös, aber ich muss wirklich los, zu den Brauns darf ich net zu spät kommen."
Stettenkamp bot ihr an, sie in die Augenbroicher Straße zu ihrem Arbeitgeber zu bringen. Sie nahm dankend an und schloss die Wohnungstür hinter ihnen zu.
Sie schwiegen während der Fahrt. Als Erna Krämer

ausgestiegen war, wandte Ilka sich Stettenkamp zu, der am Steuer saß.
„Ist dir an ihrer rechten Hand was aufgefallen?"
Er schüttelte den Kopf. Das Pochen in den Schläfen wurde einfach nicht besser. Ilka hob eine Hand.
„Ihr fehlt am rechten Zeigefinger das erste Glied. Das hätte sie als Rechtshänderin aber doch zum Schießen gebraucht, oder?"

Philipp Wollscheid hatte seine erste Nacht in der Zelle des Polizeireviers hinter sich gebracht. Stettenkamp hatte bereits erfahren, dass Wollscheid ein ziemliches Theater gemacht hatte, als man ihm seine Uhr, den Gürtel, Zigaretten und Feuerzeug abgenommen hatte. In der Zelle hatte er dann über eine Stunde lang geschrien und getobt. Es gab kein Klo, nur ein Loch im Boden, seine Pritsche war aus Beton mit ein paar Decken darauf und statt eines Fensters waren ein paar Glaskacheln in der Wand angebracht. Von einem Fernseher konnte er hier nur träumen. Heute würde er dem Haftrichter vorgeführt werden. Peter Bongardt sollte ihn heute Nachmittag dem Richter vorführen und später wieder zurückbringen. So hatte Stettenkamp es auf dem Weg von der Augenbroicher Straße zurück ins Kreishaus mit Staatsanwalt Dr. Rettich am Telefon besprochen. Zudem hatte er Rettich gebeten, beim Richter einen Durchsuchungsbeschluss für die Villa Reichenbach zu beantragen. Auch für die Erftbank in Rheinbach benötigte er einen richterlichen Beschluss.

Sybille Reichenbach hatte Ilka erzählt, dass sie dort ihr elterliches Erbe angelegt habe. Dazu wollte Stettenkamp die Bankmitarbeiter gerne befragen.

Vielleicht hatten die Reichenbachs auch ihre privaten und geschäftlichen Konten bei der Erftbank. Deren Bewegungen interessierten ihn ebenfalls. Die Zeit für den richterlichen Beschluss drängte. Es war Freitag und die Rheinbacher Filiale schloss an diesem Tag um fünfzehn Uhr.

Als Stettenkamp und Ilka am späten Vormittag im Kreishaus eintrafen, führte ihr erster Weg zu Bernd Schmitz ins Kriminallabor. Der Spurensicherer freute sich sichtlich, sie zu sehen.
„Kollegen, ich hab Ergebnisse für euch. Von unserem Gast in der Zelle stammt eindeutig einer der beiden Schuhabdrücke, die wir bislang bei den abgefackelten Hochsitzen in Kall nicht zuordnen konnten."
Schmitz grinste. „Wollscheid trug bei seiner Verhaftung die gleichen Turnschuhe wie am Tatort, so was haben wir eher selten. An ihnen haben wir neben Dreck auch Spuren von Tannennadeln gefunden. Die lagen auch massenhaft um die Hochsitze herum."
Klingt ziemlich eindeutig, fand Stettenkamp.
„Sonst noch was?", fragte er.
„Ja, an den Schuhen haben wir winzige, schwarzbraune Verfärbungen sichtbar machen können. Es handelt sich eindeutig um Schmauchspuren von Feuerwerkskörpern."
Das war doch was...
„Haben Sie auch schon die Laufkleidung untersucht, die ich sichergestellt habe?", fragte Ilka gespannt.
Bernd Schmitz nickte. „Oh ja. Mit diesem Fund haben Sie einen Volltreffer gelandet. Ich konnte sogar mit bloßem Auge erkennen, dass der Träger dieser

Jacke damit irgendwo hängengeblieben sein muss, so beschädigt war das Teil an der rechten Vorderseite."
Er machte eine kleine Pause.
„Die Jacke besteht aus Polyester. Die Textilfasern, die wir an der Leiter im Schmidtheimer Wald gefunden haben, stammt zweifelsfrei von diesem Kleidungsstück."
Stettenkamp und Ilka sahen einander an. Endlich ein größerer Erfolg!
Sie wussten nun, das Philipp Wollscheid für die abgesägte Leitersprosse am Hochstand im Schmidtheimer Wald verantwortlich war. Und damit auch für den Tod des alten Jägers, der durch die fehlende Sprosse tragisch gestürzt war. Außerdem hatten sie mit Wollscheid neben Roman Hartig den zweiten Täter ausfindig gemacht, der die Feuerwerkskörper im Forst zwischen Kall und Golbach gezündet hatte. Stettenkamp war sich sicher, dass der Richter den Haftbefehl gegen Philipp Wollscheid am Nachmittag aufrechterhalten und ihn in die JVA in Euskirchen ins Untersuchungsgefängnis bringen lassen würde. Den Mord an Wolfhardt Reichenbach hingegen hatten sie ihm bislang nicht nachweisen können. Seine Freundin Ruth Sieberath aus Blumenthal hatte Ilka bestätigt, dass Philipp Wollscheid von Samstag auf Sonntag mit ihr zusammengewesen sei. Sie hatte angegeben, mit ihm bis in den frühen Morgen auf einer privaten Party in Schleiden gefeiert zu haben.
Stettenkamp hatte Peter Bongardt beauftragt, die Partygäste, die Ruth Sieberath Ilka genannt hatte, zügig zur Anwesenheit Philipp Wollscheids zu befragen.
Es war fast Mittag. Der Kommissar rief

Kriminaldirektor Groß an, um ihm von den Ergebnissen der Spurensicherung in Sachen Philipp Wollscheid zu berichten. Und auch von der geplanten Durchsuchung in der Villa Reichenbach, sobald der Richter den Beschluss dazu erlassen hatte.

Armin Groß schien zufrieden und kündigte sich zur morgigen Frühbesprechung an.

Ilka, Stettenkamp und Bongardt beschlossen, in der Kantine des Kreishauses etwas zu essen und dabei ihr weiteres Vorgehen zu besprechen. Eine Viertelstunde später saßen sie an einem kleinen Ecktisch bei paniertem Fisch, Salzkartoffeln und grünem Salat. Die Kantine war fast leer. Die meisten Mitarbeiter der Behörde hatten bereits gegessen, manche waren bereits in ein frühes Wochenende aufgebrochen. Daran war bei einer Mordkommission nicht zu denken. Bongardt berichtete von seinen Recherchen am Vormittag. Er hatte in der Hellenthaler Firma Schoeller zehn Mitarbeiter befragt, die letzten Samstag alle auf der Party in Schleiden gewesen waren, von der Wollscheids Freundin Ruth Sieberath gesprochen hatte. Und alle hatten bestätigt, dass Philipp Wollscheid und seine Freundin mindestens bis vier Uhr morgens mit ihnen gefeiert und ordentlich getrunken hatten.
„Also kann er Wolfhardt Reichenbach unmöglich gegen Mitternacht in Euskirchen erschossen haben“, meinte Ilka. Stettenkamp und Bongardt nickten.
Auch die vielen Schuhabdrücke am Tatort in der Augenbroicher Straße hatten zu keinem von Wollscheids sichergestellten Schuhen gepasst. Und die Fasern seiner grünen Laufjacke waren nicht

identisch mit der Textilspur, die Schmitz an einem winzigen Ölpartikel an dem gefundenen Schalldämpfer entdeckt hatte.
„Hast du eigentlich schon das Alibi von Peter Klinkhammer überprüft?“, wollte Ilka von ihm wissen. Der Mann von Reichenbachs ehemaliger Geliebten hatte angegeben, am Samstagabend bei einem Kumpel in Großbüllesheim das Champions-League-Finale der Bayern gegen Dortmund gesehen zu haben. Anschließend habe man noch etwas zusammen getrunken. Erst gegen zwei Uhr wollte der Dachdecker mit einem Taxi nach Hause gefahren sein. Bongardt hatte auch dieses Alibi gecheckt.
„Das scheint zu stimmen“, meinte er. „Das Taxiunternehmen Engel aus Großbüllesheim hat mir die Fahrt bestätigt. Der Fahrer konnte sich noch gut an Peter Klinkhammer erinnern. Der war wohl ziemlich angetrunken.“
Stettenkamp schob seinen noch halbvollen Teller beiseite.
„Gute Arbeit!“
Bongardt lächelte. „Danke, Chef. Ich hab da noch was. Es geht um den Drohbrief, den du bekommen hast, Alex. Wir gehen doch davon aus, dass der Brief vom Täter stammt, oder?“
Ilka und Stettenkamp nickten.
„Mein alter Kollege Niklewitz aus Bonn hat gerade seinen letzten Lehrgang zum Fallanalytiker abgeschlossen...“
Ilka unterbrach ihn.
„Er ist also eine Art Profiler, der anhand von Statistiken und so analysiert, wie ein Täter gestrickt ist?“
„Genau“, bestätigte Bongardt. „Den Niklewitz hab

ich mal zum Profil eines Drohbriefschreibers befragt. Den Inhalt hatte ich noch im Kopf."
„Und?" Stettenkamp schien gespannt zu sein.
„Der Herr Fallanalytiker sagt, dass Drohbriefe laut Statistik selten von Frauen verfasst werden. Am Sprachgebrauch glaubt er zu erkennen, dass du es mit einem eher gebildeten, emotionalen Menschen zu tun hast."
Ilka sah ihn fragend an. „Woran macht er das genau fest?"
Bongardt sagte: „Der Verfasser schreibt ja: ;*Ihr Polizeischweine, ich gebe Euch den guten Rat, nicht weiter im Leben von Wolfhardt Reichenbach herumzustochern. Er hat seinen Tod verdient. Keine weiteren Ermittlungen! Denk an Deine Kinder, Stettenkamp.*"
Der Kriminalassistent sah Ilka und Stettenkamp an. „Niklewitz meint, der Schreiber drückt sich auf einem gehobeneren Sprachniveau aus. Er bildet grammatikalisch und orthografisch korrekte Sätze und ist demzufolge eher ein gebildeter Mensch."
„Deshalb schreibt er ja auch *Ihr Polizeischweine...*". Ilka war noch nicht überzeugt.
„Diese Beschimpfung widerspricht in Niklewitz´ Augen nicht dem vermutlich gebildeten Menschen. Viel mehr sieht er darin eine hohe emotionale Beteiligung des Schreibers. Er scheint wütend, weil wir ermitteln. Mit Sicherheit hat er auch Angst, dass wir ihn finden könnten."
„Peter, nix für ungut, aber das hilft uns doch keinen Deut weiter. Was sind das für Erkenntnisse, er ist wütend, er hat Angst? Wenn dem nicht so wäre, würde er doch gar keinen Drohbrief schreiben und auch noch das Foto dazu legen."

Ilka regte sich weiter auf.
„Was bilden sich diese Profiler eigentlich ein? Verkaufen uns etwas als Wissenschaft, was uns der gesunde Menschenverstand schon lange gesagt hat."
Sie sah, wie Stettenkamp sie angrinste. Ilka wusste, er dachte ähnlich.
Er sagte. „Peter, trotzdem danke. Wir behalten nach Niklewitz´ Analyse einfach mal einen gebildeten, aufgewühlten Mann als Schreiber im Hinterkopf. Vielleicht sogar als den Mörder Reichenbachs."
Ilka sah entgegen seiner Worte Zweifel in Stettenkamps Gesicht.
Sie ließen das Thema auf sich beruhen.
„Hab´s gut gemeint, Kollegen", meinte Bongardt.
„Ich mach mich jetzt auf den Weg zu Wollscheid in die Zelle und führe ihn dem Ermittlungsrichter vor."
Er stand auf.

Stettenkamp und Ilka gingen in ihr Büro.
„Wir brauchen dringend den richterlichen Beschluss zur Durchsuchung von Reichenbachs Villa. Und vor allem den für die Erftbank, wenn das heute noch was werden soll".
Stettenkamp spürte seine Ungeduld. Das Wochenende stand vor der Tür und das machte die Ermittlungen nicht eben einfacher. Just in diesem Moment
klopfte es an der Bürotür. Ein Bote des Kreishauses trat ein und übergab Stettenkamp die benötigten Unterlagen aus dem Amtsgericht. Er war erleichtert.
„Lass uns zuerst nach Rheinbach zur Erftbank fahren", sagte er zu Ilka.
„Machen wir. Ich glaube aber nicht, dass dabei was Interessantes herauskommt", meinte sie.

„Warten wir´s ab."
Sie fuhren die kurze Strecke von Euskirchen nach Rheinbach mit dem silbernen Dienst-Mercedes. Direkt vor der Bank fanden sie einen Parkplatz. Es war kurz vor fünfzehn Uhr, als Stettenkamp eine ältere Angestellte im dunkelblauen Kostüm nach dem Filialleiter fragte. Es waren nur noch wenige Kunden in dem Gebäude. Die Bankerin bat sie in das Büro von Herrn Neustetter. Er saß am Schreibtisch und arbeitete konzentriert am PC. An den Wänden hingen Werbeplakate der Erftbank.
Stettenkamp stellte sich und Ilka vor und zeigte ihm den richterlichen Beschluss.
„Die Reichenbachs sind mir bestens bekannt, vor allem Herr Reichenbach", sagte Neustetter. „Sie haben, soweit ich weiß, ihre gesamten Bankgeschäfte mit uns getätigt."
Das klingt doch vielversprechend, dachte Stettenkamp.
„Sind die Reichenbachs schon lange Kunden bei Ihrer Bank?", wollte er zunächst wissen.
Der Filialleiter lächelte ihn und Ilka freundlich an.
„Ja, schon ewig. Der alte Reichenbach Senior hat ja früher hier gearbeitet. Er wurde in Rheinbach der erste Filialleiter, als die Erftbank in die Stadt kam. Bis zu seiner Pensionierung war er hier der Chef."
Stettenkamp war überrascht. Damit hatte er nicht gerechnet.
Er dachte an Erna Krämer.
„Was war der alte Reichenbach für ein Schlag Mensch?"
Neustetter schien zu überlegen.
„So gut habe ich ihn nicht gekannt. Soweit ich weiß, war er ein sehr dominanter Mensch, ein Patriarch.

Leistung galt bei ihm alles. Fast sein gesamtes Erbe hat er der Stiftung „*Deutsche Sporthilfe*" vermacht. Durch diese Stiftung werden die besten Athleten des Landes gefördert", erklärte er.
Seine eigene Tochter hat er scheinbar nicht für förderungswürdig gehalten, dachte Stettenkamp.
Der Filialleiter führte ein kurzes, internes Telefonat und bat darum, Sybilles und Wolfhardts Kontobewegungen der letzten Jahre für die Ermittler auf einer CD zusammenzustellen. Er öffnete mit ein paar Klicks ein Computerprogramm.
„Ich kann Ihnen über die Vermögensverhältnisse der Reichenbachs einiges erzählen, so viele VIP-Kunden haben wir hier nicht." Neustetter räusperte sich.
„Frau Reichenbach hat vor fünf Jahren einen Betrag von 1,8 Millionen Euro bei uns angelegt. In Form einer aufgeschobenen Rente gegen Einmalbeitrag. Wenn sie sechzig Jahre alt wird, erhält sie jeden Monat einen Betrag von ungefähr neuntausend Euro ausgezahlt. Unabhängig davon, wie lange sie lebt."
Sie hat Ilka in diesem Punkt also die Wahrheit gesagt, dachte Stettenkamp.
Neustetter fuhr fort. „Wolfhardt Reichenbach hat vor vielen Jahren ebenfalls eine private Rentenversicherung bei uns abgeschlossen, allerdings mit regelmäßiger Beitragseinzahlung. In acht Jahren hätte er von uns eine monatliche Rente von rund sechstau- send Euro bekommen."
Ilka hakte ein. „Herr Neustetter, erhält die Witwe eine Art Todesfallleistung aus dieser Versicherung?"
„Der Todesfallbegünstigte erhält lediglich die eingezahlten Beiträge zurück. Einen Moment bitte..." Er schaute in seinen Computer und schien verwundert.

„Sybille Reichenbach ist in diesem Fall nicht die Begünstigte“, erklärte er dann.
„Wer ist es denn?“, wollte Ilka wissen.
Ich kann es mir schon denken, überlegte Stettenkamp.
Neustetter zitierte: *„Unwiderruflich bezugsberechtigt: Die Tochter Lucia Klinkhammer, bis zur Vollendung ihres achtzehnten Lebensjahres die Mutter Tatjana Klinkhammer, geborene Lahnstein.“*
Stettenkamp und Ilka schauten einander an.
„Wurde das Bezugsrecht im Laufe der Zeit geändert?“ , fragte Stettenkamp. Neustetter schaute wieder in seinen Computer.
„Ja, vor fast vier Jahren. Vorher war es widerruflich zugunsten der Ehefrau Sybille Reichenbach verfügt.“

Eine interessante Entwicklung, die da stattgefunden hatte, fand Stettenkamp.
„Hatten die Reichenbach sonstiges Vermögen bei Ihnen angelegt?“, fragte er nach.
„Nur noch eine kleine Lebensversicherung über dreißigtausend Euro. Hier ist die Ehefrau bezugsberechtigt, sehe ich gerade. Ich weiß, dass Wolfhardt Reichenbach seit der Gründung der Klinik in Köln dort immer sehr viel Geld in die medizinische Ausstattung gesteckt hat.“
Stettenkamp hakte nach. „Vor fünf Jahren sind seine Eltern gestorben. Da hat er doch sicher einen Erbteil erhalten.“
Neustetter suchte offensichtlich im PC in den Unterlagen.
„Lediglich zehntausend Euro. Ist ja jetzt kein so großes Erbe.“
Genau der gleiche Betrag also, von dem auch seine

Schwester als Erbteil gesprochen hatte...
„Gab es denn in den Jahren vor dem Tod der Eltern größere Einzahlungen?“, wollte er wissen.
Die Kommissare warteten eine Weile auf die Antwort des Filialleiters. Er schien gewissenhaft zu recherchieren.
„Nein“, sagte er dann. „Ganz klar, nein.“
„Anderes Thema, was verdiente Reichenbach eigentlich?“
Neustetter wechselte kurz das Computerprogramm. „Er entnahm jeden Monat zwischen sieben- und achttausend Euro“, erklärte er. „Die Geschäftskonten der Klinik werden ja auch bei uns geführt. Die Klinik macht seit gut drei Jahren einen Umsatz von knapp einer Million.“
Ilka hatte neulich also gar nicht schlecht geschätzt.
„Seit gut drei Jahren, sagen Sie?“, hakte Ilka nach.
Neustetter nickte. „Vorher waren es meist rund fünfhunderttausend Euro im Jahr.“.
Stettenkamp schaute Ilka an und hob die Augenbrauen.
Das war ja eine erhebliche Umsatzsteigerung, seitdem Dr. Henschel vor drei Jahren mit eingestiegen war. Natürlich konnten mit einem zusätzlichen Fortpflanzungsmediziner in der Klinik auch mehr Patientinnen behandelt werden. Aber im Vergleich zu vorher...
Der Filialleiter unterbrach ihn in seinen Gedanken. „Viel mehr kann ich Ihnen nicht erzählen. Schulden hatten die Reichenbachs keine, weder privat noch geschäftlich. Die Villa in Euskirchen scheint gemietet zu sein, jedenfalls sagen das die Kontenbewegungen. Zweitausend Euro Miete zahlen sie übrigens.“
Stettenkamp kratzte sich am Kopf.

„Haben Sie eine Ahnung, wovon Sybille Reichenbach die Miete nun weiterzahlt? Und wovon sie ihren Lebensunterhalt bestreitet? Die 1,8 Millionen bekommt sie doch erst mit sechzig ausgezahlt, sagten Sie eben."
Neustetter stand auf.
„Über dieses Geld kann sie auch vorab verfügen. Lassen Sie mich kurz rechnen..." Er tippte ein paar Zahlen in ein Programm.
„Wenn sie das Geld bereits ab Juni in Anspruch nimmt, bekommt sie jeden Monat gut fünftausend Euro ausgezahlt. Lebenslang."
Die Reichenbach scheint tatsächlich keine finanziellen Sorgen zu haben, dachte Stettenkamp. Sie war vor dem Tod ihres Mannes bestens abgesichert gewe-sen und ist es auch jetzt. Er steckte die fertige CD mit den gespeicherten Kontenbewegungen der letzten Jahre ein.
„Vielen Dank, Herr Neustetter"
„Sehr gerne. Ein schönes Wochenende."
Es wird eher ein arbeitsreiches werden, dachte Stettenkamp.
Auf dem Weg zum Parkplatz meinte er zu Ilka: „Erna Krämer können wir als Täter ausschließen, denke ich. Ihr fehlt das erste Glied des rechten Zeigefingers, um schießen zu können, und ein Motiv hat sie eigentlich auch nicht."
Ilka nickte.
„Du meinst, weil ihr Bruder sie offensichtlich beim elterlichen Erbe gar nicht über den Tisch gezogen hat? Der alte Reichenbach hat alles dieser Stiftung vererbt und seinen Kindern vermutlich nur den Pflichtteil überlassen. Beiden zehntausend Euro."
Stettenkamp zog den Autoschlüssel aus der

Anzugtasche und setzte sich hinters Steuer. Ilka nahm neben ihm Platz.
„Es kann natürlich gut sein“, meinte er, „dass Erna Krämer tatsächlich gar nicht weiß, dass ihr Vater auch ihrem Bruder Wolfhardt nur die gleiche kleine Summe wie ihr hinterlassen hat. Und stattdessen glaubt, unser Opfer habe damals heimlich den großen Reibach gemacht.“
Er dachte an die ärmliche Wohnung der Putzfrau, in der sie heute Morgen gewesen waren und deren Schufterei, um für sich und ihren alkoholkranken Mann den Lebensunterhalt zu verdienen. Ein paar Häuser von ihren Putzstellen entfernt hatte sie jeden Tag vor Augen gehabt, wie ihr eigener Bruder stattdessen ein Leben im größten Wohlstand führte. Das hat sicher zum Hass auf den Bruder beigetragen, überlegte er.
Ilka schien seine Gedanken zu erraten.
„Erna Krämer sagte mir vor ein paar Tagen, ihr kluger Bruder sei von den Eltern immer bevorzugt, sie stattdessen schon in der Grundschulzeit zu entfernten Verwandten gegeben worden. Das prägt doch.“
Stettenkamp fuhr in Richtung Köln.
„Stimmt. Trotzdem glaube ich nicht, dass sie es war. Und ihr Mann ist körperlich zu so einer Tat gar nicht in der Lage, so wie du ihn mir geschildert hast.“
Ilka stimmte ihm zu. „Warum fährst du nach Köln?“
„Ich dachte, wir fahren noch eben in der Kinderwunschklinik vorbei und schauen uns mal Reichenbachs Büro an. Ich würde gern die Unterlagen zu den Geschäftsergebnissen der Klinik mitnehmen.“
„Wir haben aber keinen Durchsuchungsbeschluss“,

gab Ilka zu bedenken.
„Stimmt, aber Henschel und Kerner waren bisher absolut kooperativ, das wird kein Problem sein. Zusammen mit den Unterlagen der Bank sollten wir dann ein vollständiges Bild von Reichenbachs wirtschaftlichen Verhältnisse haben."
Sie schwiegen eine Weile. Stettenkamp dachte an Lisa, seine Kinder und seinen alten Vater im Münsterland. Wie würden sie wohl zurechtkommen? Heute Abend würde er in Ruhe mit seiner Frau telefonieren können. Er hoffte, dass sein Bruder spätestens morgen aus China zurückkommen würde, um Lisa zu unterstützen. Sie mussten sich unbedingt um einen Pflegedienst für seinen Vater bemühen...
Ilka riss ihn aus seinen Gedanken.
„Was sagst du dazu, dass Reichenbach das Todesfall-Bezugsrecht dieser Rentenversicherung unwiderruflich zugunsten seiner Tochter geändert hat?"
Stettenkamp dachte nach.
„Ganz ehrlich, ich finde es nicht so spektakulär. Wir reden ja hier über keine Riesensumme, sondern über die eingezahlten Beiträge zu dieser Versicherung. Und dass er seinem Kind etwas zu gute kommen lassen wollte, kann ich nachvollziehen. Seine Frau war doch ohnehin mehr als gut abgesichert."
Er nahm Ilkas zweifelnden Blick wahr.
„Du hast recht", sagte sie, „aber wie mag das auf Sybille Reichenbach gewirkt haben? Sofern sie überhaupt davon gewusst hat..."
„Alles Spekulationen", fand Stettenkamp. „Ich bau da mehr auf die Durchsuchung der Villa. Vielleicht finden wir etwas Aufschlussreiches."
Sie waren kurz vor dem Kaiser-Wilhelmring, wo die

Kinderwunschklinik in einem Hochhaus untergebracht war. Es war kurz nach siebzehn Uhr. „Hoffentlich treffen wir noch jemanden an“, meinte er mit Blick auf die Uhr.
„Das hoff ich auch. Ist dir eigentlich in dem Gespräch mit Neustetter aufgefallen, wie enorm die Umsätze in den letzten drei Jahren gestiegen sind, nachdem Henschel mit eingestiegen ist? Um das Doppelte! Komisch, oder?“
Stettenkamp stimmte ihr zu.
„Kann gut mit an den Blastozystentransfers liegen, die sie dort machen.“ Er überlegte kurz. „Den Mehraufwand werden sie sich garantiert ordentlich vergüten lassen. Auf dem Papier eine ganz legale Sache, aber im Gespräch mit der Patientin werden sie ihr dann sagen, dass sie sehr wohl am fünften Tag den besten Embryonen auswählen werden. Das spricht sich herum und bringt sicherlich enormen Zulauf. Und: Wo kein Kläger, da kein Richter. Die Frauen werden ihnen dankbar sein, dass sie hierzu nicht eigens nach Österreich fahren müssen.“
Sie parkten in der Tiefgarage des Gebäudes und fuhren mit dem Aufzug in den dritten Stock. Es war ruhig im Haus, hinter vielen Türen war sicherlich schon Feierabend.

Auf Ilkas Klingeln hin öffnete ihnen Frau Schwamborn, die freundliche Assistentin, die sie bereits von ihren vorherigen Besuchen kannten.
„Wir würden gerne kurz Dr. Henschel und Dr. Kerner sprechen. Ist das möglich?“, fragte Ilka.
Frau Schwamborn lächelte freundlich: „Herr Dr. Kerner ist bereits in sein freies Wochenende gestartet. Herr Dr. Henschel ist aber noch hier. Die letzte

Patientin für heute ist gerade bei ihm im Besprechungszimmer. Wenn sie fertig sind, können Sie ihn sprechen."
Vielleicht können wir Henschel dann doch mal wegen der massiven Umsatzsteigerungen auf den Zahn fühlen, überlegte Ilka.
„Das ist nett. Dürfen wir in Herrn Dr. Reichenbachs Besprechungszimmer warten?" Ihre Stimme klang so harmlos wie möglich.
Frau Schwamborn schien etwas irritiert. „Ja, gut, warum nicht? Dr. Henschels Büro ist ja gerade besetzt und Dr. Kerner schließt sein Besprechungszimmer nach Feierabend ab. Kommen Sie, ich bringe sie hin."
Im Büro von Wolfhardt Reichenbach gab es eine gemütliche Besprechungscouch, einen kleinen Tisch und einen Sessel. An den Wänden hingen drei riesige Korkwände, die übervoll waren mit Geburtsanzeigen, Babyfotos und Dankesschreiben von Eltern, die bei Dr. Reichenbach in Behandlung gewesen waren.
„Nur sich selbst und seiner Frau hat er nicht helfen können", murmelte Ilka, als sie vor einer der Wände stand. Daneben hing ein Poster. Man sah darauf rund zwanzig Mitarbeiter der Kinderwunschklinik in weißen Kitteln, in der Mitte die drei Reproduktionsmediziner. Das Bild war offenbar im Eingangsbereich aufgenommen worden. Dr. Henschel und Dr. Kerner schauten ernst, in Reichenbachs Augen und seinem breiten Lächeln sah Ilka Stolz.
Sie ließ ihren Blick über seinen Schreibtisch wandern. Er war aufgeräumt, nur ein paar gynäkologische Fachbücher lagen darauf. Sie drehte die beiden

gerahmten Fotos zu sich um. Auf einem war seine Frau Sybille zu sehen, sie schien darauf deutlich jünger zu sein als heute. Frau Reichenbach lachte fröhlich in die Kamera, im Hintergrund sah man das Meer. Das zweite Bild war eine Mini-Collage. Auf allem sechs Fotos war Lucia zu sehen. Es schienen recht aktuelle Fotos zu sein.

„Irgendwie sieht es hier ganz anders aus als in den Zimmern von Henschel und Kerner", meinte Stettenkamp. „Ich kann nur nicht genau sagen, was anders ist."

Ilka sah ihn an.

„Hier sieht es nicht so nüchtern aus wie bei Kerner. Und auch nicht so angeberisch wie bei Henschel."

Stettenkamp musste über ihre Wortwahl grinsen. Aber sie hatte recht, fand er.

An der Wand stand ein anthrazitfarbener Rolladenschrank. Stettenkamp blickte zur Tür und versuchte dann, ihn zu öffnen. Der Schrank war nicht verschlossen. Es standen Aktenordner darin. Vierzehn im oberen Fach und zehn auf dem Schrankboden. Jeder Ordner trug die Aufschrift „GJ" mit Zahlen dahinter zwischen 03 und 13.

Stettenkamp zog die Schranktür langsam zu.

„GJ steht bestimmt für Geschäftsjahr", meinte Ilka leise. „Die Klinik besteht seit zehn Jahren. Würde zu den Zahlen passen."

„Die Ordner müssen wir unbedingt..."

Stettenkamp hielt inne, denn Dr. Henschel trat gerade ein.

„Guten Tag", sagte er. Es klang nicht gerade erfreut.

Ilka lächelte ihn an. „Herr Dr. Henschel, wir möchten Sie nicht lange stören..."

„Was machen Sie im Zimmer des Chefs?",

unterbrach sie der Mediziner.
„Frau Schwamborn hat uns gestattet, hier kurz auf Sie zu warten."
Dr. Henschel bot ihnen keinen Platz an.
„Wir haben Ihnen alles gesagt. Was wollen Sie noch?"
Was ist denn mit dem los?, fragte Ilka sich. Beim letzten Mal war Reichenbachs Teilhaber freundlicher gewesen.
„Wir sind dabei, uns ein umfassendes Bild von Dr. Reichenbach zu machen", erklärte Ilka. „Dazu gehören auch seine wirtschaftlichen Verhältnisse und die der Klinik. Wir würden gerne die Unterlagen zu den Geschäftsergebnissen einsehen."
Dr. Henschel schaute sie an.
„Nein, das kann ich nicht zulassen. Ich glaube nicht, dass das in Wolfhardts Sinne wäre."
„Herr Dr. Henschel! Wir setzen alles daran, seinen Mörder zu finden. Bitte unterstützen Sie uns."
Der Arzt schüttelte den Kopf.
„Frau Landwehr, nichts für ungut. Aber ich kann nicht erkennen, was die Geschäftsergebnisse der Klinik mit Ihrer Suche nach Wolfhardts Mörder zu tun haben."
Stettenkamp schaltete sich ein.
„Vielleicht führen sie uns unerwartet auf eine Spur. Bitte geben Sie uns die Unterlagen. Ich möchte ungern mit einem richterlichen Beschluss hier auflaufen."
Dr. Henschel lächelte ihn freundlich an.
„Herr Stettenkamp, ich gebe Ihnen alle Auskünfte, die Sie benötigen. Aber bei diesen Unterlagen handelt es sich um Geschäftsgeheimnisse der Klinik. Aus ihnen geht hervor, wie viel wir mit welchen

Behandlungen verdienen. Das muss intern bleiben."
Ilka war sauer. „Wir haben nicht vor, die Unterlagen an die Konkurrenz weiterzugeben", sagte sie. „Wir behalten uns vor, mit einem richterlichen Beschluss wiederzukommen. Guten Tag, Herr Dr. Henschel."
Stettenkamp wandte sich in Richtung der Tür. Daraufhin bat Dr. Henschel sie, Platz zu nehmen. Die Kommissare setzten sich auf das lindgrüne Sofa.
„Ich kann Ihnen die Unterlagen wirklich nicht geben, weil Sie unsere Behandlungsmethoden und die damit verbundenen Umsätze möglicherweise nicht einordnen können. Aber ich bitte Sie, mir zu erlauben, Ihnen etwas über Wolfhardts Frau Sybille zu erzählen."
Ilka sah Stettenkamp an. Der nickte unmerklich.
„Bitte."
Dr. Henschel stand auf und öffnete das Fenster. Er zündete sich eine Zigarette an.
„Ich halte Sie beide für kluge Ermittler. Mit Sicherheit wissen Sie inzwischen, dass Wolfhardt Reichenbach eine uneheliche Tochter hatte. Und dass die Ehe von Sybille und ihm alles andere als intakt war."
Ilka und Stettenkamp zeigten keine Reaktion.
„Nun, letzten Freitag um diese Zeit habe ich durch Zufall einen heftigen Streit zwischen den beiden am Telefon mitbekommen."
Dr. Henschel nahm einen tiefen Zug.
„Wie haben Sie davon mitbekommen?", wollte Ilka wissen.
„Unsere Büros liegen direkt nebeneinander. Wir hatten beide das Fenster geöffnet. Er hatte den Lautsprecher seines Telefons eingeschaltet."

Der Mediziner drückte seine Zigarette außen auf der schmalen Fensterbank aus und warf sie fort.
Er drehte sich zu ihnen um.
„Wie gesagt, sic haben sich heftig gestritten. Das meiste habe ich gar nicht verstanden. Zum Schluss schrie Sybille: ‚Du machst mich kaputt. Wenn du dich mit dieser Schlampe und dem Kind weiterhin triffst, dann mach ich dich kalt."
Dr. Henschel sah ihnen in die Augen.
„Das hat Sybille Reichenbach gesagt, so wahr ich hier stehe. Ich würde es unter Eid vor Gericht aussagen, sollte es soweit kommen."
Ilka und Stettenkamp verabschiedeten sich und gingen zur Tiefgarage, in der sie den Dienstwagen geparkt hatten.
„Mit der Schlampe und dem Kind können nur Tatjana Klinkhammer und Lucia gemeint sein", meinte Ilka. „Bei meinem letzten Besuch bei Frau Reichenbach hat sie übrigens auch das Wort *‚Schlampe´* benutzt, als sie über die ehemalige Geliebte ihres Mannes sprach."
Ilka dachte nach.
„Sie hat mir auch erzählt, dass sie und ihr Mann am Freitagabend bei einem Italiener essen gewesen seien und dabei über ihre Ehe gesprochen hätten. Vielleicht ist dieses Gespräch eskaliert? Andererseits, in einem Restaurant...?"
Ilka wiegte den Kopf.
„Den Namen des Restaurants werden wir herausfinden. So viele Italiener gibt´s doch in Euskirchen nicht", meinte Stettenkamp.
Sie fuhren zurück in die Kreisstadt. Stettenkamp telefonierte unterwegs mit Kriminaldirektor Groß und Staatsanwalt Dr. Rettich. Er unterrichtete sie

über den Stand ihrer Ermittlungen und sprach mit ihnen über die bevorstehende Durchsuchung der Villa Reichenbach. Da die Witwe im Krankenhaus lag, würde niemand im Haus sein. Wenn möglich, müssten sie in so einem Fall einen Angehörigen oder Nachbarn mit hinzuziehen. So sah es die Strafprozessordnung vor. Groß entschied, dass dies nicht möglich sei.
So langsam wird er mir sympathisch, dachte Stettenkamp.
Sie beschlossen, auf direktem Weg in die Augenbroicher Straße zu fahren. Es war bereits kurz nach neunzehn Uhr.
„Was sagst du eigentlich dazu, dass Henschel diese Ordner nicht rausrücken wollte?“, fragte Ilka.
„Hm. Ich denke, er will einfach nicht, dass wir von unlauteren Behandlungsmethoden in der Klinik erfahren“, glaubte er. „Aber was interessieren uns die? Wir sind ja nicht von der Ärztekammer.“
Ilka nickte.
„Ich denke, alles Wesentliche haben wir ohnehin von Neustetter erfahren. Ich schau mir morgen früh noch die CD mit den Kontenbewegungen der Reichenbachs an.“ Stettenkamp parkte direkt vor der Villa. „Mach das“, sagte er. Der Kommissar rief einen Schlüsseldienst an, der ihnen Zutritt zum Haus verschaffen würde.

Stettenkamp hatte in seiner Zeit bei der Kripo schon etliche Wohnungen und Häuser durchsucht. Doch so, wie bei Sybille Reichenbach, hatte er es noch nirgends vorgefunden. Auf den ersten Blick glichen die Räume im Erdgeschoss den Bildern in der Zeitschrift *Schöner Wohnen*, die Lisa abonnierte.

Überall wirkt es überaus aufgeräumt und ordentlich, wenig stilvolle Deko war wohlplatziert worden. Das einzige, was diese Ordnung zu stören schien, war die zerbrochene Cognacflasche in der Diele. Er streifte sich Einweghandschuhe über und hob die größeren Scherben vorsichtig auf. Er schaute auf das Etikett, es war eine Flasche *Fontpinot XO Cognac* gewesen.
Was Billiges hab ich hier auch nicht erwartet, dachte er.
Stettenkamp ging zu Ilka ins Wohnzimmer. Auf dem kleinen Glastisch lagen vier Pillenschachteln. Sie wussten, dass Dr. Wolter die Plastikstreifen mit den Tabletten mit ins Krankenhaus genommen hatte, um einschätzen zu können, wovon Frau Reichenbach wie viele Tabletten genommen hatte. Auf dem längsten Sofa lag am rechten Ende ein cremefarbenes Kissen. Vermutlich hatte sich die Witwe hier hingelegt, nachdem sie ihren Cognac-Tabletten-Mix hinuntergespült hatte.
„Wo ist eigentlich der Hund?", fragte er Ilka.
„Soweit ich weiß, im Tierheim, bis Frau Reichenbach aus dem Krankenhaus zurück ist. Sie hat ja scheinbar keine nahen Angehörigen. Außer den Krämers."
Ironie schwang in ihrer Stimme mit.
„Ich hoffe, wir finden Reichenbachs Waffenbesitzkarte", sagte Stettenkamp, „ich würde wirklich gerne wissen, ob darin eine Pistole eingetragen ist, oder
nicht."
In seinem Waffenschrank war sie nicht gewesen, davon hatten sie sich bei ihrem zweiten Besuch bei der Witwe überzeugt. Sie öffneten die wenigen Schränke und Schubladen in dem teuer, aber spärlich eingerichteten Wohnzimmer. Gläser, Bestecke,

Geschirr, ein paar Tischdecken, sonst fanden sie nichts. Stettenkamp nahm alle Bücher aus dem Regal und räumte sie wieder ein.
„Das Hochzeitsfoto ist weg", sagte Ilka plötzlich. „Hier auf dem Sims hat es beim letzten Mal noch gestanden, da bin ich mir sicher." Stettenkamp notierte dies.
Sie gingen in die Küche. Auch hier schauten sie in jeden Winkel, fanden aber außer teuren Marken-Küchenutensilien nichts weiter. Sie stiegen ins erste Stockwerk hinauf. Zuerst durchsuchten sie das Badezimmer. Es gab die üblichen Pflegeutensilien, teure Kosmetika und drei Stapel Handtücher in einem großen Schrank, alles nichts Außergewöhnliches. Nebenan lag ein großes Schlafzimmer. Es war ganz in Weiß und Dunkelrot gehalten, das Ehebett war ordentlich gemacht und mit cremefarbener Satinbettwäsche bezogen. Auf beiden Nachttischen lagen Bücher. Auf der einen Seite zwei Thriller, auf der anderen ein Frauenroman. Am großen Fenster, das in Richtung des asiatischen Gartens lag, standen zwei weiße Korbsessel. In einem schien Findus es sich ab und zu gemütlich zu machen, auf dem Kissen lagen ein paar braune Hundehaare. Nichts lag herum. Stettenkamp und Ilka standen etwas ratlos im Raum.
„Nebenan ist das Ankleidezimmer, vielleicht finden wir da was", sagte Stettenkamp. Sein Blick fiel zunächst auf einen riesigen Schuhschrank. Stettenkamp öffnete ihn und staunte.
„Das sind ja bestimmt sechzig Paar Damenschuhe". Sybille Reichenbach scheint einen Schuhtick zu haben, dachte er.
Ilka nahm ein paar Pumps heraus.

„Größe neununddreißig! Erinnerst du dich? Bernd Schmitz hat doch einen Schuhabdruck gefunden, der mit hoher Wahrscheinlichkeit von einem Damenpumps mit breitem Absatz in dieser Größe stammt."
Natürlich erinnerte er sich. Sie packten sämtliche Schuhe der Witwe in einen der blauen Plastiksäcke, die sie mitgebracht hatten. Die Kleidungsstücke der Reichenbachs hingen fast alle auf Bügeln akkurat im Schrank. Es handelte sich überwiegend um gehobene Freizeitkleidung, Jacken und Mäntel, auch schicke Kleider und feine Anzüge befanden sich auf den Kleiderstangen.
„Bei den Reichenbach gibt´s nichts in Dunkelgrün, scheint nicht so ihre Farbe zu sein", meinte Ilka.
Stettenkamp verstand ihre Anspielung auf die gefundene Faserspur am Tatort.
„Vielleicht zieht sich Wolfhardt Reichenbach im Jagdzimmer an, wenn er auf die Pirsch geht", sagte er. „Wir schauen dort gleich mal nach, wenn wir wieder runtergehen".
Ilka packte zwei der blauen Plastiksäcke voller Schuhe.
„Hier gibt´s wohl nichts weiter", sagte Stettenkamp und wandte sich zur Tür.
„Warte mal, ich hab noch was gefunden!". Ilka klang aufgeregt. Sie zog einen Pappkarton hervor, der ganz hinten auf dem Boden gestanden hatte, und von langen Sommerkleidern verdeckt gewesen war. Stettenkamp und Ilka schauten hinein.
Der Kartons war voller Fotos - alle grob zerschnitten! Sie nahmen die Bilder heraus. Es waren alles Aufnahmen der Reichenbachs, viele schienen im Urlaub gemacht worden zu sein.

„Ob Sybille Reichenbach die Bilder kaputtgeschnitten und den Karton dann hier versteckt hat?“, überlegte Ilka.
„Sieht ganz so aus“, antwortete Stettenkamp. „Ich glaube, der Karton steht nicht erst seit gestern hier. Hätte sie die Fotos kurz vor ihrem Selbstmordversuch zerschnitten, dann hätte sie die Bilder mit Sicherheit nicht vorher noch in einen Karton gelegt. Und den dann ordentlich hierhin gestellt.“
Er überlegte. Welche Wut musste die Witwe empfunden haben, dass sie die Fotos aus offensichtlich glücklichen Zeiten mit ihrem Mann zerschnitten hatte?
„Hier im Karton ist auch das Hochzeitsfoto, das im Wohnzimmer stand“, sagte Ilka.
Sie zog sechs Papierstücke heraus und setzte sie wie ein Puzzle zusammen. Stettenkamp packte den Karton ebenfalls ein und verließ mit Ilka das Ankleide-zimmer. Die Durchsuchung war zweifellos aufschlussreicher, als es jeder Besuch bei der Witwe hätte sein können, fand er. Neben dem Bad, das sie bereits inspiziert hatten, lag das Kinderzimmer, auf das Ilka bei ihrem letzten Besuch gestoßen war.
Sie öffneten die Tür, die bei Ilkas letztem Besuch nur angelehnt gewesen war. Die Schranktüren des Kleiderschranks standen offen. Auf dem Boden befanden sich drei graue Plastikkörbe, in denen Babybodys, bunte Strampelanzüge, Shirts, weiße Erstlingsmützchen, Strumpfhosen und ein kleiner Schneeanzug wild durcheinander lagen. Die Teile schienen ehemals gebügelt und gefaltet im Schrank gelegen zu haben und nun in die Plastikwannen geworfen worden zu sein. Auch die Plüsch-

Teddybären, die vor ein paar Tagen noch auf der Fensterbank gesessen hatten, befanden sich darin. Genauso wie die weiße Wickelauflage, die auf der Kommode gelegen hatte. Nur die große, helle Holzwiege mit dem weißen Himmel und den bunten Luftballons darauf stand scheinbar unverändert in der Mitte des Zimmers. Stettenkamp schaute hinein. Darin lag eine Matratze, die mit einem weißen Mini-Spannbetttuch bezogen war, darauf lag ein flaches Kopfkissen. Aber das war es nicht. Er hob eine Dose mit einem Deckel in Form eines Herzens heraus. Sie war scheinbar in Handarbeit komplett mit Muscheln verziert worden. Ilka kam näher.
„Mach mal auf", sagte sie.
Stettenkamp hob den Deckel ab. In der Schachtel lagen ein Ultraschallbild, ein Schwangerschaftstest mit einem fast verblassten blauen und rosafarbenen Strich darauf und ein sorgsam gefaltetes, weißes Blatt. Auf dem Boden der herzförmigen Dose lagen rote Rosenblätter, sie schienen noch ziemlich frisch zu sein.
„Das Ultraschallbild ist vom 23.5.2006", sagte Stettenkamp, und hielt es gegen das Licht. Mit etwas Fantasie war ein winziger Embryo darauf zu erkennen. Ilka sah ihn an.
„Sybille Reichenbach hat mir erzählt, dass sie einmal durch künstliche Befruchtung schwanger geworden sei und dann eine Fehlgeburt gehabt habe."
Sie faltete das Blatt auseinander. Auf dem weißen, marmoriertem Papier stand ein Text, er war mit blauer Tinte geschrieben worden, vielleicht mit einem Füller. Es schien ein Gedicht zu sein.
Stettenkamp und Ilka begannen zu lesen:
Still, seid leise,

es war ein Engel auf der Reise.
Er wollte ganz kurz bei euch sein,
warum er ging, weiß Gott allein.
Er kam von Gott, dort ist er wieder.
Sollte nicht auf unsre Erde nieder.
Ein Hauch nur bleibt von ihm zurück,
in eurem Herz ein großes Stück...

Stettenkamp war bewegt. Er dachte an die schwierige Zeit, als Lisa und er künstlichen Befruchtungen hatten vornehmen lassen, um sich ihren sehnlichen Kinderwunsch zu erfüllen. Er überlegte. Wie musste es sein, etliche Versuche über sich ergehen zu lassen, endlich schwanger zu werden, und das Kind dann, als man sich schon am Ziel fühlte, zu verlieren?

Ilka legte das Blatt wieder in die Schachtel und stellte sie zurück in die Wiege.

Sie murmelte: „Sybille Reichenbach zerschneidet die Fotos von sich und ihrem Mann, räumt das Kinderzimmer leer und nimmt dann irgendwie Abschied von ihrem verlorenen Kind."

Sie räusperte sich. „Ich bin mir sicher, die Dose mit den frischen Rosenblättern drin stand vor ein paar Tagen noch nicht in der Wiege."

Stettenkamp sah sie an.

„Sie hatte ein starkes Motiv, keine Frage. Und kein Alibi."

Sie schwiegen eine kurze Weile.

„Lass uns auf jeden Fall noch runter in Reichenbachs Jagdzimmer gehen", schlug Ilka vor. „Dort finden wir mit Sicherheit seine Jagdkleidung. Denk an die dunkelgrüne Faserspur!"

Warum sollte die Reichenbach ihren Mann in dessen Kleidung erschossen haben?, dachte Stettenkamp.

Für ihn ergab das keinen Sinn. Aber eine Überprüfung durch das Kriminallabor konnte auch nicht schaden.
Im Jagdzimmer öffnete er einen antiken, dunkelbraunen Schrank. Dort hingen eine schwere, gefütterte Jacke, eine Strickjacke, ein Regenmantel und eine Fleeceweste. Alles in Dunkelgrün. Dann gab es noch ein Dutzend Hosen, weiß-grünkarierte Hemden und grobe Stricksocken. In einem Schuhschrank daneben befanden sich vier Paar Schuhe und Stiefel.
„Die Klamotten nehmen wir mit", entschied Stettenkamp. Sie machten sich an die Arbeit und räumten alles in große, blaue Plastiksäcke. Er warf einen Blick auf die gut bestückte Hutablage des Schranks. Ganz links in der Ecke sah er ein grünes Stück Papier hervorlugen. Er zog es heraus.
„Schau mal, Ilka, Reichenbachs Waffenbesitzkarte!"
Sybille Reichenbach hatte ihnen bei ihrem zweiten Besuch gesagt, dass ihr Mann keine Pistole besaß. Sie hatte ihnen den Tresor geöffnet, in dem sie zwar diverse Jagdgewehre, aber keine Faustfeuerwaffe entdeckt hatten. Stettenkamp und Ilka schauten gespannt auf die Rückseite der Waffenbesitzkarte. Dort waren die einzelnen Waffen aufgeführt, die Reichenbach angemeldet hatte.
Pistole WALTHER P38, Kal. 9mm Para, stand da in Spalte zwei.
Wo war die Pistole?

Samstag - Siebter Tag

Der Hund knurrte gefährlich. Ilka schreckte hoch. Becks sprang wie wildgeworden durchs Haus und bellte sich nun die Seele aus dem Leib. Sie war noch ganz verschlafen und sah auf den Wecker neben sich.

Vier Uhr dreißig!
„Becks, verdammt noch mal, Aus! Bist du denn verrückt geworden, Aus!".
Ilka sprang aus dem Bett. Der Hund hörte nicht auf zu bellen. Er rannte zur Haustür und sprang daran hoch. So etwas hatte er doch noch nie gemacht. Da der Labrador sich so gar nicht beruhigte, ließ sie ihn nach draußen. Irgendwas muss da sein, was ihn so aufregt, dachte Ilka und folgte ihm im Schlafanzug zur Straße.
In der Dämmerung hörte sie den Anlasser eines Motorrads. Keine Minute später sah sie einen großen, schlanken Mann in schwarzer Lederkluft davon brausen. Das musste Frank gewesen sein!
Ihr Herz klopfte laut, als sie mit Becks wieder ins Haus ging. An Schlaf war nicht mehr zu denken. Ilka setzte sich ratlos auf einen Stuhl in der Küche. Becks hatte sich zu ihren Füßen gelegt. Sie streichelte ihm über den Kopf. Sie hatte wirklich gedacht, mit ihrem Umzug in die Eifel würde Frank aufgeben. Doch das Stalking ging weiter. Ilka zitterte.
Zuerst verfolgt er mich auf dem Heimweg, dann schickt er mir diese Rosensträuße ins Büro und jetzt

das...Was kommt als nächstes?, fragte Ilka sich. Mit einem Mal war sie sich nicht mehr sicher, ob es richtig war, niemandem von der Sache zu erzählen. Sie verharrte noch eine Weile auf ihrem Stuhl. Dann sprang sie auf, so dass er nach hinten kippte. Becks schaute sie erschrocken an.
„Komm, lass uns eine Runde laufen gehen, es ist ja jetzt fast hell", rief sie ihm zu.
Ilka ging zuvor noch in ihr Schlafzimmer, um ihre Laufkleidung aus dem Schrank zu holen. Um besser sehen zu können, wollte sie noch eben die Rolläden hochziehen. Die sind ja gar nicht ganz heruntergelassen, wunderte sie sich. Sie zog an dem weißen Gurt und sah, das zwischen Fensterbank und Rollade ein Stück Holz geklemmt worden war. Ilka starrte auf das kleine Brett. Das kann nur Frank gewesen sein, überlegte sie.
Ilka dachte kurz nach, streifte sich Einweghandschuhe aus ihrer Arbeitstasche über und ging hinaus, um das Holzstück in eine Tüte zu packen. Wer weiß, vielleicht konnte es noch einmal nützlich sein.
Sie zog sich rasch an und lief dann mit Becks in den Wald, der direkt hinter ihrem Fachwerkhäuschen begann. Sie sah Frank vor sich, wie er sich an ihrem Schlafzimmerfenster zu schaffen machte. Ihr Puls raste. Nachdem sie den ersten Kilometer gelaufen war, wurde es besser.

Stettenkamp war an diesem Samstagmorgen als Erster im Büro.
Ilka, Bongardt und er wollten sich um neun Uhr zur morgendlichen Besprechung treffen.
Kriminaldirektor Armin Groß und Staatsanwalt Dr.

Andreas Rettich hatten gestern angekündigt, hinzukommen zu wollen. Auf dem Weg ins Kreishaus hatte Stettenkamp in der Bäckerei *Nipp* für die Kollegen belegte Brötchen gekauft. Wenn sie an den Wochenenden Dienst hatten, starteten sie meist mit einem Arbeitsfrühstück. Jetzt, bei ihrem ersten Mordfall im KK 11 Euskirchen, gab es ohnehin keinen freien Samstag oder Sonntag. Um kurz vor neun waren sie vollzählig.

Stettenkamp brachte den Kriminaldirektor und den Staatsanwalt auf den neuesten Stand. Er endete mit der gefundenen Waffenbesitzkarte und der darin eingetragenen Pistole. Sie hatte das gleiche Kaliber wie die Tatwaffe. Schmitz hatte anhand der am Tatort gefunden Patronenteilen und Hülsen festgestellt, dass aus einer 9mm Para geschossen worden sein musste.

„Die Pistole war nicht im Waffenschrank der Reichenbachs, das haben wir bei unserem zweiten Besuch überprüft", schloss Stettenkamp.

„Gute Arbeit!", sagte Groß.

Stettenkamp schaute ihn verwundert an. Der kann tatsächlich loben, dachte er.

Groß resümierte: „Die Kernfragen sind also, wo ist die Pistole und wurde Reichenbach mit ihr von seiner Frau erschossen?"

„In meinen Augen ist sie unsere Hauptverdächtige", antwortete Stettenkamp. „Ich gehe davon aus, dass Sybille Reichenbach die Fotos von sich und ihrem Mann zerschnitten hat. Sie schien ihn zu hassen. Wegen seiner Affäre, wegen der Tochter, die er mit seiner Ex-Geliebten hat."

Stettenkamp schaute zu Ilka hinüber.

„Sie hat dir ja einen Tag vor ihrem

Selbstmordversuch offen gesagt, dass ihre Ehe längst nicht mehr intakt war. Und nun ist auch noch die Pistole verschwunden, die es laut der Witwe gar nicht gibt."

Ilka nickte.

„Der Schuss in den Penis deutet in meinen Augen auf eine Beziehungstat hin. Wer so etwas tut, muss große Wut empfinden", fügte sie hinzu. „Und wütend war sie sicherlich. Eifersucht und verletzte Ehre sind starke Motive für einen Mord."

Armin Groß wiegte den Kopf.

„Was genau sagte sie denn über ihren Mann, außer, dass er ein folgenreiches Techtelmechtel mit dieser Tatjana Klinkhammer hatte?", wollte er von Ilka wissen.

Sie rief das Protokoll zu ihrer Befragung am Computer auf.

„Sybille Reichenbach erzählte, dass ihr Mann sich in seine Arbeit geflüchtet habe, als die Kinderlosigkeit für ihre Ehe immer belastender geworden sei. Sie sei früher eine lebensfrohe Frau gewesen und habe ihren Job geliebt. Als die künstlichen Befruchtungen dann fehlgeschlagen seien, habe sie sich sehr in sich zurückgezogen. Das war für Wolfhardt Reichenbach offenbar sehr schwierig."

Sie schwiegen eine kurze Weile.

Ich kann mich in beide Reichenbachs hineinversetzen, dachte Stettenkamp. Wer weiß, wie es um Lisa und mich stünde, wäre unser Kinderwunsch unerfüllt geblieben. Hätten wir gemeinsam einen Weg gefunden, damit umzugehen?

„Wir werden sehen, was Schmitz im Kriminallabor herausfindet", sagte er schließlich. „Er gleicht gerade

Sybille Reichenbachs Schuhe mit den Schuhabdrücken am Tatort ab. Dort ist bekanntlich auch jemand mit Pumps in Größe neununddreißig mit breitem Absatz herumgelaufen. So was in der Art haben wir gestern bei ihr gefunden."

Ilka ergänzte: „Herr Schmitz überprüft zudem, ob die dunkelgrünen Faserspuren am Tatort von Kleidung aus dem Haushalt der Reichenbachs stammen."

Staatsanwalt Dr. Rettich schaute auf seine Armbanduhr. Inzwischen war es bereits halb elf.

„Das wird ja noch ein Weilchen dauern. Lassen Sie uns in der Zwischenzeit einmal alle Personen aus dem Umfeld Wolfhardt Reichenbachs durchgehen, die Sie befragt haben und die kein wasserdichtes Alibi vorweisen konnten."

Sie diskutierten eine Weile über deren mögliche Mordmotive und mutmaßliche Gelegenheiten, den Fortpflanzungsmediziner zu erschießen.

„Alles sehr schwammig, wenn Sie mich fragen", fasste Stettenkamp schließlich in Richtung Armin Groß und Dr. Rettich zusammen.

„Ein wirkliches Motiv hatte nur die Witwe. Als Jägerin konnte sie schießen und zudem ist in ihrem Haus eine Pistole verschwunden, die der Mordwaffe entspricht. Und: Sie hat kein Alibi."

Er blickte in die Runde. In diesem Moment klingelte das Telefon. Stettenkamp blickte aufs Display, es war die interne Nummer des Erkennungsdienstes.

Bernd Schmitz war am Apparat.

„Das Kriminallabor wird noch bis zum frühen Nachmittag brauchen", sagte er, als er aufgelegt hatte. „Bei der Menge an Schuhen und dunkelgrüner Kleidung."

Staatsanwalt Dr. Rettich seufzte.
„Solange es keinen wirklichen Beweis gibt, können wir nichts weiter tun. Es war schon schwierig genug, den Richter von der Notwendigkeit einer Hausdurchsuchung zu überzeugen."
Ilka wandte sich an die Runde.
„Ich bin der Meinung, wir sollten uns nicht zu sehr auf Sybille Reichenbach als Täterin fixieren. Die Wahrscheinlichkeit, dass sie es war, ist natürlich groß", sagte sie. „Aber falls nicht, fangen wir quasi wieder von vorne an. Und das kostet Zeit."
Stettenkamp sah sie an „Was schlägst du vor?"
„Nehmen wir nur mal an, sie war es nicht. Dann stochern wir wieder im Nebel. Weil wir nämlich über Reichenbach viel zu wenig wissen."
Er war erstaunt. Worauf wollte Ilka hinaus?
„Wir wissen von seiner Ehe, seiner Affäre, seiner Tochter, seinen Finanzen, alles richtig. Aber was war er für ein Mensch? Wie haben enge Vertraute über ihn gedacht?"
Stettenkamp runzelte die Stirn.
„Wir haben etliche seiner Mitarbeiter befragt und auch seine beiden Teilhaber. Sie haben ihn alle in den höchsten Tönen gelobt", wandte er ein.
Ilka sah die vier Männer an.
„Genau das macht mich misstrauisch. Abgesehen von seiner Frau bestand sein engstes Umfeld ja nicht nur aus den beiden Teilhabern in der Klinik."
Sie machte eine kurze Pause.
„Vielleicht gibt es enge Vertraute, mit denen er zur Jagd ging. Er hatte ein eigenes Revier. Das kann er nicht allein in Ordnung gehalten haben. Es muss mindestens einen Jagdaufseher geben. Vielleicht kann der uns weiterhelfen."

Stettenkamp sah unauffällig aus dem Fenster und rollte mit den Augen. Ich glaubte, diese Jagdgeschichten hätten wir abgeschlossen, dachte er genervt. Andererseits, sie hatten sich tatsächlich nur mit diesen Jagdgegnern beschäftigt. Erfolgreich, schließlich hatten sie mit Philipp Wollscheid den Schuldigen am Tod des alten Jägers im Schmidtheimer Wald gefunden. Und zudem einen Teil der Vandalismus-Schäden rund um die zerstörten Hochsitze aufgeklärt. Näheres über Reichenbach hatten sie dabei nicht herausgefunden, das musste er zugeben.
„Frau Landwehr hat ganz recht. Hören Sie sich heute unbedingt einmal bei den Leuten um, die mit Reichenbach zur Jagd gegangen sind und bei denjenigen, die in seinem Revier gearbeitet haben", bestimmte Kriminaldirektor Groß.
Stettenkamp nickte.
„Von diesen beiden Teilhabern in der Klinik wissen wir auch nicht wirklich viel", gab er zu bedenken. „Dr. Kerner und Dr. Henschel haben uns zwar erzählt, dass die Zusammenarbeit gut und die Teilhaberverhältnisse sehr einvernehmlich waren. Aber wissen wir es?"
Ilka hakte ein: „Das sehe ich genauso. Und deshalb ist es in meinen Augen notwendig, dass wir zumindest Einsicht in die Unterlagen in Reichenbachs Büro nehmen können. Darin kann schon mehr enthalten sein, als Neustetter von der Bank so wusste."
Armin Groß schaute sie überrascht an.
„Ja, haben wir die denn nicht?"
Stettenkamp erzählte, dass sie Dr. Henschel gestern gebeten hatten, die Ordner mit den

Geschäftsergebnissen der vergangenen Jahre herauszugeben. Und dass der sich geweigert hatte mit der Begründung, darin seien Interna der Klinik enthalten.

„Wir haben es gestern zunächst dabei bewenden lassen, da die beiden Teilhaber zum einen nicht tatverdächtig sind. Zum anderen hat uns Neustetter von der Erftbank detaillierte Einblicke in die Finanzen der Reichenbachs gegeben."

Ilka ergänzte: „Ich habe mir gestern Abend noch die CD mit den Kontenbewegungen der letzten zehn Jahre angesehen." Sie lächelte. „Die Reichenbachs spielten finanziell natürlich in einer anderen Liga als eine Kriminalbeamtin, aber es scheint alles absolut unauffällig."

Staatsanwalt Dr. Rettich blickte erneut auf die Uhr und stand auf.

„Ich beantrage bei Gericht einen Durchsuchungsbeschluss, damit Sie an die Unterlagen aus seinem Büro in der Klinik kommen. Sicher ist sicher. Wenn wir Glück haben, erwische ich den Richter noch. Ich melde mich."

Dr. Rettich verabschiedete sich und machte sich zusammen mit Kriminaldirektor Groß zurück auf den Weg nach Bonn.

Stettenkamp holte für Ilka, Bongardt und sich noch einen Kaffee und setzte sich dann wieder zu ihnen. „Wie gehen wir nun am besten vor?", überlegte er laut. Dann bestimmte er: „Wir sollten die Ergebnisse des Kriminallabors abwarten, bevor wir zur Vernehmung zu Sybille Reichenbach ins Krankenhaus fahren. Wenn wir Glück haben, kann Dr. Rettich den Richter davon überzeugen, einen

Haftbefehl zu erlassen. Wenn die Witwe uns denn als dringend tatverdächtig erscheint."
Ilka und Bongardt nickten.
Der Kriminalassistent schlug vor: „Ich recherchiere gleich mal, mit wem Reichenbach eventuell zur Jagd ging und wer sein Jagdaufseher war. Das könnte der Förster wissen, der für den Hardtwald zuständig ist."
„Sehr gut", stimmte Stettenkamp zu. „Diese Leute sollten wir unbedingt heute oder spätestens morgen befragen. Vielleicht bringen sie uns neue Erkenntnisse."
Er überlegte.
„Falls wir heute noch einen Durchsuchungsbeschluss für Reichenbachs Büro in Köln bekommen, sollten wir die Chance nutzen. Ilka, in diesem Fall fahren wir am Nachmittag noch mal in die Kinderwunschklinik."
Sie salutierte. „Aye, aye, Sir!"

Inzwischen war es Mittag geworden. Ilka knurrte der Magen. Immerhin war sie seit halb fünf heute Morgen auf den Beinen, wenn auch unfreiwillig. An ihre Begegnung mit Frank hatte sie bis gerade nicht mehr gedacht.
„Lasst uns doch mal zu dem neuen Chinesen um die Ecke gehen", schlug sie vor.
Stettenkamp schien von ihrer Idee angetan.
Der Kriminalassistent hingegen druckste herum. Er wirkte irgendwie verlegen, fand Ilka.
„Was ist los, Peter, kein Hunger, oder hast du es nicht so mit den Chinesen?", fragte sie ihn.
Bongardt grinste.
„Ich bin in einer halben Stunde zum Essen

verabredet. Ist das in Ordnung?"
Er sah Stettenkamp fragend an.
„Na klar! Ab und zu muss man seine Herde auch mal verlassen."
Ilka und ihr Chef machten sich auf den Weg.

Sie hatten sich gerade an dem großen Mittagsbuffet bedient und saßen nun an einem kleinen Tisch am Fenster. Und waren fast allein im Restaurant.
„Wie geht´s dir eigentlich, Alex?", fragte Ilka.
Stettenkamp spürte, dass sie eine ehrliche Antwort erwartete.
„Ganz ehrlich? Irgendwie bin ich noch gar nicht richtig dazu gekommen, wirklich zu trauern. Klingt blöd, ich weiß", sagte er leise. „Aber der Druck, Reichenbachs Mörder endlich zu finden, vereinnahmt mich einfach."
Ilka schaute ihm in die Augen und nickte leicht. Er hatte das Gefühl, dass sie seine Worte verstand.
„Lisa und die Kinder bleiben bis zur Beerdigung am Mittwoch bei meinem Vater. Ich fahre nur am Begräbnistag selbst hin. Und hoffe, dass wir den Täter bis dahin ermittelt haben."
Ilka legte Messer und Gabel beiseite.
„Mir ging es ganz ähnlich, als meine Mutter gestorben ist. Ich war auch mitten in einem Mordfall. Sie hatte Krebs, wir haben mit ihrem Tod gerechnet. Die Trauer gemindert hat das aber nicht. Ich konnte sie aber erst nach der Beerdigung zulassen. Und als der Mordfall gelöst war."
Stettenkamp war froh, mit Ilka sprechen zu können. Sie hatte Ähnliches erlebt wie er. Und sie wusste, dass die oft alles vereinnahmende Arbeit einer Mordkommission phasenweise keinen Platz für

etwas anderes ließ.
„Ilka. Ich bin wirklich dankbar, eine Mitarbeiterin wie dich zu haben. Als ich vorgestern so plötzlich zu meinem Vater musste, hast du klasse die Führung übernommen."
Stettenkamp lächelte Ilka zu.
„Ich glaube, wir sind auf dem besten Weg, ein richtig gutes Team zu werden."

Schmitz von der Spurensicherung hatte Neuigkeiten, als Ilka und Stettenkamp vierzig Minuten später zurück ins Büro kamen. Er hatte auf sie gewartet und kam ohne Umschweife zur Sache.
„Kollegen, die Schuhabdrücke, die wir am Tatort gefunden haben, stammen eindeutig nicht von einem Paar der Schuhe, die ihr uns von der Reichenbach zum Abgleich mitgegeben habt."
Ilka schaute ihn irritiert hat. Damit hatte sie nicht gerechnet.
„Was ist mit den Klamotten?", fragte sie gespannt.
Schmitz zuckte mit den Schultern.
„Die Faserspur könnte theoretisch von einer dunkelgrünen Wachsjacke der Marke Fjällraven stammen, die mit in eurem blauen Plastiksack war."
Ilka hakte nach. „Sie sagen, theoretisch?"
Schmitz nickte.
„Wir haben die Jacke fast zwei Stunden lang untersucht. Die Textilspur auf dem Schalldämpfer ist zwar identisch mit dem gewachsten Polyester-/Baumwoll-gemisch der Jacke. Aber die Jacke ist absolut unbeschädigt. Auch die Innentaschen. Kein noch so winziger, herausgerissener Faden."
Ilka überlegte kurz.

„Können wir denn aus Ihrer Analyse schließen, dass der Täter genau die gleiche Jacke besitzt?"
Bernd Schmitz wiegte den Kopf.
„Das ist gut möglich, muss aber nicht zwangsläufig so sein. Diese Art der Materialverarbeitung nehmen neben der besagten Firma noch ungefähr fünf weitere Hersteller hochwertiger Outdoorjacken vor." Er fügte hinzu: „Ich habe mich heute Morgen dazu mal schlau gemacht, deshalb hat es auch so lange gedauert."
„Sie sind ein Ass!", lobte Stettenkamp.
Schmitz errötete leicht und winkte ab.
„Wir setzen natürlich voraus, dass es tatsächlich der Täter war, der die Faserspur am Schalldämpfer hinterlassen hat", gab er zu bedenken. „Und wir nehmen an, dass sie an dem Ölpartikel hängengeblieben ist, als der Täter den Schalldämpfer in die Innentasche seiner Jacke gesteckt hat. Immer noch zwei Hypothesen."
Schmitz hob die Hand und wollte sich schon verabschieden. Da drehte er sich noch einmal um und sagte: „Fast hätte ich es vergessen. An den zerschnittenen Fotos waren sechs verschiedene DNA-Spuren. Auch die der Reichenbachs. Tschüss, Kollegen!"
Ilka seufzte und rieb sich mit der Hand über die Stirn.
„Es ist zum Verrücktwerden", meinte sie.
Stettenkamp stand am Fenster und sah auf den Parkplatz.
„Lass uns nicht den Kopf in den Sand stecken. Willst du meine Meinung hören? Diese Ergebnisse besagen alles und nichts. Sybille Reichenbach kann sehr gut die Täterin gewesen sein. Ich habe ohnehin nicht

geglaubt, dass sie in Schuhen zum Tatort marschiert ist, die sie hinterher zurück ins Schuhregal stellt. So naiv ist sie nicht."

Ilka fuhr sich durchs Haar.

„Alles richtig. Aber denk an die Faserspur am Schalldämpfer. Die stammt anscheinend ja nicht von einem Kleidungsstück der Reichenbachs, sondern..."

Stettenkamp unterbrach sie. „Ilka, die Faserspur kann doch vor der Tat schon am Schalldämpfer gewesen sein." Er sah Ilka in die Augen. „Nehmen wir mal an, Wolfhardt Reichenbach wurde mit seiner eigenen Pistole von seiner Frau erschossen. Die Pistole mit dem aufgeschraubtem Schalldämpfer hatte er vorher sicherlich etliche Male mit auf der Jagd. Es gibt viele mögliche Erklärungen für die Faserspur. Sie muss nichts mit dem Mörder zu tun haben."

Ilka gab ihm schließlich Recht.

Das Telefon klingelte, eine Bonner Telefonnummer. Es war Staatsanwalt Dr. Rettich.

„Ich habe den Richter gerade noch erwischt. Er hat den Durchsuchungsbeschluss für das Büro von Wolfhardt Reichenbach bereits ausgestellt. Er ist noch bis fünfzehn Uhr im Amtsgericht."

Ilka sah auf die Uhr.

„Dann lass uns Gas geben! Wollen wir gleich anschließend nach Köln in die Kinderwunschklinik fahren? Vielleicht haben wir Glück, und treffen dort noch jemanden an, der uns die Unterlagen aushändigen kann. Es ist schließlich Samstag", gab sie zu bedenken.

„Das ist ein guter Plan", stimmte Stettenkamp ihr zu. „Sybille Reichenbach läuft uns nicht weg. Wir fahren auf dem Rückweg zu ihr ins Krankenhaus."

Er trug Peter Bongardt auf, in der Zwischenzeit mögliche Jagdfreunde Reichenbachs und den Jagdaufseher in dessen Revier ausfindig zu machen.
„Kündige uns für heute Abend oder morgen früh bei ihnen an", bat Stettenkamp und eilte mit Ilka aus dem Büro in Richtung Parkplatz.

Eine halbe Stunde später waren sie mit dem Durchsuchungsbeschluss in der Tasche erneut auf dem Weg zur Kinderwunschklinik. Sie hatten sich dort bewusst nicht angekündigt und hofften, dass jemand ihnen an einem Samstagnachmittag öffnen würde.
„Ansonsten rufen wir Henschel auf dem Diensthandy an. Frau Schwamborn sagte uns doch gestern, er habe am Wochenende Bereitschaftsdienst. Also muss er erreichbar sein", meinte Ilka.
Die Tiefgarage des Hochhauses war bei ihrer Ankunft am Kaiser-Wilhelmring nahezu leer. Sie fuhren mit dem Aufzug in die dritte Etage. Die Eingangstür zur Kinderwunschklinik war verschlossen. Nach dem vierten Klingeln ertönte etwas blechern aus dem kleinen Laufsprecher: „Ja, bitte?"
Es war die Stimme von Dr. Andreas Henschel.
Der Arzt wirkte ärgerlich, als er ihnen die Türe öffnete.
„Was wollen Sie denn noch? Es ist Samstag, und ich habe Ihnen gestern alles erzählt, was wichtig sein sollte."
Er blieb im Türrahmen stehen und machte keine Anstalten, die Kommissare hereinzulassen.
„Herr Dr. Henschel, wir benötigen sämtliche

Unterlagen aus Herrn Dr. Reichenbachs Büro. Bitte lassen Sie..."
Der Mediziner unterbrach ihn.
„Ich habe Ihnen gestern schon gesagt, dass ich sie Ihnen nicht geben kann. Es handelt sich um vertrauliche Interna der Klinik."
Ilka überreichte ihm wortlos eine Kopie des Durchsuchungsbeschlusses.
Dr. Henschel ging einen Schritt zur Seite.
Stettenkamp und Ilka betraten den Eingangsbereich, der heute unbesetzt war. Vier Paare saßen im Wartezimmer, drei Frauen waren offenbar allein gekommen. Ilka musterte sie.
„Bitte folgen Sie mir", sagte Dr. Henschel kühl.
Stettenkamp kam seiner Aufforderung nach. Er hatte zwei große Plastikwannen dabei, um die Ordner einpacken zu können. Ilka hingegen blieb noch einen Moment im Durchgang zum offenen Wartezimmer stehen, bevor sie sich ihnen anschloss. Der Mediziner sperrte ihnen Reichenbachs Bürotür auf.
„Bitte", sagte er und wies mit der Hand auf den Aktenschrank.
Stettenkamp und Ilka luden die schweren Ordner in die beiden Wannen.
„Wir möchten uns noch den Schreibtisch ansehen", erklärte Stettenkamp.
Dr. Henschels Miene blieb ausdruckslos. Die Schubladen des Rollcontainers waren abgeschlossen. Ilka schaute unter der Schreibtischunterlage nach. Dort lagen nur ein paar Zettel und Visitenkarten. Sie hob das Telefon an. Darunter lagen zwei silberne Schlüsselchen. Der erste passte. Oben in der flachen Schublade lagen nur vier Kugelschreiber mit den Logos von Pharmaunternehmen darauf. Ilka zog die

beiden großen Schubladen darunter auf. Die mittlere war leer. In der unteren lag ein schmaler, vollgehefteter Aktenordner. *PID* stand darauf, sicher eine Abkürzung, überlegte sie. Ilka nahm den Ordner an sich.

„Wir sind dann fertig, Herr Dr. Henschel. Nichts für ungut." Stettenkamp lächelte den Mediziner freundlich an. „Wir versichern Ihnen, alle Informationen vertraulich zu behandeln."

Dr. Henschel schwieg.

„Ich habe noch eine Frage", sagte Ilka, „Die Frauen drüben im Wartezimmer... sind das alles Notfälle? Ich meine, heute ist ja Samstag."

Henschel lächelte gequält.

„Unser Geschäft kennt kein Wochenende", antwortete er. „Eizellentnahmen und die Transfers der befruchteten Eizellen machen wir dann, wenn der Körper dazu bereit ist. Samstage und Sonntage sind ihm da relativ gleichgültig".

Es klang ein wenig herablassend.

Stettenkamp und Ilka verabschiedeten sich und trugen die beiden Wannen voller Aktenordner zu ihrem Dienstwagen.

„Hast du dir die Patienten im Wartezimmer angesehen?", fragte Ilka, als Stettenkamp auf die Autobahn in Richtung Euskirchen gefahren war.

„Nur kurz. Wieso?"

Ilka schaute ihn von der Seite an.

„Sie wirkten alle so gestylt... Irgendwie auffällig."

„Versteh ich nicht!"

Sie suchte nach den richtigen Worten.

„Bei unseren bisherigen Besuchen saßen halt ganz normale Frauen da, normal gekleidet und so. Heute trugen fast alle teure Klamotten, zwei hatten Prada-

Handtaschen dabei. Zwei der vier Männer trugen einen Anzug. Ich meine, es ist Samstag. Und sie waren ja nicht bei der Arbeit."
Stettenkamp schien zu überlegen.
„Du hast recht", meinte er schließlich. „Aber wozu soll das wichtig sein? Ich meine, es kann ja jeder tragen, was er will. Was besagt das schon?"
Sie wusste es selbst nicht genau. Aber ihr Gefühl sagte ihr, dass es kein Zufall sein konnte, dass heute scheinbar eine andere Klientel da gewesen war, als bei ihren bisherigen Besuchen.

Sie fuhren zurück nach Euskirchen. Jeder hing eine kurze Weile seinen Gedanken nach. Ilka ließ den Besuch in der Kinderwunschklinik vor ihrem geistigen Auge noch einmal vorbeiziehen. Die Einsicht in die beschlagnahmten Unterlagen würde sie hoffentlich weiterbringen. Um kurz vor achtzehn Uhr hielt Stettenkamp auf dem Besucherparkplatz des Marienhospitals. Eine grauhaarige Pförtnerin wies ihnen den Weg. Sybille Reichenbach lag auf der Station für innere Medizin im Wahlleistungsbereich. Kurze Zeit später standen Ilka und Stettenkamp vor ihrer Tür. Ilka klopfte an. Sie warteten kurz, aber die Witwe schien sie nicht gehört zu haben. Die Ermittler betraten den Raum. Kein Mensch war darin. Ilka schaute sich um.
Das Krankenzimmer hatte nichts mit einem solchen gemeinsam, außer dem fahrbaren Bett. Helle Holzmöbel standen an den zartgelb gestrichenen Wänden, auf dem Fußboden war Laminat verlegt worden. Ilka ging zu dem großen Fenster mit den cremefarbenen Vorhängen. In dem Moment wurde die Tür geöffnet.

Sybille Reichenbach kam herein.
„Was machen Sie denn hier?“, fragte sie verwundert. Die Witwe trug einen anthrazitfarbenen Hausanzug und war sorgfältig frisiert und geschminkt. Sie wirkte entspannt. Stettenkamp lächelte sie freundlich an.
„Wir möchten Ihnen gerne noch ein paar Fragen stellen, Frau Reichenbach. Dürfen wir uns setzen?“
Sie wies auf drei lederbezogene Holzstühle, die um einen kleinen Tisch herum standen.
„Wie geht es Ihnen?“, wollte Ilka wissen.
Sybille Reichenbach strich sich übers Haar.
„Gut, ganz gut.“
Nach einem kurzen Small-Talk stieg Ilka in die Befragung ein.
„Frau Reichenbach, wir möchten Ihnen zunächst mitteilen, dass wir aus Ihrer Villa gestern Schuhe, einige Kleidungsstücke und zerschnittene Fotos mitgenommen haben. Nach unserem Gespräch vor ein paar Tagen und ihrem Selbstmordversuch mussten wir überprüfen, ob Sie möglicherweise am Tatort gewesen sind...“
Sybille Reichenbach wirkte leicht amüsiert.
„Und, war ich dort?“
„Wir wissen es nicht. Einen Beweis dafür haben wir nicht gefunden“, räumte Ilka ein.
„Warum glauben Sie, dass ich meinen Mann erschossen habe?“
Ihre Stimme klang freundlich, sie schien in keinster Weise aufgebracht zu sein angesichts ihrer durchsuchten Villa.
„Wir glauben es nicht, Frau Reichenbach. Wir wollen es herausfinden“, antwortete Ilka. „Wir möchten offen zu Ihnen sein. In unseren Augen haben Sie

durchaus ein starkes Mordmotiv. Als Jägerin können Sie schießen. Und Sie waren letzte Woche Samstag am späten Abend angeblich alleine zuhause."
Die Witwe lächelte.
„Das ist alles richtig. Aber ich habe es nicht getan."
Sie nahm sich ein Wasserglas aus dem Regal, bot Stettenkamp und Ilka jedoch nichts an.
„Frau Reichenbach, wir haben die Waffenbesitzkarte Ihres Mannes gefunden. Darin ist eine Walther P38, 9mm Para eingetragen. Sie haben uns gesagt, Ihr Mann besitze eine solche Waffe gar nicht."
Unser Trumpf im Ärmel, dachte Ilka. Was mochte sie dazu sagen?
„Das stimmt", antwortete sie gelassen. „Ich habe eine solche Waffe noch nie an ihm bei der Jagd oder im Waffenschrank gesehen."
„Aber die Pistole ist in seiner Waffenbesitzkarte eingetragen." Ilka wurde ein wenig lauter. „Also muss er sie besessen haben! Wo ist die Waffe also?"
Die Witwe machte ein Gesicht, als wäre sie gerade von einem Yogakurs gekommen.
„Ich weiß es nicht", sagte sie sanft. Es klang vollkommen gleichgültig.
Stettenkamp beugte sich vor und schaute ihr ernst in die Augen.
„Frau Reichenbach, ist Ihnen klar, dass Sie derzeit unsere Hauptverdächtige sind?"
Sie schüttelte nur leicht den Kopf.
Sicherlich haben sie ihr ordentlich Beruhigungsmittel gegeben, dachte Ilka.
„Sie haben nichts gegen mich in der Hand", sagte sie dann. „Außer Ihrem Gefühl, dass ich es gewesen sein muss. Noch einmal: Ich habe meinen Mann nicht erschossen. Ich habe ihn trotz allem geliebt."

Ilka atmete tief durch. So kamen sie nicht weiter. Um Sybille Reichenbach in Untersuchungshaft nehmen zu können, reicht unser Tatverdacht gegen sie nicht aus, überlegte Ilka. Nie und nimmer würde der Ermittlungsrichter auf dieser Grundlage einen vorläufigen Haftbefehl ausstellen.
„Wie lange werden Sie noch im Krankenhaus bleiben?“, fragte sie die Witwe.
„Morgen gehe ich nach Hause. Die Ärzte wollen, dass ich mich nach meinem kurzen Aufenthalt hier in psychiatrische Behandlung begebe. Aber das möchte ich nicht. Ich habe wieder alles im Griff.“
Wer es glaubt, dachte Ilka.
„Am Montag ist außerdem die Beerdigung meines Mannes. Die Rechtsmedizin hat seinen Leichnam ja freigegeben.“
Ilka blickte zu Stettenkamp. Sie sah, dass auch er überrascht war. Andererseits, die Witwe hatte natürlich recht. Wolfhardt Reichenbachs Leichnam war seit Tagen zum Begräbnis freigegeben.
Klaus Grunwald würde ihn nach der Obduktion fein säuberlich zugenäht und seine inneren Organe in Tüten verpackt haben, überlegte Ilka.
„Können Sie die Beerdigung denn in so kurzer Zeit organisieren?“, fragte sie Sybille Reichenbach.
„Oh nein, das hat alles das Bestattungsinstitut Kuckelkorn aus Köln übernommen. Dieses Institut haben wir damals auch bei der Beerdigung von Wolfhardts und meinen Eltern beauftragt.“ Sie fügte hinzu: „Die bieten einen Rund-um-Service.“
Na dann...
„Wann und wo genau wird Ihr Mann beerdigt?“, wollte Stettenkamp wissen.
„Wolfhardt wird am Montagvormittag um elf Uhr in

Iversheim im Friedwald beigesetzt. Das war zu Lebzeiten sein ausdrücklicher Wunsch", sagte sie etwas pathetisch.
Sie verabschiedeten sich.

Am Auto angekommen fragte Ilka ratlos: „Und nun?"
„Ich rufe Bongardt an, vielleicht ist er noch im Büro. Mal schauen, was er herausgefunden hat", antwortete Stettenkamp.
Der Kriminalassistent war tatsächlich noch im Kreishaus. Er berichtete von seinen bisherigen Recherchen zu möglichen Jagdfreunden Reichenbachs und einem potenziellen Jagdaufseher. Der für den Hardtwald zuständige Förster schien einiges gewusst zu haben. Ilka hörte Bongardts Stimme durch den Lautsprecher der Freisprechanlage.
„Wolfhardt Reichenbach ist offenbar meist allein zur Jagd gegangen", erklärte Bongardt. „Der Förster hat ihn vor Jahren ab und zu mit seiner Frau zur Jagd gehen sehen oder mit Dr. Henschel. In der letzten Zeit war er aber wohl immer allein unterwegs."
„Peter, hattest du den Eindruck, dass der Förster Reichenbach näher kannte?", fragte sie.
„Nein, sie kannten sich wohl nicht besonders gut. Ich habe den Förster ausdrücklich zu diesem Punkt befragt."
Bongardt nieste am anderen Ende der Leitung heftig.

„Tschuldigung! Nach dem Jagdaufseher habe ich mich bei ihm natürlich auch erkundigt. Der Typ heißt Wolfram Knips und wohnt in Rheder. Der Förster hatte zu ihm wohl recht häufig Kontakt, weil

Knips anscheinend täglich im Revier war und dort vorbildlich gearbeitet haben soll."
Stettenkamp hakte ein. „Hast du mit diesem Knips schon gesprochen?"
Bongardt nieste dreimal hintereinander.
„Sorry, hab mich erkältet. Ja, habe ich. Ich hoffe, es ist okay, dass ich ihn für morgen früh um zehn zu uns ins Büro bestellt habe?"
Ilka hob beide Daumen.
„Sehr gut, Peter!", sagte Stettenkamp. „Mach jetzt Feierabend. Wir sehen uns morgen früh um neun."
Stettenkamp drehte den Zündschlüssel des silbernen Dienstwagens um. Inzwischen war es nach neunzehn Uhr und auf dem Besucherparkplatz des Marienhospitals war es leer geworden. Die Abendsonne schien.
„Wir beide müssen uns noch die Unterlagen aus der Kinderwunschklinik vornehmen", sagte er zu Ilka.
Sie nickte erschöpft. Es war wieder einmal ein sehr langer Arbeitstag gewesen.
„Ich hab einen guten Vorschlag", sagte Stettenkamp.
„Wir fahren zur Dienststelle, du holst eben dein Auto, und dann fahren wir zu mir nach Eicks. Lass uns eine Pizza bestellen und auf der Terrasse in aller Ruhe diese Ordner durchgehen. Was meinst du?"
Ilkas Miene hellte sich auf. Nach Franks Aktion heute Morgen zog es sie heute Abend ohnehin nicht nach Hause.
„Gute Idee. Ich muss aber noch eben nach Kall, jemanden abholen, der gerne mit uns essen würde."
Stettenkamp schaute irritiert.
„Er heißt Becks und mag am liebsten gegrillte Wildschweinfilets."
Sie lachten.

Gegen zwanzig Uhr dreißig kam Ilka mit Becks in Eicks an. Stettenkamp hatte auf der großen Terrasse den Heizstrahler angemacht. Er trug nun Jeans und ein weißes Polo-Shirt. Becks sprang freudig am Kommissar hoch und lief schwanzwedelnd im Garten herum.
„Wie bist du eigentlich auf den Hund gekommen?“, fragte er Ilka.
Sie grinste.
„So ganz allein zu leben, ist halt auch nicht mein Ding. Meine Mutter sagte früher immer, wer die Menschen kennt, liebt die Tiere. Ganz Unrecht hatte sie nicht.“
Stettenkamp nickte.
„Fühlst du dich wohl in Kall?“
„Oh ja. Das Häuschen ist ein Traum, direkt am Wald gelegen, fast wie eures. Ich bin ein Landei und werde immer eins bleiben.“
Stettenkamp schenkte ihnen ein Glas Beaujolais ein, von dem sie aus dem letzten Urlaub ein paar Kartons mitgebracht hatten.
„Darauf, dass wir den Mörder bald schnappen. Und auf den Abend.“ Stettenkamp hob seinen Weinkelch und schaute Ilka kurz in die Augen. Dann zog er die beiden Wannen voller Aktenordner zu sich heran.
„Womit fangen wir an?“
„Mit dem Essen“, sagte Ilka, „ich habe Hunger wie ein Bär.“
Sie bestellten im *Pinocchio* in Mechernich Pizza Calzone und machten sich an die Arbeit.
„Lass uns die vierzehn Ordner mit den Geschäftsergebnissen zunächst mal grob sichten“, schlug Stettenkamp vor. Sie teilten die Unterlagen auf und vertieften sich darin. Sie waren so

konzentriert bei der Sache, dass sie den Pizzaboten gar nicht kommen gehört hatten.
„Isch habe dreimal geklingelt, bin dann dursch die Gartentor!"
Der rundliche, kleine Mann stellte die beiden Pizzakartons auf den Tisch, dazu eine Flasche Lambrusco.
„Prego!" Der Bote strahlte die Kommissare so herzlich an, als habe er das Essen persönlich für sie zubereitet.
Stettenkamp lud Ilka ein und gab ihm ein großzügiges Trinkgeld. Er holte noch Besteck aus der Küche und sie begannen zu essen. Die mit Schinken, Champignons und Artischocken gefüllte Pizza schmeckte hervorragend.

„Hast du schon etwas Auffälliges gefunden?", wollte Ilka von ihrem Chef wissen.
„Nein. In meinen Augen sind das Unterlagen, die für den Steuerberater der Klinik zusammengestellt worden sind. Auf etlichen Seiten ist auch ein Stempel der *ANTAX Steuerberatungsgesellschaft*. Die Klinik machte zwischen 2005 und 2010 immer rund eine Million Euro Umsatz im Jahr. Tendenz steigend. Wie sieht es bei dir aus?"
Sie nahm einen Schluck Rotwein.
„Ganz ähnlich. In den Jahren 2011 und 2012 liegt der Umsatz allerdings bei satten 1,9 Millionen Euro Umsatz."
Ilka legte die Ordner beiseite. „Ich nehme mir mal diesen schmalen Ordner vor, den wir in Reichenbachs Schreibtischcontainer gefunden haben."
Sie nahm den Hefter mit der Aufschrift *PID* an sich

und schlug ihn auf. Im Wohnzimmer klingelte das Telefon.
„Das wird Lisa sein. Entschuldige mich kurz!“, rief Stettenkamp ihr auf dem Weg ins Haus zu.
Es war tatsächlich seine Frau. Sie war gerade mit den Kindern, ihrem Schwiegervater und ihrem Schwager von der Totenwache zurückgekommen. Lisa erzählte ihm von den Vorbereitungen für die Beerdigung. Seine Mutter würde am Mittwoch auf dem katholischen Friedhof von St. Ambrosius beigesetzt werden. Die Familie hatte auf Wunsch des Vaters einen Eichensarg ausgesucht, Blumenschmuck und Kränze bestellt, eine Todesanzeige in den „Westfälischen Nachrichten“ aufgegeben und über hundert Karten an Angehörige, Bekannte und Freunde verschickt. Lisa klang erschöpft. Stettenkamp war froh, dass seine pragmatisch veranlagte Frau im Münsterland geblieben war und seinem Vater zur Seite stand. Der alte Mann konnte die Dinge vom Rollstuhl aus schließlich nur begrenzt regeln. Und sein Bruder war manchmal so unentschlossen und kompliziert, fand er. Lisa und er telefonierten fast eine halbe Stunde lang.
Als Stettenkamp schließlich auf die Terrasse zurückging, saß Ilka noch über dem schmalen Ordner gebeugt. Becks lag mit gespitzten Ohren neben ihr. Sie hatte ihren Laptop auf dem Gartentisch aufgeklappt und offensichtlich etwas im Internet recherchiert.
„Entschuldige, dass ich solange telefoniert habe. Es war Lisa.“
„Kein Problem!“ Ilkas Blick war auf den Computer gerichtet.
„Hast du schon einmal den Begriff

Präimplantationsdiagnostik gehört? Oder die Abkürzung, *PID*?", fragte sie ihn.
„Nein, was soll das sein?". Stettenkamp setzte sich neben sie.
Ilka zeigte auf den Aktenordner, den sie in Reichenbachs Schreibtisch gefunden hatten.
„Es ist ein Gentest, anhand dessen man Erbgutschäden an künstlich befruchteten Embryonen feststellen kann, bevor sie in die Gebärmutter eingesetzt werden. Ist das der Fall, werden die Embryonen verworfen."
Stettenkamp runzelte die Stirn.
„Das ist sicher nicht unumstritten, oder?"
Ilka schien in der kurzen Zeit, in der er telefoniert hatte, einiges herausgefunden zu haben.
„Ganz genau", sagte sie. „Die Gegner befürchten, dass Embryonen, an denen die Anlagen für Behinderungen und Erbkrankheiten festgestellt werden, bewusst aussortiert werden. Und das der Mensch so über unwertes Leben entscheiden will."
Stettenkamp kratzte sich am Kopf.
„Hm. Letztlich stellt sich doch die Frage, wann menschliches Leben beginnt. Bei der Befruchtung der Eizelle oder erst bei seiner Einnistung im Mutterleib. Aber was hat das alles mit dem Ordner hier zu tun?"
Ilka schob ihn zu Stettenkamp hinüber und blätterte darin.
„In den Akten hier ist dokumentiert, dass in Reichenbachs Klinik Gentests an befruchteten Embryonen durchgeführt worden sind. Vor einer *PID* muss in Deutschland aber eine Ethikkommission zustimmen. Die entscheidet dann, ob bei den Eltern tatsächlich eine schwere Erbkrankheiten oder ein erhöhtes Risiko für eine Fehl- oder Totgeburt besteht.

Nur dann ist der Gentest und das Verwerfen kranker Embryonen nämlich erlaubt. Die Erlaubnis für die Gentests wurde in Reichenbachs Klinik aber wohl nicht eingeholt."

Stettenkamp wurde nachdenklich. Er wusste nicht recht, was er von dieser gesetzlichen Regelung halten sollte. Paare, die einen solchen Gentest in Verbindung mit einer künstlichen Befruchtung durchführen ließen, hatten oft bestimmt schon eine Tortur hinter sich, um ein Kind zu bekommen. Sollten sie nun ein Kind bekommen müssen, dass vielleicht nur ein paar Jahre zu leben hatte? Andererseits, durfte alles, was medizinisch möglich war, auch gemacht werden? Sollte ein Embryo mit der Anlage zum Down-Syndrom besser „aussortiert" werden? Wer wollte darüber entscheiden?

Ilka unterbrach seine Gedanken.

„Aus den Akten geht hervor, dass Dr. Kerner 2010 einmal eine *PID* durchgeführt hat. Da ging es um ein Elternpaar, dessen zweijähriger Sohn unheilbar an Leukämie erkrankt war. Nur ein genetisch passender Knochenmarkspender hätte helfen können. Es gab aber keinen."

Stettenkamp blickte Ilka gespannt an. Sie berichtete weiter aus der Akte.

„Die Eltern wandten sich daraufhin an Dr. Kerner zur Zeugung eines „Retter-Geschwisters". Kerner führte eine künstliche Befruchtung und vorab einen Gentest an den Embryonen durch. Er hat dann der Mutter denjenigen eingesetzt, der genetisch weitestgehend mit dem todkranken Bruder übereinstimmte. Neun Monate später hatte der eine gesunde Schwester, die ihm helfen können würde."

Stettenkamp schaute in den klaren Abendhimmel.

„Das ist in Deutschland streng verboten, richtig?"
Ilka nickte.
„In England ist es erlaubt. Hier hätte dem aber keine Ethikkommission zugestimmt."
Er versuchte, sich in die Eltern hineinzuversetzen, die ihrem todkranken Kind unbedingt helfen wollten und dazu ein neues Leben in die Welt gesetzt hatten. War das ethisch verwerflich? Stettenkamp war zu müde, um diese Frage für sich beantworten zu können.
„Du sagtest, Kerner habe in diesem einen Fall einen verbotenen Gentest an Embryonen durchgeführt. Wie sieht es mit Reichenbach und Henschel aus? Haben die das auch gemacht?", wollte er wissen.
Ilka blätterte in der Akte.
„Zu Reichenbach habe ich nichts gefunden. Henschel hingegen scheint die *PID* über zwanzig Mal angewandt zu haben. Er hat für diese erweiterte künstliche Befruchtung übrigens das Drei- bis Vierfache des Normalpreises abgerechnet", fügte sie hinzu.
„Hm. Vielleicht waren das auch so Grenzfälle wie bei Kerner dieser Leukämiefall..."
Ilka schüttelte den Kopf.
„Nein, bei Henschels Fällen ging es gar nicht um Krankheiten. Die Paare, die er betreut hat, haben ihm vor der künstlichen Befruchtung ein Wunschgeschlecht aufgetragen. Zweimal ging es auch darum, ein Baby mit roten Haaren auszuschließen, die es in der Familie wohl häufig gab. Auch diese Merkmale kann man mit dem Gentest am Embryonen feststellen."
Stettenkamp war schockiert. Irgendwo hatte er einmal den Begriff *Designerbaby* gehört. In seinen

Augen hatte Dr. Henschel mit diesem Vorgehen mindestens seine Zulassung als Reproduktionsmediziner aufs Spiel gesetzt. Aber wo kein Kläger, da kein Richter. Die Paare, die Henschel gegen viel Geld mit der Erfüllung solcher Wünsche beauftragt hatten, würden sicherlich den Mund halten.
Der Kommissar trommelte mit den Fingern auf dem Aktendeckel herum.
„Ilka, ob Reichenbach von all dem in seiner Klinik überhaupt nichts mitbekommen hat?“
Ilka sah ihn an und hob nur die Augenbrauen.
Wären die verbotenen Gentests aufgeflogen, dann hätte Reichenbach die Kinderwunschklinik für alle Zeiten schließen können, überlegte Stettenkamp. Hatte das Mordopfer sich vor seinem Tod deshalb mit seinen Teilhabern überworfen?

Sonntag - Achter Tag

Wir müssen die Pistole finden, dachte Stettenkamp, als er sich anzog, um zur Morgenbesprechung nach Euskirchen zu fahren. Vielleicht geben uns der Fundort oder gar Fingerabdrücke Aufschluss über den Täter. Er war fest davon überzeugt, dass Sybille Reichenbach ihren Mann erschossen hatte. Stettenkamp hatte fast die ganze Nacht wachgelegen und über den Fall nachgedacht. Er war sich sicher, sie standen ganz kurz vor seiner Aufklärung. Jetzt durften sie sich nicht verzetteln. Natürlich konnte es sein, dass sich Reichenbachs Teilhaber Dr. Kerner und Dr. Henschel mit ihm wegen der verbotenen Gentests überworfen hatten. Aber dass sie ihn deshalb erschossen haben sollten, fand er etwas weit hergeholt. Auch die Tatsache, dass der Täter Reichenbach nach dem Mord die Hosen heruntergerissen und auf seinen Penis gefeuert hatte, passte nicht zu den Ärzten. Viel eher zu der Witwe, die durch die Affäre ihres Mannes und der kleinen Lucia, die er mit Tatjana Klinkhammer hatte, tief gekränkt war. Ihren eigenen Kinderwunsch hatte sie begraben müssen. Über all das war schließlich ihre Ehe zerbrochen. In früheren Fällen, die er gelöst hatte, waren schon weniger starke, negative Gefühle in einem Mord geendet.

Ilka und Peter waren schon im Büro, als Stettenkamp um neun Uhr eintraf. Sie besprachen im Team noch

einmal in Ruhe die Ereignisse des letzten Tages. Der Kommissar brachte den Kriminalassistenten auf den neuesten Stand zu den Vorgängen in der Kinderwunschklinik.
„Wo könnte diese verdammte Pistole sein?“, überlegte er. „Wir haben die Villa vorgestern auf den Kopf gestellt. Ich bin mir sicher, wir hätten die Waffe gefunden, wäre sie noch dort.“
„Ich habe mir diese Nacht überlegt, dass der Täter sie möglicherweise bei den Reichenbachs entwendet und nach dem Mord irgendwo entsorgt oder sogar behalten hat“, meinte Ilka.
„Wie soll der Täter denn an die Pistole gekommen sein?“
Ilka machte ein ernstes Gesicht.
„Dr. Henschel ging früher bei Reichenbachs ein und aus, als er noch mit ihm zur Jagd ging.“
Stettenkamp schüttelte den Kopf.
„Das ist doch über ein Jahr her. Dann müsste er die Tat ja damals schon geplant haben. Und bis letzten Samstag gewartet haben? Sehr unwahrscheinlich.“
Sie schwiegen.
Um kurz vor zehn erschien Wolfram Knips, Reichenbachs Jagdaufseher, pünktlich in ihrem Büro.

Wir befragen ihn hier, das Vernehmungszimmer muss es in seinem Fall nicht sein, dachte Stettenkamp.
Wolfram Knips war ein sportlicher Mann mit hellbraunem Haar. Vor ein paar Tagen war er zweiunddreißig Jahre alt geworden. Er erzählte ihnen, dass er nach einem schweren Fahrradunfall seine Ausbildung in einer Landschaftsgärtnerei hatte abbrechen müssen. Der damalige Jungjäger hatte

kurze Zeit später Wolfhardt Reichenbach im Euskirchener Hegering kennengelernt. Der Arzt hatte ihm angeboten, bei ihm im Revier als Jagdaufseher zu arbeiten. Entsprechende Lehrgänge hatte der Mediziner ihm bezahlt.
„Wie war Ihr Verhältnis zu Herrn Reichenbach?", fragte Stettenkamp.
„Hm. Ich würde sagen, Wolfhardt war für mich so ein Mittelding zwischen einem sehr guten Freund und einem Vater."
Der Kommissar sah ihn überrascht an.
„Ja, so war es. Ohne ihn wüsste ich nicht, wo ich jetzt wäre, nach der abgebrochenen Lehre. Von meinen Eltern konnte ich keine Unterstützung erwarten."
„Wie viel haben Sie im Monat verdient?"
Wolfram Knips lächelte.
„Wolfhardt hat mich seit dem ersten Tag an überdurchschnittlich gut bezahlt. Mir bleiben fünfzehnhundert Euro netto im Monat. Das ist viel für einen Jagdaufseher."
Ilka schaltete sich ein.
„Wie geht es beruflich mit Ihnen weiter, jetzt nach Reichenbachs Tod?"
Knips zuckte mit den Schultern.
„Ich weiß es nicht. Wolfhardts Witwe Sybille hat mich angerufen und mir gesagt, dass sie das Revier veräußern will. Ob der neue Besitzer mich dann übernimmt, ist aber fraglich. Sybille Reichenbach will mir aber noch sechs Monatsgehälter weiterzahlen, damit ich mir in Ruhe etwas Neues suchen kann."
Immerhin, dachte Stettenkamp.
„Herr Knips, wissen Sie, ob Wolfhardt Reichenbach eine Pistole besessen hat?"
Der junge Mann überlegte.

„Ich glaube, er hatte mal eine. Als er noch gern zur Bockjagd ging. Aber die habe ich bestimmt seit zwei Jahren nicht mehr gesehen. Allerdings war ich ja auch nicht jedes Mal dabei, wenn Wolfhardt zur Jagd ging.“
Stettenkamp stand auf und ging im Zimmer umher.
„Was war Wolfhardt Reichenbach für ein Mensch?“
Wieder nahm sich Knips Zeit, bevor er ihnen antwortete.
„Ich kannte Wolfhardt seit sieben Jahren. Wir haben uns sicherlich zweimal die Woche im Revier oder bei ihm zuhause getroffen. Wenn er am Wochenende frei hatte, auch öfter. Er war großzügig, mit Leib und Seele Jäger, aber im positiven Sinne. Hege und Pflege waren bei ihm keine Schlagworte.“
Stettenkamp fragte: „Haben Sie sich auch über Dinge unterhalten, die über die Arbeit im Revier hinausgingen?“
„In den letzten Jahren auf jeden Fall“, sagte Knips. „Eigentlich ging es immer häufiger um Privates. Mit seiner Frau lief es wohl nicht mehr so gut. Ich glaube, sein ganzes Herz hing an seiner kleinen Tochter, der Lucia.“
Ilka sah ihn an: „Was meinen Sie damit, mit seiner Frau lief es nicht mehr so gut?“
Wolfram Knips schien zu zögern.
Dann sagte er: „Ich glaube, die Liebschaft mit der Tatjana hat die Sybille ihm sehr übel genommen. Und von der Lucia weiß sie ja auch. Ich bin bei den Reichenbachs ein- und aus gegangen. Sybille hat sich immer so kühl gegenüber Wolfhardt verhalten, so distanziert. Zu mir war sie aber immer sehr herzlich. Ach, keine Ahnung, ich bin nicht so der Experte in Sachen Gefühle.“

Stettenkamp musste grinsen.
Dann fragte er sehr ernst: „Herr Knips, würden Sie Sybille Reichenbach den Mord an ihrem Mann zutrauen?"
Der Jagdaufseher überlegte und zuckte dann mit den Schultern.
„Ich weiß es nicht."
Die Kommissare bedankten sich bei Wolfram Knips, und Stettenkamp begleitete ihn hinaus.

Ilka, Stettenkamp und Bongardt unterhielten sich eine Weile über das Gespräch mit dem Jagdaufseher. Es hatte sie nicht wirklich weitergebracht, da waren sie sich einig.
„Ich finde trotzdem, dass unser Gesamtbild von Reichenbach nun vollständiger geworden ist", meinte Ilka. „Wir wissen, dass seine Ehe nicht mehr intakt war und er seine Frau betrogen hat. Um seine kleine Tochter hat er sich offenbar persönlich und finanziell gut gekümmert. In der Klinik scheint er im Gegensatz zu Kerner und Henschel nichts Verbotenes getan zu haben."
Sie überlegte. „Und dieser Jagdaufseher beschreibt ihn als großzügigen, väterlichen Freund."
Stettenkamp raufte sich die Haare.
„Unterm Strich bleibt als Verdächtige wieder nur seine Frau. Nur sie hatte ein wirkliches Motiv. Aber uns fehlen die Beweise. Und da wären wir wieder bei der Pistole."
Ilka nickte.
„Wir sollten Dr. Henschel und Dr. Kerner trotzdem für morgen zur Vernehmung herbestellen. Ich möchte unbedingt herauskriegen, ob die Ärzte mit

Reichenbach wegen dieser verbotenen Gentests aneinandergeraten sind."
„Ich kümmere mich drum", versprach Stettenkamp. „Ich bestelle sie für morgen früh hierher. Dann haben wir die Chance, nach der Vernehmung zu Reichenbachs Beerdigung zu fahren. Vielleicht ergibt sich da irgendwas Auffälliges."

Inzwischen war es zwölf Uhr mittags. Stettenkamp und Bongardt wollten in der Stadt eine Kleinigkeit essen. Ilka war mit ihrem Vater verabredet. Sie hatte ihn bei ihrem Besuch am Montagabend nach Wildenburg in die *Burgschänke* eingeladen. Dort wollten sie sich um halb eins treffen. Paul Landwehr saß schon an einem der Holztische auf der Außenterrasse.
„Mein Mädchen", sagte er und stand auf, als Ilka auf ihn zukam.
Er bestellte ein Bier, seine Tochter ein Glas Weinschorle. Der Blick hoch oben vom Burgrestaurant hinunter ins Ländchener Tal war herrlich, fand Ilka.
Eine halbe Stunde später aßen sie Schweinefilet mit Spargel und Kartoffeln.
„Es geht nichts über gutbürgerliche Küche", sagte Ilkas Vater und strich sich über den kleinen Bauchansatz. Ilka schmunzelte. Sie hatte schon damit gerechnet, dass er ein Jägerschnitzel mit Pommes bestellen würde, so wie früher, als ihre Mutter noch bei solchen Anlässen mit dabei gewesen war. Ilka vermisste sie in solchen Momenten.
„Du denkst an Mama, nicht wahr?" Ihr Vater sah sie an. „Glaub mir, ich vermisse sie auch. Jeden Tag. Aber dass ich eine Tochter wie dich habe, ist mir ein

ganz großer Trost. Ich bin stolz auf dich, mein Mädchen."
Das hatte er noch nie gesagt. Der Schreiner war kein Mann der großen Worte. Ilka überlegte kurz und erzählte ihrem Vater dann von Frank, der sie seit Monaten belästigte, und ihr nun auch in der Eifel wieder auflauerte. Paul Landwehr wirkte schockiert.
„Ilka, ich gebe dir den guten Rat, wende dich damit an deine Kollegen. Wer weiß, wie die Sache sonst endet. Der fühlt sich doch immer sicherer in dem, was er tut, dieser Dreckskerl."
Wenn der Fall vorbei ist, dachte sie. Vorher habe ich dazu einfach keinen Nerv.
Sie umarmten sich zum Abschied. Ihr Vater stieg in seinen alten Passat Kombi und fuhr in Richtung Oberschömbach. Ilka sah ihm nach. Um vierzehn Uhr wollten sie sich im Büro noch einmal besprechen. Vorher werde ich noch einen Abstecher in die Augenbroicher Straße machen, überlegte Ilka. Was sie dort genau wollte, wusste sie selbst noch nicht.

Eine halbe Stunde später stand Ilka vor der Villa der Reichenbachs. In der Augenbroicher Straße war es noch ruhiger als sonst. Kein Mensch schien unterwegs, an etlichen Häusern waren die Rollläden hinuntergelassen.
Sie dachte unentwegt an die Pistole. Wo mochte sie sein? Ilka selbst hatte gestern gemutmaßt, dass sie möglicherweise gar nicht mehr bei den Reichenbachs im Besitz war. Sondern in den Händen des Täters. Wie es auch immer dazu gekommen sein mochte. Stettenkamp hingegen war sich sicher, dass Sybille Reichenbach ihren Mann umgebracht hatte. Der

entscheidende Beweis fehlte allerdings. Ilka ging hinüber zur Garage. Sie war abgeschlossen. Hoffentlich ist die Reichenbach noch im Krankenhaus, überlegte sie. Ihr fiel ein, dass die Witwe im Laufe des Tages entlassen werden sollte. Ilka stellte sich an die Seitenwand der Garage, um nicht sofort gesehen zu werden. Noch mal in die Villa konnte sie nicht. Wo sollte ich da auch noch suchen, wir haben schließlich alles auf den Kopf gestellt, dachte sie.
Selbst im Müll hatten sie gewühlt.
Ilkas Blick fiel bei diesem Gedanken auf den dezenten Metallverschlag unweit von ihr. Hier hatten sie vorgestern nicht gesucht. Ilka schaute sich um. Nach wie vor kein Mensch weit und breit. Sie überlegte kurz. Selbst wenn die Reichenbach im Haus ist, kann sie mich hier eigentlich nicht sehen, auch vom Obergeschoß nicht. Dann dachte sie an Findus, den Dackel der Reichenbachs. Sollte die Witwe den Jagdhund schon abgeholt haben, würde das Tier sie jetzt garantiert wittern.
Sie wartete noch einen kurzen Moment. Dann ging sie hinüber zu der Mülltonnenbox und öffnete vorsichtig eine der vier Metalltüren. Vor ihr stand eine gelbe Mülltonne. Rechts daneben sah sie einen blauen, grauen und braunen Müllbehälter. Um an ihren Inhalt zu gelangen, musste man die Mülltonnen heraus rollen. Das ging nicht ganz lautlos.
Ilka wagte es trotzdem und zog die gelbe Tonne heraus. Sie war nur halb voll mit Plastikmüll, der in hellblaue Beutel gesteckt worden war. Noch einmal ein Blick rechts und links über die Schultern. Niemand war zu sehen.

Sie beugte sich über die Tonne und nahm die Müllsäcke einzeln heraus. Sie waren alle sehr leicht. In Windeseile steckte sie die Tüten wieder in den gelben Müllbehälter und rollte ihn zurück in die Metallbox. Die nächste war die Papiertonne. Sie war bis obenhin gefüllt. Regionale Tageszeitungen, vor allem aber diverse Zeitschriften und etliche zerrissene Versandkartons.
Das dauert viel zu lange, bis ich die alle rausgeholt habe, dachte Ilka, und schob den blauen Behälter zurück. Wieder schaute sie sich nach allen Seiten um. Auf der Straße sah sie zwei ältere Herren mit Spazierstöcken auf sie zukommen. Noch waren sie rund dreihundert Meter entfernt. Ilka riss die dritte Tür auf und zog die graue Tonne heraus. Als sie den Deckel öffnete, bedauerte sie, ohne ihre Arbeitstasche mit den Einweghandschuhen darin unterwegs zu sein. Zwischen durchsichtigen und hellblauen Abfallsäcken lagen lose Essensreste. Es stank fürchterlich. Ilka wühlte sich durch den Müll. Es musste jetzt schnell gehen, die beiden Spaziergänger kamen immer näher. Sie hing inzwischen halb in dem grauen Behälter und zog den letzten Sack von unten herauf.
Ilka erstarrte.
Auf dem Boden der Mülltonne lag eine schwarze Pistole.
„Darf ich fragen, was Sie hier machen?"
Die eisige Stimme in ihrem Rücken erkannte Ilka sofort. Sybille Reichenbach. Das Taxi, mit dem sie offenbar gerade aus dem Krankenhaus nach Hause gekommen war, wendete vor der Villa und fuhr davon. Ilka nahm ihren dünnen Seidenschal ab und wickelte die Pistole vorsichtig darin ein, ohne sie mit

den Händen zu berühren.
Es schien eine 9mm Para zu sein.
„Ich suche immer noch den Mörder Ihres Mannes. Das hier scheint mir die Mordwaffe zu sein! Wie kommt es, dass ich sie ausgerechnet in Ihrer Mülltonne finde?“ Ihre Stimme hatte einen scharfen Ton angenommen.
Die Witwe war blass geworden.
„Ich weiß es nicht“, sagte sie leise.
„Vielleicht fällt es Ihnen vor der Untersuchungshaft noch ein“, erwiderte Ilka.
Sie rief Stettenkamp auf dem Handy an und berichtete ihm von ihrem Fund. Der versprach, sofort zur Villa zu kommen, und auf dem Weg dorthin Staatsanwalt Dr. Rettich zu kontaktieren. Es dauerte keine zehn Minuten, bis Stettenkamp eintraf.
„Gehen wir ins Haus“, bestimmte er. „Der Staatsanwalt wird gleich aus Bonn hinzukommen. Er hat sich bereits auf den Weg gemacht.“
Sie gingen in das kühle Wohnzimmer.
„Ich möchte einen Anwalt sprechen“, sagte Sybille Reichenbach.
Stettenkamp sah sie an. „Das raten wir Ihnen sogar. Sie dürfen telefonieren.“
Die Witwe überlegte kurz und wählte dann. Fehlanzeige, offenbar war niemand erreichbar. Sie versuchte es mit drei anderen Telefonnummern, jedoch erfolglos. Es war Sonntag. Sybille Reichenbach fluchte. Stettenkamp und Ilka schwiegen.
Staatsanwalt Dr. Rettich traf nach einer guten halben Stunde ein. Er wirkte abgehetzt und schien in seinem dunkelblauen Anzug arg zu schwitzen. Dr. Rettich schaute Stettenkamp an. Der nickte.

„Frau Reichenbach, Sie sind wegen dringenden Mordverdachts vorläufig festgenommen. Stellen Sie sich bitte hier mit dem Gesicht zur Wand und strecken Sie die Arme aus."
Die Witwe schaute überrascht, kam Stettenkamps Aufforderung dann aber nach. Ilka tastete die Taschen ihres dunkelroten Hosenanzugs ab. Dann nahm sie von Stettenkamp ein Paar Handschellen entgegen.
„Ich habe meinen Mann nicht umgebracht, bitte glauben Sie mir", unterbrach die Witwe plötzlich ihr Schweigen. „Ich habe ein Alibi. Bitte hören Sie mich an."
Stettenkamp schüttelte den Kopf.
„Frau Reichenbach, wir reden im Polizeirevier weiter. Die Untersuchungshaft werden wir Ihnen nicht ersparen können. Alles Weitere wird dann morgen der Richter entscheiden."
Ilka ließ ihr Auto stehen. Sie setzte sich zu Sybille Reichenbach auf die Rückbank ihres Dienstwagens, Stettenkamp fuhr. Dr. Rettich war direkt hinter ihnen. Während der kurzen Fahrt bis zum Kreishaus sprachen sie kein Wort. Stettenkamp telefonierte über die Freisprechanlage mit Bernd Schmitz vom Erkennungsdienst.
Der sagte zu, sofort ins Kriminallabor zu kommen, um die Pistole mit den am Tatort gefundenen Patronenteilen und Hülsen abzugleichen. Wenn diese von der Waffe stammten, würde Schmitz sie gleich auf Fingerabdrücke hin untersuchen.
Stettenkamp und Ilka führten Sybille Reichenbach ins Vernehmungszimmer. Sie wollte eine Aussage machen, auch ohne anwaltlichen Beistand. Der Kommissar belehrte die Witwe über ihre Rechte und

nahm Fingerabdrücke von ihr. Ilka sah Bernd Schmitz durch das Fenster gerade aus seinem offenen, knallroten Audi TT Cabrio steigen. Stettenkamp blickte kurz in ihre Richtung. Ilka grinste.
„Unser Don Juan von der Spusi“, schmunzelte er.
Die Kommissare und Staatsanwalt Dr. Rettich setzten sich an den langen Tisch gegenüber von Sybille Reichenbach. Kriminalassistent Bongardt saß vor Kopf und führte das Vernehmungsprotokoll.
„Ich möchte noch einmal betonen, dass ich nicht die Mörderin meines Mannes bin“, sagte die Witwe und schien sichtlich um ihre Fassung zu ringen. „Ich habe für die Mordnacht ein Alibi.“
„Ach, auf einmal?“, platzte es aus Stettenkamp heraus.
„Bisher haben Sie uns doch gesagt, Sie seien nach dem Abendessen mit Ihrem Mann bis morgens allein zuhause gewesen!“
Sybille Reichenbach nickte.
„Das habe ich. Aber es stimmt nicht. Ich habe mich mit einem Mann im Parkhotel getroffen.“
Das Luxushotel lag gegenüber des Euskirchener Bahnhofs.
„Wie heißt der Mann und bis wann waren Sie mit ihm zusammen?“, wollte Stettenkamp wissen.
„Er heißt Ben Clausnitzer. Wir waren von Samstagabend gegen einundzwanzig Uhr bis zum Sonntagmorgen gegen halb neun zusammen“, sagte sie mit fester Stimme. „Nach dem Frühstück bin ich nach Hause gefahren. Eine halbe Stunde später haben Sie geklingelt, um mir zu sagen, dass mein Mann getötet worden ist.“
Stettenkamp erinnerte sich an ihr zurechtgemachtes,

jedoch übernächtigtes Erscheinungsbild an jenem Morgen vor einer Woche.
„Haben Sie eine Affäre mit diesem Clausnitzer?"
Sybille Reichenbach sah ihn an. „Ja, so etwas in der Art."
„Was soll das heißen, so etwas in der Art?", polterte der Kommissar los. „Bitte reden Sie endlich Klartext."
Die Witwe senkte den Kopf.
„Herr Clausnitzer arbeitet für eine Begleitagentur."
Er sah Ilka und Dr. Rettich verständnislos an. Meinte sie etwa einen Escortservice? Ich dachte, so was gibt ´s nur für Männer, dachte er.
Sybille Reichenbach fuhr fort.
„Die Begleitagentur nennt sich *escord4elitewomen* und hat ihren Sitz in Köln. Ich habe Herrn Clausnitzer schon mehrmals gebucht. Wir sind dann miteinander essen gegangen. Oder wir haben uns im Parkhotel getroffen. So wie letzten Samstag."
Stettenkamp war irritiert. Damit hatte er nicht gerechnet. Ob sie die Wahrheit sagte, müsste sich problemlos herausfinden lassen.
„Wusste Ihr Mann eigentlich von diesem Clausnitzer?", fragte Ilka.
Sie schüttelte den Kopf. „Nein. Aber wir wussten in den letzten Jahren ohnehin nicht mehr allzu viel voneinander."
Stettenkamp atmete tief durch.
„Warum haben Sie uns die ganze Zeit erzählt, Sie seien in der Mordnacht alleine zuhause gewesen?"
Wieder senkte die Witwe den Kopf.
„Weil es mir peinlich war. Ist, besser gesagt."
Stettenkamp wechselte das Thema.
„Wie kommt diese Pistole in Ihre Mülltonne?"

Sie zuckte mit den Schultern.
„Ich weiß es wirklich nicht. Ich schwöre Ihnen, ich habe sie nicht hineingeworfen.“ Sie klang fast verzweifelt.
„Wir werden Ihr Alibi überprüfen. Haben Sie eine Telefonnummer von diesem Clausnitzer?“
Sybille Reichenbach schüttelte den Kopf.
„Nein, der Kontakt kommt nur über die Begleitagentur zustande. Man ruft dort an oder bucht den gewünschten Mann gleich über die Homepage von *escord4elitewomen*. So habe ich es immer gemacht.“
Stettenkamp schwankte zwischen Fassungslosigkeit und Faszination.
„Was kostet so was eigentlich?“
Sybille Reichenbach schmunzelte.
„Letzten Samstag waren wir elfeinhalb Stunden zusammen. Das hat mich tausendeinhundert Euro gekostet. Vor einiger Zeit haben Ben und ich einmal ein ganzes Wochenende in Paris miteinander verbracht. Da zahlt man einen Pauschalpreis von dreitausend Euro.“
Stettenkamp sah, dass Ilka fast die Kinnlade herunterklappte. Schnell setzte sie wieder ein ernstes, undurchdringliches Gesicht auf. Unbegreiflich, dachte er. Wieso gibt eine attraktive Frau wie die Reichenbach ein halbes Vermögen für so einen Typen aus?
Sie schien seine Gedanken zu erraten.
„Ich habe mich an Bens Seite immer wie eine begehrte Geliebte gefühlt, aber keiner von uns beiden hatte irgendwelche Verpflichtungen. Verstehen Sie?“

Nicht wirklich, angesichts der Preise, die sie ihnen

genannt hatte.
„War der Schwerpunkt ihrer Treffen... sexueller Natur?"
Die Witwe lachte bitter.
„So was kann wirklich nur ein Mann fragen. Nein, war er nicht. Wir sind oft schick essen gegangen und haben uns stundenlang unterhalten. Manchmal sind wir anschließend noch in ein Hotel gegangen. Aber nicht immer."
Frauen zahlten solchen Typen über tausend Euro, um sich eine Nacht lang zu unterhalten? Stettenkamp konnte das nicht glauben. Aber es war auch nicht wichtig. Entscheidend war, ob die Witwe tatsächlich in der Mordnacht mit Ben Clausnitzer zusammen gewesen war. Das galt es nun schleunigst herauszufinden.
„Wir unterbrechen an dieser Stelle", bestimmte er. „Ilka und Peter, ihr fahrt bitte ins Parkhotel und überprüft, ob Frau Reichenbach mit Ben Clausnitzer von Samstagabend bis Sonntagmorgen dort gewesen sind. Sie müssen ja ein Hotelzimmer gebucht haben."

Er überlegte kurz. „Und ich versuche, über diese Begleitagentur Clausnitzer zur Vernehmung herzubestellen."
Sybille Reichenbach ließen sie derweil mit Staatsanwalt Dr. Rettich im Besprechungszimmer. In ein, zwei Stunden würden sie sicherlich schon mehr wissen.
Es klopfte an der Tür. Bernd Schmitz trat ein.
„Kollegen, bei der Pistole handelt es sich um eine *WALTHER P38, Kal. 9mm Para.* Der Schalldämpfer, den Sie gefunden haben, Frau Landwehr, passt dazu. Genauso wie die Patronenteile und die Hülsen am

Tatort."
Ilka sprang auf. „Das ist genau die Pistole, die in Reichenbachs Waffenbesitzkarte eingetragen ist. Es muss seine Waffe sein!"
Der Spurensicherer berichtet weiter: „Ich habe Schmauchspuren gefunden und zwei verschiedene Fingerabdrücke. Sie stammen von Wolfhardt Reichenbach und einer weiteren Person. Aber nicht von Sybille Reichenbach."
„Sie kann Handschuhe bei der Tat getragen haben", sagte Stettenkamp.
„Die Fingerabdrücke können theoretisch auch von einer Person stammen, die die Pistole früher mal in den Händen hatte, den Mord aber gar nicht begangen hat", überlegte Ilka.
Schmitz verabschiedete sich.

Für die Begleitagentur *escord4elitewomen* schien Diskretion das oberste Gebot zu sein. Stettenkamp erreichte den Escortservice sofort. Aber ohne einen Nachweis, dass er tatsächlich Kommissar war und in einem Mordfall ermittelte, wollte ihm die Inhaberin keine Auskünfte erteilen. Erst nach einem entsprechenden Fax von Staatsanwalt Dr. Rettich mit der Kopie von Stettenkamps Dienstausweis gab sie Ben Clausnitzers Handynummer heraus.
„Sie könnten Glück haben, er begleitet gerade eine Dame in Rheinbach", sagte sie etwas unfreundlich.
„Einen Moment noch", hakte Stettenkamp ein. „Bei Ihnen muss doch eine Art Buchung von Sybille Reichenbach vorliegen, oder?"
„Das stimmt. Frau Reichenbach hat Herrn Clausnitzer für letzten Samstag ab einundzwanzig Uhr über das Internet gebucht. Open end."

Sie legte auf.
Auch beim zehnten Versuch, Ben Clausnitzer zu erreichen, ertönte wieder nur seine Mailbox.
Stettenkamp schaute sich die Internetseite des Escortservices genauer an. Die interessierte Dame konnte eine Stadt angeben, aus der die *Gentlemen*, wie die Männer dort genannt wurden, kamen. Die von Euskirchen nächstgelegene, auswählbare Stadt war Köln. Es erschienen Fotos von acht Männern mit ihren Vornamen darunter. Auch ein Ben war dabei. Er schätzte ihn auf Mitte dreißig, er hatte männliche Gesichtszüge, dunkles Haar und blaue Augen. Auf dem Bild trug er ein weit aufgeknöpftes, weißes Hemd.
Beim elften Anruf hatte Stettenkamp endlich Glück, Clausnitzer meldete sich. Er war tatsächlich in Rheinbach und versprach, in einer halben Stunde in der Polizeidienststelle zu sein. Stettenkamp schaute auf sein Handy, nach sechzehn Uhr schon.
In diesem Augenblick kamen Ilka und Peter Bongardt vom Parkhotel zurück.
„Und?“, fragte der Kommissar gespannt.
Ilka grinste.
„Von Samstag auf Sonntag letzte Woche wurde tatsächlich ein Doppelzimmer gebucht. Von einem Mann namens Ben Clausnitzer. Und zwar, nachdem er sich zwei Stunden lang mit einer attraktiven Blondine mittleren Alters an der Bar unterhalten habe. Der Hotelchef hat den Barkeeper hinzu gerufen, der an diesem Abend dort gearbeitet hat. Die beiden schienen sich gut gekannt zu haben, meinte er.“
Stettenkamp atmete tief durch.
„Gut. Warten wir noch Clausnitzers Aussage ab.“

Er holte für Ilka und sich einen Kaffee. Bongardt weigerte sich, das *Automatengebräu* weiterhin zu trinken.
Eine Dreiviertelstunde später kam der *Gentleman* herein. Er sah aus wie auf dem Werbefoto der Homepage, nur nicht ganz so makellos, fand Stettenkamp.
Ohne Umschweife kam Clausnitzer zur Sache.
„Ich war von Samstag auf Sonntag letzte Woche die ganze Nacht mit Sybille zusammen. Seit, lassen Sie mich nachsehen…", er zückte ein I-Phone, „einundzwanzig Uhr abends. Wir waren die ganze Zeit im Parkhotel hier in Euskirchen."
Stettenkamp sah ihn an.
„Was hat Frau Reichenbach Ihnen gezahlt?"
Wieder tippte er auf dem I-Phone herum.
„Elfhundert Euro."
Dem war nichts mehr hinzuzufügen. Sie bedankten sich bei Ben Clausnitzer, der gerne zum nächsten *Termin* wollte. Stettenkamp schaute ihm hinterher, bis er das Ende des langen Flurs erreicht hatte und das Kreishaus in Richtung Ausgang verließ.
Ilka stand auf. „Lasst uns den Tatsachen ins Auge sehen. Ein wasserdichteres Alibi als das von Sybille Reichenbach kann es nicht geben."
Stettenkamp nickte.
„Wir müssen sie gehen lassen. Sybille Reichenbach kann es nicht gewesen sein", sagte er leise.
„Und wenn sie jemanden beauftragt hat, den Mord zu begehen?", warf Peter Bongardt ein.
Ilka schüttelte den Kopf. „Das glaube ich nicht. Dann wäre sie sofort mit dem Alibi rausgerückt und hätte uns nicht erst erzählt, sie sei alleine zuhause gewesen."

Stettenkamp nahm den Kopf zwischen seine Hände und beugte sich über seine Schreibtischplatte. Er war sich so sicher gewesen, dass die Witwe die Täterin war. Nach einer Weile ging er hinüber zum Besprechungszimmer und teilte ihr mit, dass sie heimgehen könne. Den überraschten Dr. Rettich nahm er zur Seite, als Sybille Reichenbach sich auf dem Flur ein Taxi rief. Ihr triumphierendes Lächeln sah er nicht mehr.

Am frühen Sonntagabend setzten sich die Kommissare und Kriminalassistent Peter Bongardt noch einmal zusammen. Stettenkamp war schon wieder etwas optimistischer.
„Immerhin, Ilka, hättest du die Pistole nicht in der Mülltonne entdeckt, würden wir immer noch die Falsche verdächtigen. Wir sind der Wahrheit ein Stück näher gekommen, weil wir Sybille Reichenbach nun als Mörderin ausschließen können."
Ilka und Bongardt nickten.
„Die Mordwaffe. Ich denke, genau hier müssen wir jetzt ansetzen", meinte Ilka. „Wieso finden wir sie ausgerechnet in der Mülltonne der Reichenbachs, obwohl Sybille Reichenbach die Tat nicht begangen hat? Wer hat sie dort hineingeworfen?"
Bongardt räusperte sich.
„Die Mülltonne steht ganz in der Nähe des Tatorts und der Täter wusste vielleicht, dass Sybille Reichenbach nicht zuhause war. Und selbst wenn, es war gegen Mitternacht stockdunkel. Und der Hund ist ja bei seinem toten Herrchen geblieben. Das hat der Täter bestimmt mitbekommen."
Stettenkamp fuhr hoch.

„Ich bin ja kein Hundekenner, aber hätte der Hund den Täter nicht normalerweise in tausend Stücke reißen müssen?“
Ilka wiegte den Kopf. „Nicht unbedingt. Vielleicht war sein Bedürfnis, bei seinem Herrchen zu bleiben, größer, als den Täter anzugreifen. Möglicherweise war der Täter Findus sogar vertraut.“
Wie mag der Jagdhund aber reagieren, wenn er den Mörder seines Herrn wiedersieht?, überlegte der Kommissar.
Er rief Sybille Reichenbach an und bat sie darum, Findus mit zur Beerdigung zu nehmen. Die Witwe wollte es sich überlegen. Dass der Mörder zum Begräbnis seines Opfers kam, sofern er aus seinem engsten Umfeld stammte, war nicht selten. Möglicherweise stand ihnen durch den Hund morgen im Friedwald eine spannende Begegnung bevor, die sie weiterbringen würde.

Montag - Neunter Tag

Ilka sah gespannt auf die Uhr.
Es war kurz nach halb zehn und weder Dr. Kerner noch Dr. Henschel waren bisher zur Vernehmung erschienen. Stettenkamp hatte gestern mit beiden telefoniert. Sie wollten die Praxis wegen der Beerdigung ihres Chefs ohnehin heute schließen. Eine Vertretungsärztin und einige Mitarbeiter würden sich um dringende Fälle kümmern.
Stettenkamp und Bongardt waren bereits im Vernehmungszimmer und besprachen sich. Eine Viertelstunde später ging die Tür auf. Ein übernächtigt wirkender Dr. Kerner kam im schwarzen Anzug herein. Er hatte scheinbar vor, nach der Vernehmung zur Beerdigung von Wolfhardt Reichenbach zu fahren.
„Guten Morgen. Entschuldigen Sie meine Verspätung“, sagte er mit brüchiger Stimme.
„Guten Morgen, Herr Dr. Kerner. Darf ich fragen, wo Herr Dr. Henschel steckt?“
Der Arzt räusperte sich.
„Er hat es vorgezogen, in der Klinik zu bleiben. Er meinte, er sei dort unabkömmlich.“
„Na, das werden wir ja sehen“, meinte Ilka grimmig. Sie griff zum Telefon.
„Nein, bitte, lassen Sie. Ich würde gern zunächst mit Ihnen allein sprechen.“
Ilka runzelte die Stirn.
„Wir hätten Sie ohnehin getrennt voneinander

vernommen, aber gut. Gehen wir rüber ins Vernehmungszimmer. Kommissar Stettenkamp erwartet Sie dort bereits."
Sie besprachen kurz Dr. Henschels Fortbleiben. Stettenkamp belehrte Dr. Kerner über seine Rechte. Der schien ihn jedoch nicht wirklich wahrzunehmen.

Peter Bongardt sollte das Protokoll führen. Ilka begann nach Absprache mit Stettenkamp ohne Umschweife mit der sichergestellten Akte zu den verbotenen Gentests. Kerner wurde noch blasser, als er ohnehin schon war.
„Ich habe die Präimplantationsdiagnostik nur ein einziges Mal unerlaubt angewandt, das versichere ich Ihnen", sagte er leise.
„Ein ganz junges Paar kam völlig verzweifelt zu mir in die Praxis", erzählte er. „Ihr zweijähriger Sohn war unheilbar an Leukämie erkrankt und hatte ohne einen Knochenmark- oder Nabelblutspender absolut keine Überlebenschance. Die Eltern kamen aber als Spender nicht in Frage."
„Wieso nicht?", fragte Stettenkamp nach.
Dr. Kerner wischte sich trotz der eher kühlen Raumtemperatur den Schweiß von der Stirn.
„Das Problem ist, dass sich die Menschen von ihrem Gewebstyp her stark unterscheiden, auch Eltern und ihre Kinder sind sich dahingehend längst nicht immer ähnlich. Ein passender Knochenmarkspender ist im Schnitt einmal unter rund fünfhunderttausend Personen zu finden. Das Ehepaar hat es auch über die Deutsche Knochenmarkspenderdatei versucht, erfolglos. Die einzige Chance bestand in der Zeugung eines sogenannten Retter-Geschwisterchens. Die Eltern hatten von dieser

Möglichkeit erfahren, wussten aber auch, dass es in Deutschland verboten ist."

Der Fortpflanzungsmediziner räusperte sich.

„Lange Rede, kurzer Sinn. Ich habe das dann gemacht. Die Eltern hatten sich ohnehin mehrere Kinder gewünscht. Ich habe die Eizelle ausgewählt, dessen Gewebe dem leukämiekranken Kind sehr ähnlich war."

Ilka sah Dr. Kerner gespannt an.

„Wie ist die Sache ausgegangen?"

„Gut." Der Mediziner lächelte kurz. „Aus der selektierten Eizelle ist ein kerngesundes Mädchen geworden, sie ist jetzt eineinhalb. Mit ihrem Nabelschnurblut konnte ihrem Bruder geholfen werden. Er gilt inzwischen als geheilt."

Ilka schluckte. War dem Arzt ein Vorwurf zu machen? Ganz sicher nicht.

Stettenkamp sagte: „Herr Dr. Kerner, wir danken Ihnen für Ihre Offenheit. Uns interessiert die Sache nicht weiter, ob gesetzlich erlaubt oder nicht. Ich habe auch zwei Kinder und kann nur ahnen, wie den Eltern zumute gewesen sein muss."

Er machte eine kurze Pause.

„Uns interessiert viel mehr, ob und was Wolfhardt Reichenbach von den verbotenen Gentests gewusst hat. Wir wissen, dass Dr. Henschel sie, sagen wir mal, im größeren Stil durchgeführt hat. Und da ging es nicht um schwere Erkrankungen."

Wieder brach Dr. Kerner der Schweiß aus. Er rieb sich die Hände und atmete tief.

„Ich möchte eine Aussage machen. Dr. Reichenbach hat von den Gentests, die Andreas Henschel durchführt, erfahren. Er war außer sich. Reichenbach war ein Idealist. Ihm ging es um die Frauen, die sich

sehnlichst ein Kind wünschten. Er hat sich bei seiner Arbeit an die deutschen Gesetze gehalten. Alles andere kann mich meine Existenz kosten, sagte er. Ich weiß, dass er und seine Frau selbst eine Zeit lang in Österreich in Behandlung waren. Das ist ja auch nicht verboten."
Dr. Kerner knetete seine Hände und berichtete weiter.
„Henschel führte so oft Gentests an Embryonen durch, das ließ sich gar nicht verheimlichen. Aber da ging es nicht um schwere Krankheiten, glauben Sie mir. Sie ahnen gar nicht, was Paare zahlen, die unbedingt einen Jungen oder unbedingt ein Mädchen wollen. Oder kein Kind mit roten Haaren. Henschel ging es immer nur ums Geld. Geld, Geld, Geld."
Ilka hakte nach.
„Sie sagten, Reichenbach war außer sich. Was heißt das genau?"
Kerner blickte kurz aus dem Fenster.
„Zwei Tage vor seinem Tod hat er Henschel die Teilhaberschaft fristlos entzogen, und ihm gesagt, dass er ihn ab Montag nicht mehr in der Klinik sehen wolle. Ich glaube, er hatte auch vor, ihn anzuzeigen."

Stettenkamp und Ilka sahen einander an.
„Was war mit Ihnen?", wollte Ilka wissen. „Wusste Reichenbach davon, dass auch Sie einmal diesen verbotenen Gentest durchgeführt haben?"
Dr. Kerner nickte.
Dann sagte er leise: „Ich habe Reichenbachs Einverständnis dazu sogar vorher eingeholt. Ich war mir fast sicher, dass er ablehnen würde. Wenn so was rauskommt, würde uns das die Zulassung kosten. Er

war aber einverstanden. Ihm ging die Geschichte des leukämiekranken Jungen so nah wie mir."
Er trank einen großen Schluck Wasser.
„Zu diesem Zeitpunkt ahnte Reichenbach noch nichts von Dr. Henschels... Machenschaften. Im Gegensatz zu mir. Ich habe ihn darauf angesprochen, es war so offensichtlich, was er tat. Henschel bestellte diese speziellen Paare immer samstags zum Beratungsgespräch in die Praxis, wenn er Bereitschafts- dienst hatte."
„Wie ging es weiter?", wollte Ilka wissen.
Kerner holte tief Luft.
„Henschel lachte mich nur aus. Er wusste ja, dass ich den verbotenen Gentest selbst einmal durchgeführt hatte. Am Tag vor Reichenbachs Tod hat Henschel mich abends zuhause in Pulheim aufgesucht."
„Was wollte er von Ihnen?", fragte Stettenkamp gespannt.
„Er kam am letzten Freitagabend mit Unterlagen über den Fall des leukämiekranken Jungen. Die konnte er nur aus meinem Büro haben. Henschel erzählte mir sofort, dass Reichenbach ihn rausgeworfen und ihm mit sofortiger Wirkung die Teilhaberschaft entzogen habe. Er wollte, dass wir Reichenbach mit den Unterlagen über den Gentest bei der Ärztekammer anschwärzen. Henschel hatte sich überlegt, dass wir dort aussagen sollten, dass es Reichenbach war, der die Präimplantationsdiagnostik durchgeführt hatte."
„Warum das?"
„Henschel sagte, er habe alle Beweise über seine eigenen Geschichten verschwinden lassen. An den Ordner in Reichenbachs Schreibtisch hat er wohl nicht gedacht. Er wolle die Klinik mit mir zusammen

weiterführen. Reichenbach würde seine Zulassung verlieren, wenn wir ihn bei der Ärztekammer anschwärzen würden."
„Und da haben Sie nicht mitgespielt?", vergewisserte Stettenkamp sich.
„Richtig. Er hat dann gedroht, mich anzuzeigen, wegen der Geschichte mit dem leukämiekranken Jungen. Ich habe ihm daraufhin gesagt: Wenn ich meine Zulassung verliere, arbeite ich eben als Wissenschaftler weiter. Auch für weitaus weniger Geld. Das konnte er nicht verstehen. Dann ist er gegangen."
Ilka überlegte.
Henschels Existenz als Reproduktionsmediziner hatte auf dem Spiel gestanden. Und damit auch sein hohes Ansehen. Nicht zuletzt sein luxuriöser Lebensstandard, den er sich scheinbar mit allen Mitteln erkämpft hatte. Dr. Kerner hatte Reichenbach aber nicht mit anschwärzen wollen. Für Henschel gab es nur eine Lösung, dachte Ilka. Reichenbach hatte weg gemusst, bevor er irgend etwas gegen Henschel hatte unternehmen können.
„Herr Dr. Kerner, Sie sind doch am vorletzten Sonntag frühmorgens mit Henschel nach Österreich zu diesem Kongress gefahren, oder?", fragte Stettenkamp.
Der Mediziner nickte. Sein Gesichtsausdruck war nun entspannt.
„Wann war das genau? Und wer ist gefahren?"
Kerner überlegte nur kurz.
„Dr. Henschel hat mich um kurz nach sechs bei mir zuhause in Pulheim abgeholt. Ich war gespannt, ob er überhaupt kommen würde, nach dem Vorfall, den ich Ihnen gerade geschildert habe."

„Ist Ihnen irgendetwas aufgefallen? Etwas Ungewöhnliches?"
Dr. Kerner nickte. „Er hat mich gebeten, zu fahren. Das war in der Tat ungewöhnlich, sonst lässt er niemanden an das Steuer seines Porsches. Henschel sagte, er habe sich die ganze Nacht in der Klinik um Notfallpatientinnen kümmern müssen und sei fix und fertig."
Ilka hakte nach.
„Kann das stimmen?"
„Definitiv nicht. Ich habe am Montagmorgen gleich in den Computer geschaut. In der Nacht hat es keine einzige Notfallpatientin gegeben. Es fehlte auch kein Medikament, was wir beispielsweise bei einer Überstimulation geben würden."
Ilka und Stettenkamp sahen einander an.
„Sagen Sie, Herr Dr. Kerner..."
Ilka schaute dem Arzt sehr ernst in die Augen.
„Warum erzählen Sie uns das alles erst jetzt? Wieso nicht viel früher?"
Kerner senkte den Blick zur Tischplatte.
„Ich hatte Angst vor Henschel. Die habe ich immer noch, glauben Sie mir!"

In einer Viertelstunde würde Dr. Wolfhardt Reichenbach im Iversheimer Friedwald beigesetzt werden.
„Ilka, du und Bongardt fahrt zur Beerdigung. Ich kümmere mich um einen Durchsuchungsbeschluss für Henschels Wohnung", bestimmte Stettenkamp.
„Wo wohnt er überhaupt?", wollte der Kriminalassistent wissen.
„Im Kölner Rheinauhafen. Kerner erzählte mir, dass sich Henschel dort vor drei Jahren eine

Eigentumswohnung gekauft habe."
Peter Bongardt pfiff durch die Zähne. „Teures Pflaster. Da wohnt doch auch Poldi!"
„Na ja, wohnt kann man ja wohl nicht sagen, Peter! Soweit ich weiß, spielt der doch in London, oder?"
Stettenkamp wurde ungeduldig.
„Bitte fahrt jetzt los, Ihr kommt ohnehin zu spät. Ich rufe Staatsanwalt Dr. Rettich an."
Dr. Kerner war bereits nach Iversheim aufgebrochen. Sie würden überprüfen, ob seine Vorwürfe gegen Dr. Henschel stichhaltig waren. Sein eigenes Alibi hatten sie längst überprüft. Ohnehin schien er nach wie vor unverdächtig zu sein. Im Gegensatz zu seinem Kompagnon Andreas Henschel.
Irgendwie fällt es mir trotzdem schwer zu glauben, dass er Reichenbach möglicherweise getötet hat, dachte Stettenkamp. Und er fragte sich, warum eigentlich. Er hatte offenbar ein starkes Motiv. Wenn es stimmte, was Dr. Kerner eben behauptet hatte, dann hatte Henschels Existenz als Arzt auf dem Spiel gestanden. Er wäre nicht mehr Teilhaber einer erfolgreichen Kinderwunschklinik gewesen und würde darüber hinaus auch keine neue Anstellung finden. Denn seine Zulassung hätte er nach Reichenbachs Anzeige nie wiedergesehen. Und das alles wegen seiner illegalen Machenschaften, um noch mehr Geld zu verdienen. Als Jäger konnte Henschel schießen und hatte Zugang zu einer Waffe. Ein Alibi hatte er nicht vorweisen können. Lange war es ihm plausibel erschienen, dass Henschel durch seinen Bereitschaftsdienst in der Mordnacht alleine zuhause gewesen sein wollte. Da hatte er noch den kollegialen Teilhaber in ihm gesehen und keinen Verdächtigen.

Stettenkamp hatte Dr. Kerner gebeten, sich bei der Beerdigung Henschel gegenüber unauffällig zu verhalten. Kerner sollte ihm unter keinen Umständen vom Inhalt des Gesprächs heute Morgen berichten. Wenn sein Plan aufging, würden er und die Kollegen nach der Beisetzung ungefähr zeitgleich mit Henschel in dessen Kölner Wohnung eintreffen. Stettenkamp seufzte und wählte die Nummer von Kriminaldirektor Armin Groß. Im Anschluss würde er Staatsanwalt Dr. Rettich anrufen und um einen Durchsuchungsbeschluss für Henschels Wohnung bitten.

Ilka und Bongardt parkten etwas abseits des Iversheimer Friedwalds. Er lag idyllisch in dem Münstereifeler Höhenort. Eichen, Hainbuchen, Kirschbäume, Linden und sogar eine meterhohe Stechpalme wuchsen dort.
Sie waren fast eine halbe Stunde zu spät gekommen. Aus der kleinen Antonius-Kapelle kamen einige Menschen heraus, wenige trugen Trauerkleidung. Ilka entdeckte unter ihnen auch Sybille Reichenbach in einem langärmligen, schwarzen Kleid. Um das blonde Haar hatte sie ein dünnes Tuch gebunden. Die Witwe schien ungeschminkt und offensichtlich in Gedanken versunken zu sein. Den Hund der Reichenbachs sah Ilka nicht. Etliche Männer und drei Frauen waren in dunkelgrüner Jagdkleidung gekommen. Ilka fiel ein, dass Reichenbach nicht nur Vorsitzender des Euskirchener Hegerings, sondern auch Vorstand der Kreisjägerschaft gewesen war. Die Belegschaft der Kinderwunschklinik stand in einer Gruppe zusammen. Ilka erkannte einige der Mitarbeiter, mit denen sie am Tag nach dem Mord

gesprochen hatten. Unter ihnen war auch Dr. Kerner. Bongardt stieß Ilka leicht an und deutete auf einen Mann etwas abseits der Gruppe.
Es war Henschel. Er telefonierte mit seinem I-Phone und erntete gerade einen bösen Blick des Pastors. Die Zeremonie begann. Der Pfarrer hielt eine kurze Grabrede und sprach den Angehörigen ihr Mitgefühl aus. Dann wurde die kleine Urne an zwei Schnüren in die Erde hinabgelassen, rund drei Meter neben einer prächtigen Eiche. An dem Baum lehnte ein schlichtes Holzschild.
„Wolfhardt Reichenbach. Möge er ruhen in Frieden."
Rund um das Grab lagen grüne Blätter. Sybille Reichenbach trat nach vorne und streute ein Körbchen voll Rosenblüten hinein. Die meisten Trauergäste traten nacheinander vor die Grabstätte, um sich im Stillen von Reichenbach zu verabschieden. Musik ertönte. Ilka erkannte gleich den Song „The rose" von LeAnn Rimes. Sybille Reichenbach brach in Tränen aus. Niemand war an ihrer Seite. Sie wirkt verloren, fand Ilka.
Bongardt flüsterte ihr von der Seite zu: „Das Lied haben sie auch bei der Beerdigung von Robert Enke gespielt."
Ilka warf ihm einen uninteressierten, kurzen Blick zu. Dann sah sie eine kleingewachsene Frau in einem alten, schwarzen Sommermantel nach vorne gehen. Sie streichelte der Witwe fast scheu über den Arm. Ilka erkannte in der Frau Sybille Reichenbachs Schwägerin, Erna Krämer. Das kleine Erdloch wurde mit einer Scheibe eines Baumstammes abgedeckt. Der Pfarrer sprach noch ein Gebet und verabschiedete sich dann. Ilkas Diensthandy vibrierte leise in ihrer Jackentasche. Sie nahm das

kleine Mobiltelefon heraus. Eine Nachricht von Stettenkamp.
„Haben den Durchsuchungsbeschluss. Treffen uns gleich im Rheinauhafen, Kranhaus Nord, 15. Etage. Gruß A.“
Die meisten Trauergäste standen noch beisammen und unterhielten sich leise.
Ilka stieß Bongardt leicht in die Seite. „Los, komm!“
Sie verschwanden unauffällig zwischen den stattlichen Bäumen des Friedwalds und steuerten dann Ilkas roten Fiat 500 an.

Sie waren gerade auf die Autobahn aufgefahren, da rief Stettenkamp schon an.
„Ich bin unterwegs! Den Durchsuchungsbeschluss für Henschels Wohnung hab ich dabei. Wenn ich gut durchkomme, bin ich gegen dreizehn Uhr im Rheinauhafen. Da gibt´s direkt ein Parkhaus. Lasst uns dort treffen.“
Er hoffte, dass Dr. Henschel nach der Beerdigung tatsächlich gleich nach Hause fahren würde. Der Arzt hatte nach dem Gesetz das Recht, bei der Durchsuchung dabei zu sein. Von seiner Vernehmung versprach sich Stettenkamp nicht viel. Henschels verbotene Machenschaften in der Kinderwunschklinik hatten sie schwarz auf weiß. Die Vorwürfe Dr. Kerners würde Henschel abstreiten, da war er sich sicher. Schließlich ergaben sie ein starkes Mordmotiv.
Unterwegs telefonierte Stettenkamp noch kurz mit Lisa. Die Beerdigung rückte näher und die Stimmung schien noch gedrückter als in den Tagen zuvor. Lisa erzählte, sein Vater spreche kaum ein Wort. Die Zwillinge seien laut und wild und sein Bruder komme erst am Mittwoch zur Beerdigung zurück ins

Münsterland. Stettenkamp seufzte.
Er war kurz vor der Ausfahrt Godorf und sah plötzlich im Rückspiegel, dass ein schwarzer Porsche gefährlich nah auf seinen Dienstwagen auffuhr. Der Fahrer überholte ihn unerwartet, um sich dann direkt vor ihm wieder auf die Rechtsabbiegerspur in Richtung A555 einzufädeln. Stettenkamp bremste, um einen Unfall zu vermeiden. Dann sah er das Kennzeichen. K-AH...
Stettenkamp starrte durch die Windschutzscheibe auf den Fahrer des Wagens. Es schien tatsächlich Andreas Henschel zu sein. Der Mediziner fuhr nun dicht vor ihm und schien das gleiche Ziel zu haben wie er. Langsam schlängelte sich der Verkehr über die Militärringstraße und am Bayenturm vorbei. Gleich hatten sie den Rheinauhafen erreicht. Henschel bog in die Tiefgarage ein. Sicherlich hatte er hier einen reservierten Stellplatz. Stettenkamp fuhr durch das eineinhalb Kilometer lange Parkhaus und sah einen roten Fiat 500 in eine Parklücke fahren. Ilka und Bongardt. Sehr gut!
Er erzählte den beiden von seiner Begegnung mit Henschel auf der Autobahn.
„Ob der was ahnt?“, fragte Ilka.
„Mit Sicherheit! Er wusste doch, dass Kerner heute Morgen bei uns war. Ob er ihm diese Offenheit uns gegenüber allerdings zugetraut hat, keine Ahnung.“
Sie machten sich auf den Weg zum Kranhaus Nord. Genau wie die beiden Bürokranhäuser hatte auch das Wohnhaus die Form eines Hebekranes, dessen rechtwinklig herausragender Arm bis an den Rhein reichte. Stettenkamp war im Gegensatz zu Ilka und Bongardt noch nie hier gewesen und angesichts der Hightechkonstruktion aus Glas und Beton

beeindruckt.
„Der Rheinauhafen gehört zu den angesagtesten und exklusivsten Wohnlagen Kölns, entsprechend sind auch die Preise“, berichtete der Kriminalassistent.
Sie gingen in die Eingangshalle des achtzehnstöckigen Kranhauses, in der sie den Pförtner und einen Concierge antrafen. Sie unterhielten sich kurz mit beiden.
„Was macht hier ein Concierge, wir sind doch nicht im Hotel, oder?“, wollte Ilka von ihm wissen.
„Ein bisschen schon“, antwortete der gepflegte Mann im hellen Sommeranzug. „Die Hausbewohner wenden sich an mich, wenn sie einen Wäschedienst brauchen, einen Friseur, oder Babysitter, wenn der Kühlschrank nach dem Urlaub gefüllt sein muss oder die Blumen gegossen werden sollen.“
Sie nahmen einen Fahrstuhl neben der Lobby und fuhren in die fünfzehnte Etage zu Henschels Wohnung hinauf. Vom Flur aus konnten sie einen Blick ins Atrium werfen. Der Pförtner hatte sie bereits bei Henschel angemeldet. Dieser öffnete ihnen, indem er auf einen kleinen Transponder drückte. Wohnungsschlösser gab es hier nicht. Der Fortpflanzungsmediziner trug noch seinen schwarzen Anzug.
„Was wollen Sie schon wieder?“
„Das sollten wir drinnen besprechen. Lassen Sie uns bitte herein“, sagte Stettenkamp bestimmt.
Sie gingen ins Wohnzimmer. Eine riesige, weiße Sofalandschaft stand auf dunkel glänzendem Eichenparkettboden. Stettenkamp ging zu dem großen Panoramafenster. Sein Blick fiel auf den Dom mit seinen beiden blauen Spitzen und den Rhein bis hin zum Siebengebirge.

„Nette Wohnung“, sagte er zu Henschel. „Was zahlt man hier so als Mieter?“
Der Arzt schaute kühl auf ihn herab.
„Für meine 128 Quadratmeter zahle ich zweitausenddreihundert Euro. Kalt, versteht sich. Kann man sich in Ihrer Gehaltsklasse nicht leisten, oder?“
Stettenkamp schüttelte den Kopf.
„Nein, so was macht uns der Steuerzahler nicht möglich. Reiche Patientinnen mit speziellem Kinderwunsch aber schon, oder? Was kostet denn ein Junge? Oder ein Mädchen? Das Gleiche wie ein Kind, das keine roten Haare haben darf?“
Henschel schaute Stettenkamp ruhig an.
„Was geht Sie das an? Gar nichts!“
Ilka schaltete sich ein.
„Mehr als Sie denken, Herr Dr. Henschel. Wir wissen, dass Wolfhardt Reichenbach Ihnen wegen dieser verbotenen Gentests am vorletzten Donnerstag die Teilhaberschaft entzogen hat und sie anzeigen wollte! Übrigens zwei Tage, bevor er erschossen wurde.“
Der Reproduktionsmediziner zuckte mit den Schultern.
„Selbst wenn das so gewesen wäre. Ich hab ihn nicht getötet, verstanden? Alles andere sind Interna der Klinik.“ Seine Stimme klang ruhig.
Stettenkamp zog den Durchsuchungsbeschluss aus der Tasche seines grauen Anzugs.
„Was soll das?“
„Herr Dr. Henschel, wir werden uns jetzt in Ihrer Wohnung umsehen. Wir haben den Verdacht, dass Sie etwas mit dem Mord an Wolfhardt Reichenbach zu tun haben. Diesem Verdacht müssen wir

nachgehen."
Die dunklen Augen des Fortpflanzungsmediziners weiteten sich. Er öffnete den Mund, sagte aber nichts.

Stettenkamp und Ilka machten sich zunächst ein Gesamtbild der Wohnung.
Bongardt war zu Dr. Henschel auf den Balkon hinausgegangen. Es gab zwei Schlafzimmer, nur eines schien benutzt zu werden. Die Satinbettwäsche lag halb auf dem Boden. Im Ankleidezimmer nebenan hingen auf einem Herrendiener Sportkleidung und ein dunkelblaues Polo-Shirt. In der offenen Küche herrschte grauer Granit vor. Alles hier wirkte edel und teuer. Während Ilka das große Badezimmer durchsuchte, begab Stettenkamp sich noch einmal ins Ankleidezimmer. Ein Teil davon war weißer Berufskleidung vorbehalten, mehrere Arztkittel und weiße Hosen hingen auf Bügeln. Die Freizeitkleidung des Arztes schien hauptsächlich aus Jeans, Polo-Shirts und dezent gemusterten Hemden zu bestehen, alles teure Markenkleidung. Daneben hingen fünf Anzüge, weiße Hemden und ein paar Krawatten. In einem separaten Schrank waren dunkelgrüne Hosen und Pullover aufeinandergestapelt, vermutlich Jagdkleidung. In einer Ecke lag eine große, weiße Plastiktüte. Sie schien gefüllt. Stettenkamp zog die Tasche heraus und öffnete sie. Er erstarrte.
„Alex?" Es war die Stimme von Kriminalassistent Bongardt. „Ist Henschel bei dir?"
„Wie, bei mir? Du solltest doch bei ihm bleiben!"
Bongardt war sichtlich aufgeregt.
„Der hat auf dem Balkon eine geraucht und wollte nur eben zur Toilette. Ilka hat doch das Bad

durchsucht, da hab ich gedacht, da kann nichts..."
„Mensch, Peter!", rief Stettenkamp verärgert.
So ein unnötiger Fehler, dachte er. Sie liefen durch die Wohnung. Ilka war immer noch im Badezimmer. Hier war Henschel nicht aufgetaucht.
Andreas Henschel war verschwunden. Abgehauen.
Stettenkamp ging zur Wohnungstür. Er öffnete sie und drückte sie dann wieder zu. Nahezu geräuschlos. Der Arzt war ihnen entkommen. Ich fass es nicht, dachte er. Wie konnte so etwas passieren?
Was nun? Er rief in der Dienststelle an und veranlasste, dass die Kollegen nach Henschel fahndeten. Vermutlich war er mit seinem schwarzen Porsche unterwegs. Er gab das Kennzeichen durch und legte auf. Eilig ging er ins Ankleidezimmer hinüber, riss die Tüte aus dem Schrank, die er soeben entdeckt hatte, und hielt sie Ilka und Bongardt unter die Nase. Darin befand sich eine dunkelgrüne Outdoorjacke. Ilka nahm sie heraus und suchte das eingenähte Schild des Herstellers. *G-1000 Polyester (65%)/Baumwolle (35%)* stand darauf. Ilka griff in die Innentaschen der Jacke und zog den Stoff darin heraus. In der rechten Jackentasche war innen ein winziger Riss. Gerade so lang, dass die Ermittler ihn mit bloßem Auge erkennen konnten.
„Lasst uns noch nach seinen Schuhen suchen!", bestimmte Stettenkamp. Ilka und Bongardt warfen alle Exemplare aus dem Regal in einen blauen Plastiksack. Plötzlich hielt sie inne.
„Seht euch die mal an!", sagte sie aufgeregt.
Ilka wies auf ein paar hellbraune Wanderschuhe mit derbem Profil. Auf dem linken Schuh waren dunkelrote Spuren zu sehen. Sie sahen aus wie

getrocknetes Blut.
Stettenkamps Handy klingelte. Es war Polizeiobermeister Schneider.
„Henschel ist gerade über die Severinsbrücke gefahren! Wir haben die Kölner Kollegen verständigt. Könnt ihr kommen?"
Sie nahmen die Tüte mit der dunkelgrünen Jacke und den blauen Plastiksack voller Schuhe an sich und eilten zur Tiefgarage. Bongardt hatte sich noch Henschels Laptop unter den Arm geklemmt, der im Wohnzimmer gestanden hatte. Der Pförtner blickte ihnen verwundert hinterher. Solche Besucher war man im Kranhaus offenbar nicht gewöhnt.
Stettenkamp setzte sich ans Steuer des silbernen Mercedes und befestigte Blaulicht und Martinshorn auf dem Dach. Er gab Gas. Ilka hatte ihren Fiat 500 in der Tiefgarage stehen gelassen und war mit Bongardt in den Dienstwagen eingestiegen. Sie rasten über die A59 und wurden prompt geblitzt.
„Da ist er!", schrie Ilka plötzlich vom Beifahrersitz. Henschel zog gerade mit sicherlich zweihundert Stundenkilometern auf der linken Spur an ihnen vorbei.
„Der fährt zum Flughafen." Ihre Stimme klang aufgeregt.
„Wir müssen ihn vor dem Gebäude schnappen, sonst wird´s eng!"

Eine Viertelstunde später bogen sie in die Kurzparkzone vor Terminal 2 ein und stellten den Mercedes ab. Sie liefen ins Flughafengebäude. Wohin zuerst?
„Ich verständige zuerst die Flughafenpolizei, damit uns Henschel nicht davonfliegt", unkte Stettenkamp.

Er griff zu seinem I-Phone. „Wir teilen uns auf“, bestimmte er nach dem Telefonat.
„Ilka, du gehst zum Infoschalter und bittest darum, allen Kollegen an den Abfertigungsschaltern wegen Henschel Bescheid zu geben. Sie sollen uns sofort anrufen, falls Henschel dort auftaucht. Anschließend telefonieren wir.“
Sie nickte.
„Peter, du gehst rüber zu Terminal 1. Da gibt´s ein Service-Center im Abflugbereich, informier dort die Leute über Henschel. Danach nimmst du die Suche nach ihm auf. Ich werde das Gleiche hier im Terminal 2 tun.“
Nachdem die Kollegen im Getümmel tausender Fluggäste verschwunden waren, setzte Stettenkamp sich auf eine Bank. Er wollte kurz nachdenken, bevor er planlos nach dem Mediziner suchen und womöglich wertvolle Zeit verlieren würde. Dass Henschel versuchen würde, zu fliehen, indem er ein Flugzeug bestieg, stand für ihn fest. Wozu sonst hätte er den Flughafen angesteuert? Wohin würde ich laufen, wenn ich schnellstmöglich vom Flughafen wegkommen wollte?, überlegte Stettenkamp.
Die Last-Minute-Schalter! Er lief hinüber zum *Reisemarkt*. Dort hatten Schalter an Schalter sage und schreibe sechsundzwanzig Reisebüros ihre Standorte. Vor einigen hingen Menschentrauben, an anderen hingegen standen sich überwiegend hübsche, junge Frauen die Beine in den Bauch und blätterten gelangweilt in Katalogen.
Er begann bei *air marin*, zeigte seinen Dienstausweis, und fragte, ob ein Andreas Henschel eine Last-Minute-Reise gebucht habe. Unter falschem Namen konnte er eigentlich nicht gebucht haben, immerhin

musste er seinen Personalausweis oder Reisepass vorzeigen. Nichts. So ging es weiter. An den Schaltern, die am meisten belagert waren, drängte er sich an den schimpfenden Menschen vorbei, es waren fast alles Jugendliche. Vielleicht haben sie ihre Abiprüfungen gerade hinter sich und fliegen nun erst einmal zu den Partymeilen Europas, um zu feiern, dachte Stettenkamp. Die Zeit verrann.

Inzwischen war Ilka wieder bei ihm angekommen, und sie teilten sich die letzten zwölf Schalter auf. Stettenkamp wurde nervös. Viel zu lange trieb sich Henschel nun schon auf dem Flughafengelände herum, ohne dass sie ihn gefunden hatten. Auch die Flughafenpolizei hatte ihnen bisher nicht weiterhelfen können.
Auch am letzten Schalter, *fly-cent* hieß er, hatte er kein Glück. Ilka kam auf ihn zu. Er sah an ihrem niedergeschlagenen Gesichtsausdruck dass auch sie nichts erreicht hatte. Bongardt hatte sich zweimal gemeldet, er durchkämmte Terminal 1. Stettenkamp hatte an seiner Stimme gehört, wie sehr er sich bemühte, Henschel dort zu finden. Sicherlich wollte er seinen Patzer bei der Wohnungsdurchsuchung wieder gutmachen.
„Was nun?“, fragte Ilka ratlos.
„Wenn er an einem der Last-Minute-Schalter keinen Flug gebucht hat, wie will er dann hier wegkommen? Ich versteh das nicht!“, meinte Stettenkamp.
Er warf einen hektischen Blick auf seine Armbanduhr. Schon fast vierzehn Uhr.
Ilka rieb sich das Kinn.
„Wenn er hier nichts gebucht hat, dann muss er es schon vorher getan haben. Direkt bei einer Airline.

Online."
Stettenkamp schlug sich mit der flachen Hand an die Stirn.
„Mensch, Ilka, wir haben doch eben seinen Laptop mitgenommen! Der liegt bei mir im Auto. Ach du Sch....!"
Falls der Laptop nicht passwortgeschützt war, könnten sie in seinen Mails nachschauen, ob dort die Bestätigung einer Flugbuchung eingegangen war.
„Bis wir zurück am Parkplatz und dann wieder hier sind, dauert es viel zu lange", meinte Ilka. „Lass uns lieber überlegen, wohin er gewollt haben kann."
Stettenkamp nickte.
„Nach Mallorca oder in die Türkei vielleicht? Da gehen doch jeden Tag zig Flieger hin. Müsste man ziemlich schnell online buchen können. Besondere Einreisebestimmungen gibt´s auch nicht."
Sie liefen zu den Abfertigungsschaltern, an denen Flüge nach Mallorca, Ibiza, in die Türkei und nach Griechenland aufgerufen wurden. Bis auf eine Dame, die ihren Dienst gerade begonnen hatte, waren alle Mitarbeiter dort tatsächlich über Andreas Henschel informiert worden. Aber er war dort nicht zur Abfertigung erschienen.
„Könnte er nicht kurzerhand beschlossen haben, zu seiner Ex und den Kindern in die USA zu fliegen? Henschel hat uns doch erzählt, dass sie seit der Scheidung in Seattle leben", meinte Ilka.
Stettenkamp wiegte den Kopf.
„Theoretisch kann das natürlich sein. Aber du musst dich seit ein paar Jahren mindestens drei Tage vor der Einreise in die USA online bei den US-Behörden registrieren. Die prüfen dann, ob du überhaupt einreisen darfst. Da ist nix mehr mit spontan in die

USA fliegen."
Bongardt rief abermals an. Ohne Ergebnis.
Stettenkamp berichtete ihm von Ilkas Idee, Henschel könne nach Seattle fliegen wollen. Er schilderte ihm kurz seine Bedenken wegen der Einreisegenehmigung.
„Wenn Henschel aber bereits registriert ist, kann er zwei Jahre lang immer wieder in die USA einreisen, ohne eine erneute Anmeldung", wusste der Kriminalassistent.
Stettenkamp überlegte kurz.
„Peter, ich laufe zurück zum Auto und hole den Laptop. Vielleicht hat Henschel tatsächlich online gebucht. Komm du bitte her zu Ilka und fragt an den Ticketschalter nach. Vielleicht wurde der Flugschein dort für ihn hinterlegt."

Stettenkamp rannte zum Kurzzeitparkplatz. Draußen war es schwül geworden und er war leicht außer Puste. Er riss den Kofferraumdeckel hoch und zog den Laptop heraus. Zum Glück hatte Bongardt auch das Netzteil mit eingepackt, denn der Akku des Computers war leer. Zurück in Terminal 2 suchte er sich eine Steckdose und konnte den Laptop hochfahren. Henschel hatte den Laptop nicht mit einem Passwort gesperrt, vermutlich, weil er ihn ohnehin allein in seiner Wohnung benutzte. Stettenkamp schaute in den Verlauf der zuletzt besuchten Internetseiten. Ganz oben erschien die Seite *yahoo*. Der Kommissar versuchte sein Glück. Und richtig, unter dem link Mails gelangte er in die virtuellen Postfächer des Arztes. Er klickte gespannt auf *Eingang*.
Darin befanden sich Mails mehrerer Banken, einige

weibliche Absender mit teilweise zweideutigen Betreffzeilen sowie der Nachricht einer Melissa Henschel. Vermutlich seine Tochter. Alles Mails des gestrigen Tages. Er klickte weiter auf die nächste Seite des Posteingangs. Ganz oben prangte die Betreffzeile „Ihre Buchungsbestätigung“. Absender war KLM Royal Dutches. Das klang nach einer Flug-Airline. Nervös klickte er die Nachricht an und überflog sie. Ilka hatte Recht gehabt! Mr. Andreas Henschel hatte tatsächlich gestern Abend einen Flug von Köln nach Seattle gebucht. Abflugzeit: 14.06h. Oh nein!
Er blickte ohne jede Hoffnung auf seine Uhr. Viertel nach schon.Der Flieger war weg, soviel stand fest. Das durfte doch nicht wahr sein!
Stettenkamp rief Ilka an und informierte sie kurz. Dann nahm er den Aufzug zur Abflugebene von Terminal 2, dort wollten sie sich treffen. Er sah schon von Weitem Ilkas und Bongardts enttäuschte Gesichter.
„Henschel hat sein Ticket tatsächlich am Schalter hinterlegen lassen“, berichtete Ilka. „Kurz, bevor wir am Flughafen angekommen sind, hat er es abgeholt. Da waren die Mitarbeiter an den Abfertigungsschaltern wohl noch nicht informiert und haben ihn durchgelassen.“ Sie seufzte.
Stettenkamp ging hinüber zum Infoschalter. Ein etwas einfältig wirkender, junger Mann bestätigte ihm, dass die Maschine der Royal Dutches Airline um Punkt 14.06h mit Zielort Seattle abgehoben sei. Nach einem kurzen Telefonat konnte er dem Kommissar bestätigen, dass sich Dr. Andreas Henschel unter den Fluggästen befand.
“Zu spät. Wir sind tatsächlich zu spät!“, sagte

Stettenkamp zu Ilka, die mit Bongardt zum Infoschalter herübergekommen war. „Henschel hat gewonnen. Bis wir den aus den USA wieder hier haben..." Er winkte ab.
Schweigend standen sie beieinander. Sie waren so kurz vorm Ziel gewesen. Sie hätten Henschel den Mord an Wolfhardt Reichenbach mithilfe der gefundenen Jacke mit dem Riss in der Innentasche sowie anhand der blutbespritzen Wanderschuhe mit Sicherheit nachweisen können. Und jetzt das.
„Es tut mir leid, Chef", sagte Bongardt leise. „Ich hab ´s bei der Durchsuchung vermasselt."
Stettenkamp hörte ihn gar nicht, so war er in Gedanken versunken. Dann kam ihm plötzlich eine Idee.
Er ging noch mal hinüber zum Infoschalter.
„Sagen Sie", wandte er sich an den jungen Mann, „der Flug nach Seattle, das ist doch kein Direktflug, oder?"
Der junge Mann schaute in seinen Computer und machte ein paar Klicks mit der Maus.
„Nein", sagte er dann, „es gibt einen Zwischenstopp in Amsterdam. Um fünfzehn Uhr zwei. Von Amsterdam geht es dann um sechzehn Uhr neunundfünfzig weiter nach Seattle."
Stettenkamp fiel ein Stein vom Herzen. Sie hatten eine Chance! Er lief hinüber zu Ilka und Bongardt. „Los, zum Parkplatz. Wir fahren nach Amsterdam!"
Die beiden schauten erst verdutzt, rannten ihm dann aber gleich hinterher.
„Fahr du." Stettenkamp warf Bongardt die Schlüssel zu und schwang sich auf den Beifahrersitz. „Ich muss dringend telefonieren."
Der Kommissar rief zunächst die Flughafenpolizei in

Amsterdam an. Die Kollegen versicherten ihm, Andreas Henschel in Empfang zu nehmen, sobald die Maschine aus Köln landen würde. Dann wählte Stettenkamp die Telefonnummer von Kriminaldirektor Groß. Der sagte zu, alle Formalitäten mit den Niederländern zu klären. Anschließend informierte er Staatsanwalt Dr. Rettich.

Bongardt gab weiterhin Vollgas und war bereits auf der A3 in Richtung
Emmerich. Er sah auf die Uhr. Laut Navi würden sie um sechzehn Uhr achtundvierzig ankommen. Demnach hatten sie elf Minuten Vorsprung, bevor Henschels Maschine von Amsterdam aus weiter nach Seattle fliegen würde.
Es würde schwer werden, aber sie konnten es noch schaffen.

Dienstag - Zehnter Tag

Um kurz nach Mitternacht sank Ilka nach einem langen, aufregenden Arbeitstag endlich ins Bett. Sie war erschöpft, aber zufrieden. Wie es schien, hatten sie den Mörder Wolfhardt Reichenbachs endlich gefasst. Am Vormittag würden die Ergebnisse des Kriminallabors vorliegen.
Nach ihrer Rückkehr aus Amsterdam hatte sie ihren Fiat aus der Tiefgarage im Rheinauhafen abgeholt, wo sie ihn vor der Wohnungsdurchsuchung bei Dr. Andreas Henschel abgestellt hatte. Die sichergestellte Jacke, die Schuhe sowie den Laptop hatte sie noch in die Dienststelle gebracht und im Asservatenschrank eingeschlossen. Bernd Schmitz von der Spurensicherung war bereits informiert. Dann endlich hatte sie nach Hause fahren können, wo Becks trotz der späten Stunde in einem großen Außenzwinger der Hundepension sehnsüchtig auf sie gewartet hatte.

Gemeinsam mit den Amsterdamer Kollegen von der Flughafenpolizei hatten sie Henschel kurz vor seinem Weiterflug nach Seattle aus dem Flieger geholt und in Handschellen zu ihrem Dienstwagen ab-geführt. Er hatte getobt und geschrien, genutzt hatte es dem Mediziner nichts. Staatsanwalt Dr. Rettich hatte bei Gericht dafür gesorgt, dass sie Henschel mit nach Deutschland und in Polizeigewahrsam nehmen konnten.

Die sichergestellte, dunkelgrüne Wachsjacke und die blutbespritzten Wanderschuhe in Verbindung mit Henschels Fluchtversuch waren ausschlaggebend dafür gewesen, dass der Ermittlungsrichter die Untersuchungshaft für ihn angeordnet hatte. Weiterhin hatte bestimmt, dass Henschel ihm am folgenden Nachmittag zur Vernehmung vorgeführt werden solle. Auch Staatsanwalt Dr. Rettich und ein Verteidiger, den Henschel noch am späten Abend aufgetan hatte, würden mit dabei sein. Ilka hoffte, dass sie bis dahin stichhaltige Beweise für seine Tat haben würden. Die vermeintlichen Beweismittel aus seiner Wohnung waren immerhin vielversprechend. Schmitz hatte zugesagt, sie am heutigen Vormittag als erstes zu untersuchen. Der Spurensicherer hatte durch die möglichen Beweisstücke nun auch die Möglichkeit, Henschels DNA mit den bislang unbekannten Fingerabdrücken auf der Pistole abzugleichen. Von Sybille oder Wolfhardt Reichenbach waren sie zweifelsfrei nicht gewesen.

Nach ein paar Stunden unruhigen Schlafs brach Ilka gegen sieben Uhr übernächtigt nach Euskirchen ins Büro auf. Auch Stettenkamp war schon da. Kriminalassistent Peter Bongardt traf eine Viertelstunde später ein. Er trug das gleiche Hemd und die gleiche Jeans wie gestern. Sein Gesicht zierte ein stoppeliger Eintagebart. Ilka musste grinsen. Wo mochte der Kollege wohl die Nacht verbracht haben? Bestimmt nicht zuhause. Es sei ihm gegönnt, dachte sie.

Stettenkamp wirkte ebenfalls übermüdet. Ziellos sortierte er die Unterlagen auf seinem Schreibtisch hin und her. Anspannung lag in der Luft. Ja, sie

hatten Henschel gestern gefasst. Aber noch konnten sie ihm die Tat nicht nachweisen. Gestern noch hatte der Fortpflanzungsmediziner vehement abgestritten, Wolfhardt Reichenbach erschossen zu haben.
Stettenkamp warf gerade den vollen Becher Kaffee vor sich um. Das schwarze Gebräu sickerte in seine Tastatur.
„So eine Sch....!", fluchte er hemmungslos und trat gegen den Papierkorb.
Ilka eilten ihm zu Hilfe. Bestimmt liegt ihm auch die Beerdigung seiner Mutter im Magen, überlegte sie. Morgen würde sie im Münsterland beerdigt werden. Stettenkamp hatte die ganze Zeit über gehofft, dass der Fall gelöst sein möge, bevor er sich den Tag ihres Begräbnisses freinehmen würde. Das Telefon klingelte, es war Dr. Rettich. Stettenkamp bat Ilka, das Gespräch zu übernehmen. Der Staatsanwalt teilte ihr mit, dass Henschels Verteidiger ihn angerufen habe. Die beiden Männer kannten sich zufällig seit dem Studium in Köln. Henschels Anwalt hatte seinen Mandanten nach dem Einverständnis des Ermittlungsrichters in der Untersuchungshaft aufgesucht. Nach einem langen Gespräch hatte er Henschel geraten, ein Geständnis abzulegen. Näheres konnte er natürlich nicht berichten. Das waren interessante Neuigkeiten. Die Stimmung hellte sich auf, die Anspannung im Raum wich.
Bongardt bot an, in der Bäckerei *Nipp* belegte Brötchen zu besorgen. Sie nahmen dankend an. Ilka spürte, wie ihr Magen knurrte. Sie hatte an diesem Morgen bisher nichts essen können. So erging es ihr oft, wenn ein Mordfall kurz vor der Aufklärung stand. Die Tür wurde aufgerissen. Es war Bernd Schmitz. Er hob beide Daumen in die Höhe.

„Kollegen, ich glaube, wir haben es geschafft!"
Er hielt ihnen die dunkelgrüne Outdoorjacke, die blutbespritzen Wanderschuhe sowie die Pistole und den Schalldämpfer in vier durchsichtigen, verschlossenen Beuteln entgegen.
„Die Textilfaserspur im Ölpartikel auf dem Schalldämpfer stammt eindeutig aus der Innentasche dieser Jacke", verkündete er. „Und bei dem getrockneten Blut auf den Schuhen hier handelt es sich um das von Wolfhardt Reichenbach. Ihr werdet euch jetzt nicht wundern, wenn ich euch sage, dass die Fingerabdrücke auf der Pistole die von Henschel sind. Bingo!"
Schmitz strahlte Stettenkamp und Ilka an. Sie spürte unendliche Erleichterung. Es war vorbei. Sie hatten den Mörder endlich gefasst. Alle Mühe und Arbeit hatten sich gelohnt. Stettenkamp schaute Ilka nur an und lächelte. Sie sah in seinem Gesicht, dass er ganz ähnliche Gedanken zu haben schien.
„Danke, Herr Schmitz. Sie haben wie immer sehr gute Arbeit geleistet!"
Der Spurensicherer grinste verlegen.
„Danke für die Blumen. Bis zu unserem nächsten Toten!"
Er hob die Hand und verschwand.
Der wird kommen, das ist sicher, dachte Ilka.
Stettenkamp informierte Kriminaldirektor Groß und Staatsanwalt Dr. Rettich über die Ergebnisse des Kriminallabors.
„Somit wird Henschel erst einmal in U-Haft bleiben, das ist wohl sicher", meinte Rettich. „Wenn er schlau ist, nimmt er den Rat seines Verteidigers an und legt zügig ein Geständnis ab."
Inzwischen war Bongardt zurückgekehrt. Sie

gönnten sich ein gemeinsames Arbeitsfrühstück und sprachen noch eine ganze Weile über den Mordfall und ihre Suche nach dem Täter.
„Ich war mir so sicher, dass Sybille Reichenbach es getan hat“, meinte Stettenkamp. „Ihrem Mann den Penis wegzuschießen, war ein cleverer Schachzug von Henschel. So hat er den Verdacht gezielt auf die Witwe gelenkt. Sie hatte schließlich auch das stärkste Motiv.“
Ilka aß den letzten Bissen ihres Brötchens und sah ihn an.
„Ich weiß es nicht. Reichenbach hatte vor, Henschel wegen seiner verbotenen Machenschaften in der Klinik anzuzeigen. Gekündigt hatte er ihm ja schon zwei Tage vor seinem Tod. Henschel hätte in der Reproduktionsmedizin doch nie wieder Fuß fassen können. Sein hohes Ansehen als Arzt, aber auch sein Leben im Luxus...“ Ilka schnippte mit den Fingern „wären weg gewesen. Für immer.“
Stettenkamp brummte: „Dr. Kerner erzählte uns gestern, dass Henschel vorhatte, Reichenbach zu Unrecht bei der Ärztekammer anzuschwärzen. Kerner hätte gegen Reichenbach aussagen sollen, dass ihr Chef den verbotenen Gentest im Fall des leukämiekranken Jungen veranlasst habe. Henschel wollte die Kinderwunschklinik anschließend mit Kerner allein weiterführen. Wäre Kerner vom gleichen Schlag wie Henschel, dann hätten sie gemeinsame Sache gemacht und sein Plan wäre vielleicht sogar aufgegangen. Aber der Wissenschaftler ist eben kein kalter Lebemann wie Henschel.“

Stettenkamp und Ilka begannen, die Berichte zum

Mordfall Reichenbach zu schreiben. Bis zum Mittag hatten sie bereits einen Großteil der Arbeit erledigt. Sie machten eine Pause.
„Ilka, ich bin froh, dass ich morgen den Kopf frei habe, wenn meine Mutter unter die Erde kommt", sagte Stettenkamp unvermittelt.
Sie lächelte.
„Das kann ich gut verstehen. Ist mir vor ein paar Jahren genauso gegangen. Wollen wir eine kleine Runde um den Block drehen?"
Während sie um das Kreishaus herumspazierten, sprachen sie kurz über die Beerdigung. Stettenkamp erzählte Ilka von seiner Mutter. Obwohl er selbst längst erwachsen war und seine eigene Familie hatte, würde er die lebenskluge, herzliche Frau vermissen.
„Wie geht es dir, Ilka? Mal abgesehen vom Mordfall. Der ist ja nun so gut wie abgeschlossen."
Stettenkamp hatte seit über einer Woche das unbestimmte Gefühl, dass seine Mitarbeiterin etwas mit sich herumtrug, das sie belastete.
„Gut, alles gut. Ich fühle mich wohl in meinem Häuschen am Wald. Becks auch."
Er lächelte und sagte nichts. Eine ganze Weile gingen sie schweigend nebeneinander her.
„Du Alex, ich habe vor, bei unserem Verein einen Stalker anzuzeigen." Sie sah ihn an. „Aber ich habe Sorge vor dem Gerede der Kollegen. Es ist schließlich so... privat."
„Du wirst von einem Stalker belästigt?", fragte er schockiert.
Ilka atmete tief durch und erzählte Alex Stettenkamp die Geschichte mit Frank und wie sie sich inzwischen entwickelt hatte. Erleichterung machte sich in ihrem Inneren breit. Ilka hatte seit Langem nun endlich das

Gefühl, die Sache wieder in den Griff zu bekommen.

Kurz, bevor sie auf dem Parkplatz des Kreishauses ankamen, klingelte Stettenkamps Handy.
Es war der Staatsanwalt. Dr. Andreas Henschel hatte während seiner Vernehmung beim Ermittlungsrichter ein Geständnis abgelegt, nachdem er vom Ergebnis des Kriminallabors erfahren hatte. Die Beweise gegen ihn waren erdrückend, sein Schweigen hätte seine Aussichten nur weiter verschlechtert. Bis auf weiteres würde er in Untersuchungshaft bleiben.
„Gestern noch ein Luxusleben in Freiheit, heute Betonpritsche und Gefängnisfraß. Es gibt nicht mal eine Einzelzelle in der JVA für den Herrn Doktor, alles überbelegt.“, sagte Stettenkamp.
Kriminaldirektor Groß rief an. Er hatte schon von Henschels Geständnis erfahren.
„Stettenkamp, nehmen Sie und Ihre Mitarbeiter sich den Nachmittag frei“, schlug Groß vor. „Das haben sie sich verdient.“
Sie hatten sich für den frühen Abend bei Stettenkamp zuhause verabredet und wollten ihren Erfolg ein wenig feiern. Ilka und Bongardt waren mit dem Taxi gekommen. Ein, zwei Bier auf den ersten, gemeinsam gelösten Fall mussten einfach sein, fanden sie alle. Ilka war froh über die Gesellschaft ihrer Kollegen heute Abend. Der Mord an Reichenbach hatte sie die letzten zehn Tage intensiv beschäftigt, seine Aufklärung gedanklich fast völlig vereinnahmt. Danach gleich am nächsten Morgen wieder zur Tagesordnung überzugehen, wäre ihr schwergefallen.
Stettenkamp und Bongardt saßen schon auf der

Terrasse, als Ilka in einem weißen Sommerkleid mit Becks hinzukam.
„Auf das K11 Euskirchen!“, sagte Stettenkamp und reichte ihr ein Glas Kölsch aus einem Fässchen.
Sie prostete den beiden Männern zu.
„Ich danke euch. Obwohl jeder von uns seinen eigenen Kopf hat, sind wir ein richtig gutes Team geworden. Ich bin sicher, wir werden auch in Zukunft...“
Seine letzten Worte hörte Ilka nicht mehr. Nachdenklich schaute sie von Stettenkamps Terrasse hinunter ins Tal. Sie konnte nicht sagen, warum. Aber irgendwie hatte Ilka Landwehr das unbestimmte Gefühl, der nächste Mordfall würde nicht lange auf sich warten lassen...

Epilog

Dr. Andreas Henschel blieb bis zu seinem Prozess im Juli in Untersuchungshaft. Für den an Luxus und Freiheit gewohnten Mediziner war sie eine harte Probe. Wegen Überbelegung der JVA erhielt er keine Einzelzelle, sondern saß mit zwei Schwerverbrechern ein. Die fanden schnell heraus, dass der Mediziner im Gegensatz zu ihnen aus der sozialen Oberschicht stammte und machten ihm schon deswegen das Leben zur Hölle. Henschel erhielt keinen Besuch, Telefonate und E-Mails waren verboten. In den ersten Tagen beschwerte er sich noch über den *Gefängnisfraß* und verlangte, dass ihm Getränke und Essen aus einem Restaurant in die Zelle geliefert werden sollten. Dieses Recht gab es in der Untersuchungshaft tatsächlich, auf eigene Kosten natürlich. Aber da hatte er die Rechnung ohne den Gefängnisleiter gemacht, dem solche *Sperenzchen* zuwider waren. Der wählte die schlechteste Gaststätte am Ort für ihn aus und ließ das Essen überdies kalt werden, bevor es dem einst so an Luxus gewöhnten Henschel gebracht wurde. Die Boulevardpresse stürzte sich auf den Kölner Fortpflanzungsmediziner, als er im Juli wegen Mordes an Wolfhardt Reichenbach verurteilt wurde. Nach dem Prozess wurde Dr. Henschel in eine reguläre Gefängniszelle verlegt. Aber auch wenn er seine Strafe abgesessen haben würde, seine Approbation würde der Mediziner wohl nie mehr

zurückerhalten.
Sybille Reichenbach fand nach ihrem Suizidversuch nur langsam zurück ins Leben. Sie verkaufte Dr. Kerner die ehemaligen Anteile Henschels. Der hatte zunächst zurück in die Forschung gehen wollen, nahm das Angebot der Witwe dann jedoch an. Er fand zwei gestandene Reproduktionsmediziner, die gerne in der Klinik arbeiten wollten, ohne jedoch Teilhaber zu werden. Die Anteile ihres Mannes hielt Sybille Reichenbach selbst.
Lucia Klinkhammer verstand als Vierjährige den Tod ihres leiblichen Vaters, der stets den Kontakt zu ihr gesucht hatte, nur schwer. Sie hatte jedoch das Glück, in einer intakten Familie aufzuwachsen. Die Lebensversicherung, die Reichenbach für sie abgeschlossen hatte, verwaltete ihre Mutter Tatjana für Lucia, bis sie achtzehn Jahre alt sein würde.
Für Erna Krämer und ihren Mann Günther ging es nach dem Tod ihres Bruders unerwartet aufwärts. Sybille Reichenbach hatte ihrer Schwägerin einen größeren Geldbetrag zukommen lassen. Sie konnte in eine bessere Wohnung umziehen und eine ihrer drei Putzstellen kündigen. Ob ihr Mann zu einer Entziehungskur bereit sein würde, war fraglich.
Die radikalen Jagdgegner hatten ihre Aktivitäten nach den Verhaftungen Roman Hartigs und Philipp Wollscheids eingestellt. Der Witwe des durch Wollscheid tödlich von der Leiter gestürzten Jägers war es ein kleiner Trost, dass der Täter gefasst und nun für seine Taten büßen musste.
Ilka Landwehr zeigte den Stalker an, der sie seit Monaten belästigte. Sie legte sich geheime Telefonnummern für ihren Festnetzanschluss und ihr Handy zu. Die Anzeige schien Wirkung zu zeigen,

die Belästigungen hörten auf. So hatte sie den Kopf frei für den neuen Mordfall, der Stettenkamp, Bongardt und ihr wieder eine Menge Arbeit bescheren sollte.

Impressum

14291109R00171

Printed in Poland
by Amazon Fulfillment
Poland Sp. z o.o., Wrocław